Die Zauberschule
und andere Geschichten

Michael Ende (1929–1995) zählt zu den bekanntesten deutschen Schriftstellern. Neben Kinder- und Jugendbüchern schrieb er poetische Bilderbuchtexte und Bücher für Erwachsene, Theaterstücke und Gedichte. Viele seiner Bücher wurden verfilmt oder für Funk und Fernsehen bearbeitet. Für sein literarisches Werk erhielt er zahlreiche deutsche und internationale Preise. Seine Bücher wurden in mehr als 40 Sprachen übersetzt und haben eine Gesamtauflage von über 35 Millionen Exemplaren.

www.michaelende.de

Regina Kehn, 1962 geboren, wuchs mit Jim Knopf und der Wilden 13 auf. Nach dem Studium der Illustration an der HAW Hamburg begann sie, als freie Illustratorin zu arbeiten und wurde seither vielfach ausgezeichnet. Sie illustrierte bereits mehrere Werke von Michael Ende, darunter »Der lange Weg nach Santa Cruz« (nominiert für den Deutschen Jugendliteraturpreis). 2016 erhielt sie für ihre Illustrationen in dem Kinderbuch »Freunde der Nacht« den Rattenfänger-Literaturpreis.

www.reginakehn.de

Mehr über unsere Bücher, Autor:innen und Illustrator:innen auf:
www.thienemann.de

Michael Ende

DIE ZAUBER-SCHULE

und andere Geschichten

Mit Bildern von Regina Kehn

Thienemann

Ende, Michael:
Die Zauberschule und andere Geschichten
ISBN 978 3 522 18672 8

Gesamtausstattung: Regina Kehn
Einbandtypografie: Formlabor
Satz: Bettina Wahl
Reproduktion: HKS-Artmedia, Ostfildern-Kemnat
Druck und Bindung: Livonia Print, Riga

FSC www.fsc.org MIX Papier | Fördert gute Waldnutzung FSC® C002795

INHALT

Anstelle eines Vorworts:
Genau genommen 7
Die Zauberschule 14
Tranquilla Trampeltreu, die beharrliche Schildkröte 42
Das kleine Lumpenkasperle 52
Lenchens Geheimnis 59
Die Geschichte vom Wunsch aller Wünsche 88
Norbert Nackendick oder Das nackte Nashorn 94
Macht nichts 110
Nieselpriem und Naselküss 120
Eine Zungenbrechergeschichte 135
Lirum Larum Willi Warum 139
Moni malt ein Meisterwerk 146
Die Geschichte von der Schüssel und vom Löffel 152
Der Teddy und die Tiere 174
Der lange Weg nach Santa Cruz 186
Der Lindwurm und der Schmetterling
oder Der seltsame Tausch 227
Filemon Faltenreich 233
Eine schlimme Nacht 247
Das Traumfresserchen 254
Ophelias Schattentheater 263

ANSTELLE EINES VORWORTS: GENAU GENOMMEN

In unserer Familie haben alle Mitglieder, vom ältesten bis zum jüngsten, dieselbe kleine Schwäche: das Lesen. Kaum einer von uns ist je dazu zu bewegen, sein Buch aus irgendeinem Grunde für einen Augenblick beiseitezulegen, um etwas anderes Dringendes oder Unaufschiebbares zu erledigen. Das soll nicht heißen, dass dieses Dringende oder Unaufschiebbare überhaupt nicht getan wird. Wir finden nur, dass es durchaus nicht nötig ist, deshalb auf das Lesen zu verzichten. Man kann doch sehr gut das eine tun und das andere dabei nicht lassen, nicht wahr? Ich gebe zu, dass dadurch mitunter dieses oder jenes kleine Missgeschick vorkommt – aber was macht das schon?

Der Großvater sitzt, sagen wir mal, in einem bequemen Ohrenbackensessel, raucht seine Pfeife und hat ein Buch in der Hand. Er liest. Nach einer Weile klopft er seine Pfeife in den Aschenbecher aus, der vor ihm auf dem Tischchen steht. Das heißt, genau genommen ist es eigentlich nicht sein richtiger Aschenbecher, sondern eher eine Blumenvase. Durch den Klang erinnert sich der Großvater dunkel daran, dass er schon längst seine Hustenmedizin hätte nehmen müssen. Also greift er nach der Blumenvase und trinkt sie aus. »Hm, hm«, brummt er, »der Kaffee ist heute aber besonders schwarz – nur leider kalt.«

Die Großmutter sitzt, sagen wir mal, in der anderen Zimmerecke auf dem Sofa. Sie hat eine Brille auf der Nase und klappert mit ihren Stricknadeln. Auf ihrem Schoß liegt ein dickes Buch, darin liest sie. Sie strickt und strickt – was strickt sie wohl? Einen Strumpf natürlich. Das heißt, genau genommen ist es eigentlich kein ganz richtiger Strumpf, sondern eher eine Art wollene Riesenschlange, die sich schon über den Boden quer durch das ganze Zimmer ringelt. Während die Großmutter umblättert, wirft sie einen kurzen Blick über den Rand der Brille hinweg auf das Ungetüm und murmelt: »Da hat es, scheint mir, schon wieder mal bei uns gebrannt. Aber die Feuerwehr sollte trotzdem nicht einfach ihren Schlauch bei uns herumliegen lassen.«

Der Vater ist Porträtmaler. Er steht, sagen wir mal, in seinem Atelier vor einer Leinwand und malt das Bildnis einer vornehmen, reichen Dame. Diese Dame sitzt vor ihm auf einem Postament, trägt ein entzückendes Blumenhütchen auf dem Kopf und hat ihren Mops auf dem Schoß. Der Vater malt mit einer Hand, denn in der anderen hält er ein Buch, in dem er liest. Als das Bildnis schließlich fertig ist, erhebt sich die vornehme, reiche Dame und tritt gespannt näher, um ihr eigenes Konterfei zu bewundern. Es ist ein sehr schönes Bild geworden. Das heißt, genau genommen ist es vielleicht ein bisschen merkwürdig, denn der Vater hat der Dame mit dem Blumenhütchen das Gesicht des Mopses gemalt und dem Mops auf ihrem Schoß das Antlitz der Dame. Deshalb geht nun die Dame ziemlich ungnädig fort, ohne das schöne Porträt zu kaufen. »Na ja«, sagt der Vater betrübt, »geschmeichelt ist es vielleicht nicht gerade – aber sehr ähnlich.«

Die Mutter steht, sagen wir mal, in der Küche und kocht das Mittagessen. Glücklicherweise hat sie vergessen, die Gasflamme unter dem Töpfchen anzudrehen, sonst wäre das Essen möglicherweise schon ein ganz klein wenig schwärzlich. In der Hand hält sie nämlich ein Buch, in dem sie liest. In der anderen Hand hält sie einen Kochlöffel, mit dem sie rührt und rührt. Das heißt, genau genommen ist es eigentlich nicht so sehr ein richtiger Kochlöffel, sondern eher ein Fieberthermometer. Nach einer Weile hält sie es sich ans Ohr und sagt kopfschüttelnd: »Es geht schon wieder eine Stunde nach. So werde ich natürlich nie rechtzeitig fertig.«

Die große Schwester (sie ist vierzehn) sitzt, sagen wir mal, draußen auf dem Flur beim Telefon und drückt gespannt den Hörer ans Ohr. Telefone sind ja bekanntlich eigens für vierzehnjährige Schwestern erfunden, denn ohne den Hörer am Ohr müssten alle vierzehnjährigen Schwestern der Welt so gewiss an Nachrichtenmangel sterben wie Taucher ohne Atemgerät an Luftmangel. Aber unsere vierzehnjährige Schwester hat obendrein noch ein Buch in der Hand, in dem sie liest. Trotzdem hört sie natürlich sehr gut, was ihre Freundin

ihr alles Aufregendes zu erzählen hat. Das heißt, genau genommen hört sie es vielleicht doch nicht so besonders gut, weil sie nämlich überhaupt keine Nummer gewählt hat. So ungefähr nach zwei Stunden fragt sie schließlich ganz nebenbei: »Sag mal, wer ist eigentlich dieser Tüt-tüt, von dem du die ganze Zeit redest?«

Der kleine Bruder (er ist zehn) befindet sich, sagen wir mal, auf dem Weg in die Schule. Natürlich hat auch er ein Buch in der Hand und liest, denn was könnte er während der langen Straßenbahnfahrt Besseres tun? Die Straßenbahn wackelt und rumpelt und fährt hinauf und hinunter und kommt wieder mal gar nicht recht vom Fleck. Das heißt, genau genommen ist es eigentlich nicht die ganz richtige Straßenbahn, sondern eher der Lift unseres Hauses, aus dem der kleine Bruder auszusteigen vergessen hat. Als er nach einigen Stunden noch immer nicht an der Haltestelle vor der Schule angekommen ist, murmelt er sorgenvoll: »Sicher wird mir der Lehrer wieder nicht glauben, dass es nicht meine Schuld ist, wenn ich immer zu spät komme.«

Das jüngste Mitglied unserer Familie, das Baby, liegt, sagen wir mal, in seinem Körbchen. Natürlich liest in unserer Familie auch schon das Baby. Es hat wie alle anderen ein Buch in der Hand, nur dass es kleiner und leichter ist als die Bücher der älteren, ein Babybuch eben. Im anderen Arm hält es sein Fläschchen, denn seine Aufgabe, die es sehr ernst nimmt, besteht darin, sich gut zu ernähren, damit es groß und stark wird und bald größere und schwerere Bücher lesen kann. Aber genau genommen ist es eigentlich nicht sein richtiges Fläschchen, was es da im Arm hält, sondern eher ein großes Tintenfass. Und es trinkt auch nicht daraus, sondern schüttet sich ab und zu einen Schluck daraus über das Köpfchen. Das macht ihm weiter nichts aus, nur als schließlich ein dicker Tintenklecks auf die Seite tropft, wo es gerade liest, beginnt es plötzlich zu schreien, und es ruft (und ich hoffe, dass niemand bezweifeln wird, dass unser lesendes

Baby selbstverständlich auch schon tadellos sprechen kann): »Mach doch mal einer das Licht an, es wird ja alles so dunkel!«

Unsere Katze hat, wie die meisten Katzen, die Aufgabe, Mäuse zu fangen. Ihr Beruf ist ihr ein und alles, deshalb sitzt sie so oft stundenlang, sagen wir mal, vor einem Mauseloch links hinten im Zimmer neben dem Kleiderschrank. Selbstverständlich hat auch sie ein kleines Buch in den Pfoten, denn was sollte sie wohl während der langen Zeit des Lauerns Besseres tun als lesen. (Und wer glaubt, dass eine Katze lesen kann, sollte sich nicht wundern, dass sie auch spricht.) Sie sitzt also, wie gesagt, vor dem Mauseloch. Das heißt, genau genommen ist es eigentlich kein ganz richtiges Mauseloch. Während sie liest, haben die Mäuse sie nämlich einfach herumgedreht und ein Stückchen weitergeschoben, und nun sitzt sie vor der Steckdose. Nach einer Weile fasst sie mal mit den Krallen hinein, und die Funken sprühen ihr aus dem Schwanz. »Aua!«, maunzt sie erschrocken. »Dieses Buch ist aber wirklich voller Hochspannung!«

Unser Laubfrosch sitzt, sagen wir mal, in seinem Laubfroschglas. Er hat ein wichtiges Amt, er soll nämlich das Wetter vorhersagen, indem er auf seiner Leiter hinauf- oder hinunterklettert. Er erfüllt seine Pflicht sehr gewissenhaft, sofern er nicht gerade liest, denn es versteht sich mittlerweile wohl schon von selbst, dass bei uns auch der Laubfrosch ein eigenes briefmarkengroßes und wasserfestes Laubfroschbuch besitzt. (Darüber, dass ein Frosch, der liest, auch spricht, verlieren wir jetzt schon kein einziges Wort mehr.) Nun ist die Sache nur leider die, dass er eigentlich immerfort liest und insofern seinem Hauptberuf nicht die nötige Aufmerksamkeit widmet. Aber manchmal überwältigt ihn plötzlich sein schlechtes Gewissen, und er erinnert sich an seine Pflicht. Um seinen guten Willen zu beweisen, rennt er dann plötzlich los und hastet, immer mit dem Buch in seiner feuchten Hand, die Leiter hinauf. Oder er steigt sie ebenso eilig und grundlos herab. Das heißt, genau genommen steigt er sie nicht richtig Sprosse für Sprosse abwärts, sondern er tritt ins Leere und purzelt die ganze Stiege mit ziemlichem Getöse herunter. »Wenn ich mich selbst richtig verstehe«, quakt er dann und reibt sich sein grünes Schienbein, »gibt es wohl bald einen Wettersturz.«

Der Einzige in unserer Familie, der nicht liest, ist ausgerechnet der Bücherwurm, der, sagen wir mal, im achten Band des großen Brockhaus-Lexikons wohnt. Nein, er liest nicht. Er betrachtet die Bücher ausschließlich vom Gesichtspunkt der Essbarkeit aus. Deshalb hat sein Urteil über »guten« und »schlechten Geschmack« zumindest in dieser Hinsicht nur sehr begrenzten Wert, und wir anderen betrachten ihn auch nicht als vollgültiges Familienmitglied.

Vielleicht fragt nun jemand, in welcher verwandtschaftlichen Beziehung ich selbst eigentlich zu den übrigen Familienmitgliedern stehe. Ich muss zugeben, dass ich mir darüber nicht ganz klar bin. Das heißt, genau genommen kenne ich die Leute überhaupt nicht, und, unter uns gesagt, ich glaube kaum, dass es sie wirklich gibt. Möglicherweise ist diese ganze Geschichte, die ich hier erzählt habe, nur deshalb so geworden, wie sie nun mal geworden ist, weil ich während des Niederschreibens gleichzeitig ein Buch vor mir liegen habe, in dem ich lese.

Und nun kann ich euch nur noch raten, dasselbe zu tun. Das heißt, genau genommen tut ihr es ja schon, denn sonst hättet ihr dies alles hier gar nicht gelesen. Also, gebt Ruhe und lasst auch mich weiterlesen!

DIE ZAUBERSCHULE

Da ich sicher bin, dass meine jungen Leser sich brennend für alles interessieren, was mit Schule zusammenhängt (oder etwa nicht?), will ich jetzt einmal erzählen, wie der Unterricht in Wünschelreich vonstattengeht.

Wünschelreich ist jenes Land, von dem es in manchen Märchen und Geschichten heißt, dass dort »das Wünschen noch etwas hilft«. Es liegt übrigens gar nicht so schrecklich weit von unserer Alltagswelt entfernt, wie die meisten Leute glauben, trotzdem ist es ziemlich schwierig zu erreichen. Man kann nämlich nur hinkommen, wenn man persönlich eingeladen wird, denn die Bewohner von Wünschelreich wollen ganz und gar keinen Massentourismus bei sich haben. Das mag manch einer bedauerlich finden, aber im Grunde ist es ganz gut so – wie jeder bald einsehen wird, der meinen Bericht hier gelesen hat.

Die meisten Zauberer früherer Zeiten stammten aus diesem Land. Heutzutage bleiben sie lieber zu Hause, von ganz wenigen Ausnahmen abgesehen. Man kann sogar sagen, dass in Wünschelreich jeder ein klein bisschen zaubern kann. Aber um es richtig und fachgerecht zu erlernen, muss man eben auf eine Schule gehen.

Das ist nun schon viele Jahre her – länger, als die meisten von euch auf der Welt sind –, da hatte mich eine meiner vielen großen Reisen in jenes sagenumwobene Land geführt (wie gesagt, mit einer offiziellen Einladung, das versteht sich). Um die Sitten und Gebräuche seiner Bewohner gründlich zu studieren, hielt ich mich dort für einige Zeit auf und lernte bei dieser Gelegenheit zwei Kinder kennen, mit denen ich mich anfreundete. Sie waren Zwillinge, ein Junge namens Mug und ein Mädchen namens Amalaswintha, der Einfachheit halber Mali gerufen. Beide waren etwa neun Jahre alt, blauäugig und schwarzhaarig, er mit Bürstenfrisur, sie mit Ponyfransen. Es handelte sich um den Sohn und die Tochter der Wirtsleute, bei denen ich ein Zimmer gemietet hatte, eine ausgesprochen freundliche Familie, und auch die Kinder waren richtig nett und halfen mir bei meinen Studien, so gut sie konnten. So kam es, dass ich hin und wieder bei ihrem Schulunterricht dabei sein durfte. Meistens saß ich ganz hinten in der letzten Bank und hörte nur still zu, denn ich wollte ja nicht stören.

Übrigens kann nicht jeder einfach auf eine solche Schule gehen, sondern nur Kinder, die besonders begabt sind, das heißt, die über eine außergewöhnlich starke Wunschkraft verfügen. Normalerweise sind ja alle Kinder fähig, sich heftig dies oder das zu wünschen, aber bei den meisten dauert das nur kurze Zeit, und die Sache ist schon wieder vergessen. Um auf die Zauberschule zu kommen, muss man sich mit großer Ausdauer und geradezu glühend etwas wünschen können. Darin wird man vorher geprüft.

Die Klasse, die ich kennenlernte, bestand aus sieben Schülern, doch will ich die anderen fünf jetzt nicht einzeln vorstellen, das würde zu weit führen. Wie ich übrigens später erfuhr, musste es immer eine ungerade Zahl unter zehn sein, also mindestens drei und höchstens neun. Waren mehr als neun Kinder zum Unterricht angemeldet, dann wurde eine eigene Klasse gebildet, und war die Zahl gerade, dann mussten sie eben warten, bis noch eines dazukam. Warum das so war, habe ich nicht erforschen können, aber so war es.

Der Lehrer hieß Rosamarino Silber und war ein rundlicher Herr ungewissen Alters, der eine kleine Brille auf der Nase und einen himmelblauen Zylinder auf dem Kopf trug. Er lächelte oft verschmitzt und sah überhaupt so aus, als ob ihn nicht leicht etwas aus der Ruhe bringen könnte.

Als er am ersten Tag ins Klassenzimmer kam, saßen schon alle Schüler (ich, wie gesagt, ganz hinten) auf ihren Plätzen und blickten ihm erwartungsvoll entgegen. Er stellte sich ihnen vor und begrüßte sie und fragte jeden nach seinem Namen, so wie es ja auch bei uns üblich ist. Als das vorüber war, setzte er sich in einen Ohrenbackensessel neben der Wandtafel, faltete seine Hände über dem Bauch, schloss die Augen und schwieg.

»Bitte, Herr Silber«, sagte Mug, der schon ganz ungeduldig war, etwas vorlaut, »wann fangen wir denn mit dem Zaubern an?«

Da der Lehrer weiterhin schwieg, wiederholte er seine Frage noch lauter. Herr Silber öffnete die Augen und blickte ihn durch seine kleine Brille nachdenklich an. Dann schmunzelte er und antwortete: »Du brauchst nicht zu schreien, mein Junge, ich bin nicht schwerhörig. Habt etwas Geduld, denn ich muss euch zunächst eine wichtige Sache erklären und überlege gerade, wie.«

Nachdem er abermals eine Weile geschwiegen hatte, fragte er: »Ihr seid also alle hier, weil ihr zaubern lernen wollt. Erzählt mir doch mal, wie ihr euch das so vorgestellt habt.«

Mali meldete sich. »Ich hab mir gedacht, dass ich vielleicht allerhand Sprüche und Formeln auswendig lernen muss, vielleicht auch irgendwelche Gebärden und Zeichen, die man mit den Händen macht.«

»Wahrscheinlich«, sagte ein anderer Junge, »gehört auch eine Menge Geräte und Apparate dazu, mit denen man klarkommen muss, chemische Retorten, oder wie das heißt, und besondere Einmachgläser …«

»Und allerhand Kräuter und Pulver und Mittel«, rief ein Mädchen.

»Ein Zauberstab!«, schlug ein anderes vor.

»Oder Bücher in Geheimschrift«, meinte ein Junge, »die man nur entziffern kann, wenn man den Trick kennt.«

»Ein magisches Schwert!«, rief Mug begeistert.

»Und vielleicht ein schöner langer Mantel«, sagte Mali träumerisch, »aus blauem Samt mit Sternbildern drauf, und eine hohe, spitze Mütze …«

»Das alles«, unterbrach sie Herr Silber, »sind aber nur äußere Hilfsmittel, die für manche wichtig sind, für manche nicht. Was wirklich nötig ist, das ist viel einfacher und viel schwieriger zugleich. Es steckt in euch selbst.«

Alle schwiegen ratlos.

»Nun, es ist die Wunschkraft«, fuhr Herr Silber fort. »Wer zaubern will, der muss seine Wunschkraft beherrschen und einsetzen können. Aber dazu muss er erst einmal seine wahren Wünsche kennen- und mit ihnen umgehen lernen.«

Wieder machte er eine Pause, ehe er fortfuhr: »Eigentlich muss man sie nur wirklich kennenlernen, ganz offen und ehrlich, alles andere ergibt sich dann sozusagen von selbst. Aber es ist gar nicht so einfach herauszufinden, was die eigenen wahren Wünsche sind.«

»Was gibt's denn da herauszufinden?«, wollte Mug wissen. »Wenn ich mir was wünsche, dann wünsche ich mir's eben. Und wie! Nur kann ich deswegen noch lange nicht zaubern.«

»Darum habe ich ja auch von den *wahren* Wünschen gesprochen«, erklärte Herr Silber. »Die findet man nämlich nur, wenn man seine eigene Geschichte erlebt.«

»Seine eigene Geschichte?«, fragte Mali. »Hat denn jeder eine?«

»Nein, nicht jeder, durchaus nicht jeder« – der Lehrer seufzte – »obwohl wir bei uns in Wünschelreich noch verhältnismäßig gut dran sind. Aber draußen in der Alltagswelt erleben die meisten Menschen niemals ihre eigene Geschichte. Sie legen auch gar keinen Wert darauf. Was sie tun und was ihnen widerfährt, das könnte ebenso gut irgendein anderer tun oder einem anderen widerfahren. Ist es nicht so?«

Damit richtete er seinen Blick auf mich in der letzten Bank. Alle Kinder drehten sich nach mir um. Ich nickte verlegen und wurde ein wenig rot.

»Und deswegen«, nahm Herr Silber seine Rede wieder auf, »kommen sie niemals dazu, ihre wahren Wünsche zu entdecken. Die meisten Leute meinen nur, sie wüssten, was sie sich wünschen. Der eine meint zum Beispiel, er wäre gern ein berühmter Arzt oder Professor oder Minister, aber sein wahrer Wunsch, den er selbst gar nicht kennt, ist es, ein einfacher, guter Gärtner zu sein. Ein anderer meint, er wäre gern reich oder mächtig, aber sein wahrer Wunsch ist, Zirkusclown zu sein. Viele Leute meinen auch, sie wünschten sich ernstlich, dass es allen Menschen auf der Welt gut geht, dass alle glücklich und zufrieden leben können, dass jeder zu jedem nett ist, dass die Wahrheit siegt und der Friede herrscht. Solche Leute würden sich oft wundern, wenn sie ihre wahren Wünsche kennenlernten. Sie meinen nur, sich das alles zu wünschen, weil sie sich selbst gern als tugendhafte oder gute Menschen sehen möchten. Aber möchten heißt eben nicht wahrhaft wünschen. Ihre tatsächlichen Wünsche richten sich oft auf etwas ganz anderes, mitunter sogar geradezu auf das Gegenteil. Deshalb sind sie niemals wirklich ganz und gar einig mit sich selbst. Und weil es fremde Wünsche aus einer fremden Geschichte sind, erleben sie niemals ihre eigene Geschichte. Und deshalb können sie natürlich auch nicht zaubern.«

»Heißt das«, fragte Mali ungläubig, »wer einig mit sich selbst ist und seine wahren Wünsche kennt, der kann schon zaubern?«

Herr Silber nickte. »Manchmal braucht er noch nicht mal etwas zu tun, damit sein Wunsch in Erfüllung geht. Alles fügt sich dann scheinbar wie von selbst.«

Die Kinder dachten einige Zeit nach, dann fragte Mug: »Können Sie denn überhaupt richtig zaubern?«

»Natürlich«, antwortete Herr Silber würdevoll, »sonst wäre ich ja nicht euer Lehrer. Ich werde euch alles beibringen, weil es eben mein Wunsch ist.«

»Könnten Sie«, wollte Mali wissen, »uns dann vielleicht mal was vorzaubern? Nur so zum Spaß, meine ich.«

»Alles zu seiner Zeit«, sagte Herr Silber. »Das kommt schon noch. Im Augenblick habe ich nicht den Wunsch.«

Die Kinder blickten etwas enttäuscht drein.

»Haben Sie denn schon mal richtig gezaubert?«, erkundigte sich Mug in der Hoffnung, wenigstens eine Geschichte zu hören.

»Selbstverständlich«, erwiderte Herr Silber, »ich habe mir zum Beispiel gewünscht, dass ihr alle zu mir in die Schule kommt, und nun seid ihr da.«

»Ach so –«, sagte Mug gedehnt und wechselte einen raschen Blick mit seiner Schwester, »aber wenn wir nun nicht gekommen wären?«

Herr Silber schüttelte lächelnd den Kopf. »Ihr seid eben gekommen.«

»Das haben wir doch freiwillig getan!«, riefen nun alle Kinder durcheinander.

»Ruhe bitte! Nur immer mit der Ruhe!«, beschwichtigte Herr Silber die Klasse. »Gewiss seid ihr freiwillig hier. Denn ein guter Zauberer respektiert immer den freien Willen anderer Menschen. Er zwingt niemanden. Eure Wünsche und meine haben sich eben ergänzt. Das ist das Geheimnis.«

»Aber gibt es denn nicht auch böse Wünsche«, fragte Mali besorgt, »und böse Zauberer?«

Herrn Silbers Gesicht wurde ernst. »Das ist eine sehr wichtige Frage, liebe Mali. Du hast ganz recht, es gibt auch böse Zauberer – aber sehr selten. Denn so einer muss ja ebenfalls mit sich selbst ganz und gar einig sein, nur eben in der Bosheit. Und das bringt fast niemand fertig. Man darf nämlich dazu nichts und niemanden liebhaben, im Grunde noch nicht einmal sich selbst. Und außerdem, so einer hat nur Macht über diejenigen, die ihre eigenen wahren Wünsche nicht kennen und deshalb mit sich selbst uneins sind. Deshalb ist es so wichtig, dass ihr euch Mühe gebt und fleißig lernt, denn zaubern ist eine ernste Sache – auch wenn man es nur tut, um anderen damit Spaß zu machen. Ich hoffe, ihr alle habt das jetzt verstanden.«

Die Kinder schwiegen und machten nachdenkliche Gesichter.

»Und jetzt«, fuhr Herr Silber fort, »werde ich euch die erste und wichtigste Regel der Wunschkraft beibringen.« Er stand auf und schrieb an die Wandtafel:

1. *Du kannst nur wirklich wünschen, was du für möglich hältst.*
2. *Du kannst nur das für möglich halten, was zu deiner Geschichte gehört.*
3. *Nur das gehört zu deiner Geschichte, was du in Wahrheit wünschst.*

»Diese Regel«, sagte Herr Silber und unterstrich die Zeilen noch einmal, »solltet ihr euch gut einprägen und darüber nachdenken. Auch wenn ihr sie jetzt vielleicht noch nicht ganz versteht, nach und nach wird sie euch schon klar werden.«

»Heißt das«, fragte Mug aufgeregt, »wenn ich es für möglich halte, dass ich fliegen kann, dann kann ich fliegen – einfach so?«

Herr Silber nickte. »Ja, dann kannst du's.«

Mug sprang auf. »Das werde ich sofort ausprobieren! Ich klettere jetzt aufs Dach vom Schulhaus und fliege los.«

Er rannte zur Tür, und Herr Silber machte keine Anstalten, ihn zurückzuhalten. Mug zögerte und drehte sich nach ihm um. »Und wenn ich aber runterfalle?«

Herr Silber nahm seine Brille ab und putzte sie. »Bist du denn nicht sicher, dass es zu deiner wahren Geschichte gehört?«, fragte er und guckte prüfend durch die Gläser.

»Keine Ahnung«, gab Mug kleinlaut zu.

»Du hältst es also nicht ohne jeden Zweifel für möglich?«, fuhr Herr Silber fort.

»Na ja –«, sagte Mug und zuckte die Achseln.

»Dann bist du vielleicht mit dir selbst überhaupt nicht einig?«, erkundigte sich Herr Silber. »Vielleicht hast du in Wahrheit ganz andere Wünsche?«

»Kann sein«, antwortete Mug.

»Na, dann wirst du eine böse Überraschung erleben, mein lieber Mug. Du wirst natürlich nicht fliegen, sondern herunterfallen und dir ein Bein brechen. So einfach ist das eben nicht mit dem Zaubern, sonst wäre diese Schule ja ganz überflüssig, und später das Zaubergymnasium, und schließlich die Zauberuniversität. Aber vielleicht weißt du es besser und willst es trotzdem versuchen?«

»Lieber nicht«, murmelte Mug und setzte sich wieder auf seinen Platz. »Es ist viel schwerer, als ich dachte.«

»Gut, dass du das einsiehst«, sagte Herr Silber und setzte seine Brille wieder auf. »Und damit ist der Unterricht für heute zu Ende. Auf Wiedersehen, bis morgen.«

Ich ging mit Mug und Mali zusammen nach Hause. Sie waren beide in Gedanken versunken und ich wollte sie nicht stören.

Die nächsten drei Wochen war ich anderweitig beschäftigt. Ich war nämlich von Wünschelreichs Minister für Fabeln und Märchen zu einer Besichtigungsreise des Landes eingeladen worden, bei der ich viel außerordentlich Interessantes zu sehen bekam. Aber davon will ich jetzt nicht sprechen. Sowie ich zurückgekehrt war, begab ich mich natürlich spornstreichs zur Zauberschule, um zu erfahren, was die Kinder – vor allem meine Freunde Mug und Mali – inzwischen schon gelernt hatten.

Die Klasse war gerade eifrig dabei, die allererste Lektion zu üben, die darin bestand, irgendwelche Sachen dazu zu bringen, sich zu bewegen, und zwar ohne sie zu berühren, nur durch die eigene Wunschkraft. Mug hatte ein Streichholz vor sich liegen und Mali ein Federchen, die anderen Kinder versuchten es mit Nähnadeln, Bleistiften oder Zahnstochern.

Herr Silber machte es seinen Schülern immer wieder vor, indem er zum Beispiel seinen Zylinder zum Kleiderhaken schweben ließ und wieder auf seinen Kopf zurückholte oder indem er ein Stück Kreide dazu brachte, wie von selbst etwas an die Wandtafel zu schreiben.

Die Kinder saßen da und strengten sich gewaltig an, bis sie ganz rote Köpfe bekamen, aber es wollte ihnen nicht glücken.

»Vielleicht findet ihr zu den Sachen, die ihr gewählt habt, keinen rechten Kontakt«, schlug der Lehrer vor. »Nehmt doch mal etwas anderes.«

Die Kinder tauschten also die Gegenstände aus und versuchten es jetzt mit ihren Radiergummis, Mützen oder Taschenmessern. Mali hatte einen Tischtennisball vor sich hingelegt und Mug versuchte, eine kleine Gießkanne dazu zu bringen, einen Blumentopf auf dem Fensterbrett zu begießen. Aber vergeblich.

»Ihr müsst euch ganz fest vorstellen«, erklärte Herr Silber, »dass die Sache zu euch gehört wie eure Arme und Beine. Bei denen wisst ihr ja auch nicht, wieso ihr sie bewegen könnt – ihr tut es einfach, weil ihr drinsteckt. Genauso müsst ihr mit eurer Vorstellung in euren Gegenstand hineinschlüpfen, bis ihr ihn von innen fühlt, so als ob er euer Finger oder eure Nase wäre. Na, nun macht schon, es ist doch ganz einfach!«

Und wie zum Beweis ließ er ein Schulheft durchs Zimmer fliegen, als wäre es ein großer Schmetterling. Es flatterte um Mugs Kopf herum und gab ihm ein paar Klapse, dann segelte es zu Herrn Silber zurück. In diesem Augenblick sprang die Gießkanne plötzlich in die Höhe, flog aber nicht zum Blumentopf hin, sondern über Herrn Silber, wo sie sich umkehrte und all ihr Wasser auf ihn ausschüttete. Danach fiel sie scheppernd zu Boden.

»Hoppla!«, stammelte Mug erschrocken. »Entschuldigen Sie bitte, Herr Lehrer, das hab ich nicht gewollt.«

Die ganze Klasse lachte. Herr Silber trocknete sich mit einem großen blauen Taschentuch das Gesicht, schmunzelte und sagte: »Natürlich hast du's gewollt, mein lieber Mug, sonst wäre es ja nicht passiert. Du weißt nur selbst nicht, dass es dein Wunsch war. Es macht mir auch nichts aus, ich bin ja nicht aus Zucker, aber ich freue mich, dass du endlich den allerersten Anfang geschafft hast. Da seht ihr nun alle, dass man gar nicht achtsam genug sein kann, wenn es ums Zaubern geht.«

Ich weiß nicht, wie es zu erklären ist, aber durch Mugs Anfangserfolg schienen nun auch alle anderen Kinder, eins nach dem anderen, dahinterzukommen, wie sie es anstellen mussten. Nach kurzer Zeit schon schwirrten im Klassenzimmer alle möglichen Sachen herum.

Eine Woche später konnte ich mich überzeugen, dass alle Kinder imstande waren, durch einen leichten Wink mit der Hand oder sogar nur durch die Kraft ihres Blickes, nicht bloß kleine Gegenstände wie Bleistifte oder Pingpong-Bälle zu bewegen, sondern sie konnten sogar Tische und Stühle herumwandern oder einen Schrank an die Zimmerdecke schweben lassen. Denn mit dem Gewicht, so erklärten sie mir, habe das gar nichts zu tun.

Mug und Mali benützten ihre neuerworbene Fähigkeit übrigens oft zur Freude ihrer Eltern, indem sie – sozusagen als Hausaufgabe – sich darin übten, durch Wunschkraft den Tisch zu decken und nach den Mahlzeiten das Geschirr abzuräumen. Messer, Gabeln, Löffel und Teller marschierten wie von selbst in Reih und Glied ins Esszimmer oder entfernten sich wieder, um sich gleich darauf in der Küche selbst zu spülen und abzutrocknen. Das war für die Eltern natürlich äußerst praktisch und sie waren sehr stolz auf ihre begabten Zwillinge.

Die zweite Lektion war schon wesentlich schwieriger, und manche Kinder brauchten einen ganzen Monat dazu, ehe ihre Bemühungen von Erfolg gekrönt waren. Die Aufgabe bestand darin, Gegenstände, die man nicht vor Augen hatte, sondern die mehr oder weniger weit entfernt waren, herbeizurufen und plötzlich erscheinen zu lassen.

Herr Silber hatte einen Magneten mitgebracht und eine kleine Tüte voller ganz feiner Eisenfeilspäne. Er schüttete sie vorsichtig auf ein Stück Papier.

»Hier seht ihr«, erklärte er, »einfach ein Häufchen gefeiltes Eisen. Es hat keine Ordnung in sich. Aber jetzt passt mal auf!«

Er hielt den Magneten unter das Papier, und sofort bildeten die Eisenspäne ein ganz bestimmtes Muster.

»Seht ihr«, sagte er, »bisher war der Gegenstand, den ihr vor euch hattet, sozusagen der Magnet, der eure Wunschkraft in eine ganz bestimmte Richtung gelenkt hat. Aber jetzt, wo der Gegenstand anderswo ist, müsst ihr das aus eigener Kraft fertigbringen.«

Dazu war es erforderlich, sich die jeweilige Sache so deutlich vorzustellen, als ob man sie vor sich hätte. Man durfte sich dabei durch nichts ablenken lassen und an nichts anderes denken. Jede kleinste Einzelheit war dabei wichtig, sonst gelang das Experiment nicht. Oder es konnte einem passieren, dass man aus Versehen etwas ganz anderes herbeizauberte, wie zum Beispiel Mali, die während der Stunde einmal Appetit bekam und anstelle ihrer Sandalen, die sie eigentlich hätte herbeirufen sollen, plötzlich ihre Pausenbrote unter den Sohlen kleben hatte.

Zuerst mussten die Kinder mit Dingen üben, die sie gut kannten, Sachen aus ihrem täglichen Gebrauch wie Kämme oder Gürtel oder Mützen. Anfangs trugen sie diese Gegenstände nur ins Nebenzimmer, später dann vor das Schulhaus hinaus und zuletzt immer weiter weg. Danach kehrten sie ins Klassenzimmer zurück und wünschten sie herbei.

Als endlich alle diese Aufgaben bewältigten, ging Herr Silber dazu über, sie etwas herbeirufen zu lassen, was sie noch nicht kannten und von dem sie noch nicht einmal wussten, wo es sich befand. Dazu brauchten sie ein Bild, das sie sich genau einprägen mussten, oder, was noch schwieriger war, nur eine Beschreibung. Es handelte sich da beispielsweise um eine ganz bestimmte Blume, die auf dem oder jenem Berggipfel wuchs, oder einen bestimmten Stein auf dem Grunde eines Sees oder zuletzt

sogar um einen kostbaren Ring aus einem vergrabenen Schatz. Das Allerschwierigste aber war dabei, diese Dinge zuletzt wieder dorthin zu wünschen, von wo sie gekommen waren. Darauf legte Herr Silber, der sonst eher geduldig und heiter war, sehr ernsthaften Wert und duldete keine Schlamperei. »Nur Nichtskönner und unehrliche Leute«, pflegte er immer wieder zu sagen, »nehmen, was sie nicht wirklich brauchen, und bringen die Welt in Unordnung.«

Wer gegen diese Regel verstoße, erklärte er, der könne niemals weiterkommen und müsse deshalb aus dem Unterricht ausscheiden. Das wollte natürlich keines der Kinder, und so bemühten sich alle nach besten Kräften, es richtig zu machen.

Wie schon gesagt, konnten die Schüler bei diesen Übungen nicht fortwährend im Schulhaus bleiben, sondern entfernten sich oft sehr weit von ihm.

Auf manchen dieser Ausflüge begleitete ich sie und lernte dabei die schönsten Gegenden von Wünschelreich kennen. Aber oft hatte ich meine eigenen Pflichten zu erfüllen, und darum kann ich nicht aus eigener Anschauung bestätigen, dass es den Schülern tatsächlich immer gelang, alles dorthin zurückzuzaubern, von wo es stammte. Da aber Herr Silber mit den Leistungen zufrieden schien, nehme ich es an.

Inzwischen war der Herbst in Wünschelreich eingezogen, ein stürmischer Wind wehte und es regnete an den meisten Tagen. Da ich dazu neige, mich leicht zu erkälten, blieb ich lieber zu Hause. Außerdem hatte ich vom Direktor der königlichen Bibliothek den Auftrag bekommen, einen ausführlichen Bericht über Wunschträume in der Alltagswelt zu verfassen. Obgleich mir diese melancholische Arbeit nicht gerade angenehm war, konnte ich mich als Gast des Landes dieser Aufforderung nicht widersetzen. Die nächste Lektion kenne ich also selbst nur aus den Erzählungen von Mug und Mali, die mich jeden Abend nach des Tages Arbeit besuchten und mir von ihren Fortschritten in der Zauberschule berichteten.

Herr Silber hatte mit der nächsten Lektion begonnen. Dabei ging es um die Kunst, ein Ding in ein anderes zu verwandeln. Soweit ich meine beiden jungen Freunde verstand, handelte es sich dabei um die Aufgabe, eine jeweilige »Zauberbrücke« zu bauen. Das bedeutete herauszufinden, was das eine Ding mit dem anderen gemeinsam hatte, was beide miteinander verwandt sein ließ. Über diese sogenannte Brücke musste durch Wunschkraft die Verwandlung bewerkstelligt werden.

Bei einem Apfel, der zu einem Ball werden sollte, war die Sache ja noch vergleichsweise einfach. Jedermann sieht sofort, dass beide kugelförmige Gestalt haben und ihre innere Verwandtschaft sozusagen von selbst zeigen. Schwieriger war es schon, zum Beispiel eine Gabel in einen Apfel zu verwandeln. Da musste man folgendermaßen

vorgehen: Eine Gabel – so musste man denken – bleibt immer eine Gabel, gleich, ob sie groß oder klein ist. Wenn eine Gabel groß ist, dann ist es wieder gleich, ob sie aus Eisen oder Holz besteht. Nun kommen hölzerne Gabeln jeder Größe in jedem Baumgeäst vor, ja, man kann sagen, ein Baum ist im Grunde überhaupt nichts anderes als eine große, vielzinkige Gabel. Das trifft natürlich auch auf einen Apfelbaum zu. Seine Frucht, der einzelne Apfel, ist scheinbar nur ein kleiner Teil eines Apfelbaumes, in Wahrheit steckt aber in jedem Apfelkernchen wieder ein ganzer Apfelbaum. Man darf also mit Recht behaupten: Ein Apfel ist eine Gabel. Und wenn das so ist, dann stimmt auch das Umgekehrte: Eine Gabel ist ein Apfel. Und wenn man nun die richtige Zauber-Wunschkraft einsetzt, dann kann man über diese Brücke das eine in das andere verwandeln.

Bei diesem Beispiel ist die Brücke allerdings noch verhältnismäßig kurz, man kommt schnell von dem einen zum andern. Aber es gibt sehr viel kompliziertere Zusammenhänge, die zwanzig, fünfzig, ja manchmal sogar mehr als hundert Zwischenglieder erfordern. Mug und Mali mussten oft tagelang grübeln, ehe sie mit gewissen Aufgaben fertig waren. Wer das nicht glauben will, der mag nur einmal selber versuchen, die Zauberbrücke zwischen einer Nähmaschine und einem Goldfischglas, zwischen einer Kokosnuss und einer Ziehharmonika oder zwischen einem Paar Pantoffeln und einer Sonnenbrille selbst herauszufinden.

»Und weißt du«, sagte Mali eines Abends ganz begeistert zu mir, »weißt du, was das Tolle dabei ist? Dass es in ganz Wünschelreich, ja, wahrscheinlich auf der ganzen Welt keine zwei Dinge gibt, die nicht auf irgendeine Weise miteinander zu tun haben. Alles hängt auf geheimnisvolle Art mit allem zusammen, und darum kann man wirklich alles in alles verwandeln. – Wenn man's eben kann, meine ich.«

»Das kommt«, fügte Mug hinzu und machte dabei ein kluges

Gesicht, »weil alles in Wahrheit eins ist. Jedenfalls hat das Herr Silber gesagt.«

Darüber musste ich lange nachdenken, und ich bin – ehrlich gesagt – bis heute noch nicht fertig damit.

Die nun folgende vierte Lektion bewältigten alle Kinder offenbar ziemlich rasch. Es ging dabei darum, die bisher erlernten Fähigkeiten nicht mehr nur auf Gegenstände, sondern auf die eigene Person anzuwenden. Als ich etwa eine Woche später wieder einmal im Schulhaus vorbeischaute, waren gerade alle Schüler damit beschäftigt, sich in Gedankenschnelle an andere Orte und wieder zurück zu versetzen.

Allerdings kam es dabei wieder einmal zu einem unangenehmen Zwischenfall – unangenehm diesmal für meinen armen Freund Mug.

Bei dieser Übung musste man sich den Zielort, an den man sich versetzen wollte, genau vorstellen, in allen Einzelheiten. Mug hatte sich seinen Lieblingsplatz im Wald gewählt, dabei aber einen der vielen Bäume, die dort standen, sich vorzustellen vergessen. Als er sich nun dorthin wünschte, prallte er mit solcher Gewalt gegen dessen Stamm, dass er Sternchen sah und betäubt zu Boden fiel. Es dauerte lange, ehe er zurückkehren konnte, und Herr Silber begann bereits, sich ernsthafte Sorgen seinetwegen zu machen. Als wir Mug dann schließlich wieder zu Gesicht bekamen, hatte er eine dicke Beule an der Stirn und ein blaues Auge. Das blieb ihm auch für die nächsten vierzehn Tage, obwohl seine Mutter ihm zu Hause sofort Kräuterumschläge machte. Jedenfalls ließ er sich dieses Erlebnis zur Warnung dienen, und auch alle anderen gingen von da an mit noch viel größerer Sorgfalt ans Werk.

Eine andere Übung der vierten Lektion war das Fliegen. Es ist ja nicht dasselbe, sich im Handumdrehen irgendwohin zu versetzen, sozusagen ohne einen Weg zurückzulegen, oder wie ein Vogel durch die Lüfte zu gleiten. So wie die Schüler vorher gelernt hatten, Gegenstände in die Luft zu erheben und schweben zu lassen, übten sie nun das Gleiche mit sich selbst. Man musste beim Starten zuerst in einem bestimmten Rhythmus atmen, dann kurz den Atem anhalten, die Ellbogen seitlich erheben und sich mit ein paar »Flügelschlägen« langsam über den Erdboden emporschwingen. War man erst einmal in der Luft, dann konnte man die Arme ausbreiten und mit ganz vorsichtigen Handbewegungen den Flug steuern. Das erforderte ein gewisses Training, die meisten Kinder machten erst einmal Purzelbäume in der Luft, weil sie sich zu heftig bewegten. Darum übten sie anfangs im Klassenzimmer, bis sie mit völliger Sicherheit unter der Decke des Raums dahinsegeln konnten, ohne irgendwo anzustoßen. Erst als alle das konnten, wurde der Unterricht ins Freie verlegt. Dort war es weitaus schwieriger, denn es war ja, wie schon gesagt, inzwischen fast Winter und ungemein stürmisch. Der kleinste Windstoß genügte schon, um einen aus der Bahn zu werfen und irgendwo hinzublasen, da man sich ja an nichts festhalten konnte. Aber den Kindern schien gerade das Spaß zu machen, sie kreischten und jauchzten, wenn sie wie in einer unsichtbaren Achterbahn herumgewirbelt wurden. Herr Silber, der natürlich mitflog, ermahnte sie vergebens zu Ruhe und Ordnung. Erst als ein paar von ihnen unsanft zusammenprallten oder in Baumwipfeln hängen blieben, nahmen sich alle zusammen und übten fortan mit Ernst und Disziplin.

Mein Aufenthalt in Wünschelreich ging langsam seinem Ende zu. Eines Abends kam Herr Silber höchstpersönlich zu mir zu Besuch. Das hatte er bisher noch nie getan und ich vermutete, dass er einen wichtigen Grund dafür hatte. Auf seine Bitte hin zogen wir uns in mein Zimmer zurück, um allein zu sein.

»Sie werden nun bald in die Alltagswelt zurückkehren, lieber Freund«, begann er, »und ich nehme an, Sie beabsichtigen, dort über unsere Schule zu berichten, nicht wahr?«

»Allerdings«, gab ich zu, »ich hatte vor, etwas darüber zu schreiben.«

»Nun«, meinte Herr Silber, »dagegen ist natürlich nichts einzuwenden, denn dazu waren Sie ja wohl hier. Sie sind uns auch für den Rest Ihres Aufenthaltes als Beobachter unserer Unterrichtsstunden sehr willkommen, mein Freund, doch möchte ich Sie herzlich um eines bitten.«

»Und das wäre?«, fragte ich.

»Bei den Übungen der Lektionen, die jetzt noch kommen«, sagte Herr Silber, »können Sie gerne beschreiben, was die Schüler lernen, aber verzichten Sie bitte auf jeden Hinweis, wie sie es tun.«

»Und warum?«, wollte ich wissen. »Gerade das würde meine Leser bestimmt am meisten interessieren.«

»Sehen Sie, Verehrtester«, erklärte Herr Silber nachdenklich, »man kann doch nie wissen, in wessen Hände Ihr Bericht fallen wird. Bei den Übungen unserer Kinder bin ich ja ständig zugegen, um dafür zu sorgen, dass alles gut geht und kein Unheil angerichtet wird. Aber möglicherweise gibt es unter Ihren Lesern auch verantwortungslose, leichtsinnige oder sonstwie charakterschwache Menschen, die der Versuchung nicht würden widerstehen können, das eine oder andere Kunststück selbst zu versuchen. Und das könnte böse Folgen haben, für diese Leute selbst, aber auch für andere.«

Ich musste lächeln. »Seien Sie da ganz unbesorgt, verehrter Meister«, beruhigte ich ihn, »bei uns in der Alltagswelt funktioniert Ihre Zauberei sowieso nicht. Außerdem werden mir die meisten meiner Leser nicht einmal glauben, was ich berichte.«

»Trotzdem«, beharrte Herr Silber ernst, »es könnte sein, dass Sie sich irren. Also erfüllen Sie mir doch die kleine Bitte.«

»Wenn es Sie beruhigt«, antwortete ich zögernd.

»Sie versprechen es also?«, fragte er.

»Gut, ich verspreche es.«

Diese Zusage muss ich nun natürlich einhalten, auch wenn es mir selbst ziemlich überflüssig vorkommt. Ich werde jetzt also nur noch erzählen, was die Kinder lernten, aber nicht mehr, wie sie es taten.

Die fünfte Lektion bestand darin, sich unsichtbar zu machen. In diesem Zustand konnte man nicht nur unbemerkt überall hingehen, man konnte sich auch – wie in den früheren Lektionen – an jeden beliebigen Ort versetzen oder durch die Lüfte segeln. Ja, mehr noch, man konnte durch geschlossene Türen und sogar durch dicke Mauern gehen, als wären sie aus Nebel. Als Mug und Mali diese Kunst schließlich beherrschten, erzählten sie mir, dass das Unsichtbarsein auch einen Nachteil habe. Man könne dabei nämlich seine Umgebung auch nur ziemlich undeutlich wahrnehmen, wie durch farbige Schleier. Einen Brief oder ein Buch könne man so zum Beispiel nicht lesen, dazu müsse man sich selbst erst wieder sichtbar machen. Es sei zudem ein ziemlich unangenehmes Gefühl im ganzen Körper damit verbunden, und es gäbe auch eine ernste Gefahr dabei. Wenn man sich zum Beispiel aus Versehen sichtbar mache, während man sich in einer dicken Mauer oder einem Felsen oder dergleichen befände, dann bliebe man rettungslos darin stecken.

Aber das passierte keinem der Kinder, dafür sorgte schon Herr Silber. Jedenfalls begann ich einzusehen, dass das Versprechen, das der Lehrer mir abgenommen hatte, wohl doch nicht so unbegründet war.

Obgleich ich nach wie vor davon überzeugt bin, dass alle diese Dinge bei uns in der Alltagswelt unmöglich sind, überläuft mich doch eine Gänsehaut allein bei dem Gedanken, es könnte sich anders verhalten. Völlige Gewissheit, was die gebotene Vorsichtsmaßnahme betrifft, erhielt ich jedoch während der letzten Woche meines Aufenthalts in Wünschelreich, als jenes Unglück geschah, das die Versetzung von Mug und Mali in die nächsthöhere Klasse ernsthaft infrage stellte. Aber ich will der Reihe nach erzählen.

Die sechste und die siebente Lektion gingen in gewissem Sinne ineinander über, obgleich sie sich, was die Schwierigkeit betraf, erheblich voneinander unterschieden.

In beiden Fällen handelte es sich um das Erschaffen von etwas – in der sechsten Lektion um das Erschaffen von Dingen und in der siebenten, übrigens der letzten dieses Schuljahres, um das Erschaffen von Wesen. Ja, tatsächlich, die Zauberschüler in Wünschelreich lernen schon in der Grundschule, sich Dinge und Wesen auszudenken, die vorher nie und nirgends existiert haben, und sie durch Wunschkraft Wirklichkeit werden zu lassen.

So wie man bei uns malt, zeichnet oder modelliert, übten sich Mug und Mali nun also darin, Dinge aus dem Nichts, oder besser gesagt, aus ihrer Fantasie entstehen zu lassen. Wie schon früher, so war es auch hier unbedingt notwendig, sich jede kleinste Einzelheit ganz genau vorzustellen, ganz so, als stünde einem die Sache vor Augen. Nur ging es jetzt eben darum, diese Vorstellung ganz neu zu bilden, ohne ein Vorbild aus der Erinnerung.

Diese Übung gelang den meisten Kindern anfangs nur langsam, es dauerte ein, zwei Stunden in völliger Konzentration, um die einfachsten Vorstellungen bis zur Sichtbarkeit zu verdichten. Manches kam auch nur teilweise, unvollständig zustande: eine halbe Puppe, eine Tabakpfeife ohne Stiel, ein Fahrrad ohne Räder … Nach ein paar Tagen war Mali dann allerdings schon so weit, ein großes Glas voll Himbeersaft, den man wirklich trinken konnte, in einer knappen Viertelstunde zu erschaffen. Danach ging es mit allen rasch vorwärts. Nach einer weiteren Woche gelang es Mug, in elf Minuten eine ganze Lokomotive, die rauchte und dampfte, ins Klassenzimmer zu zaubern. Alle mussten husten und wären fast erstickt, ehe es ihm gelang, sie wieder verschwinden zu lassen. Von diesem Zwischenfall abgesehen, war es wirklich ein Vergnügen zuzuschauen, was die Kinder alles produzierten: Spieluhren und Kronleuchter, Schlittschuhe und

Kachelöfen, Ritterrüstungen und Fernrohre, Cowboyhüte und Feuerwerksraketen – einfach alles!

Die siebente und letzte Lektion, das Erschaffen von Lebewesen, war viel schwieriger und dauerte viel länger. Mali brauchte volle zwei Tage für ihr erstes Werk, ein wunderbares buntes Fischlein, das im Dunkeln leuchtete und in einem Aquarium herumschwamm.

Sie war so stolz darauf und es gefiel ihr selbst so gut, dass sie es nur schweren Herzens über sich brachte, das Geschöpfchen wieder verschwinden zu lassen. Aber Herr Silber machte ihr und allen anderen mit Ernst und Nachdruck klar, dass es von größter Wichtigkeit war, immer alles gewissenhaft wieder wegzuzaubern, was man geschaffen hatte – ganz besonders, was die Lebewesen betraf. Denn sobald ein solches Geschöpf – so erklärte er – sich erst einmal selbstständig mache, könne das unabsehbare Rückwirkungen auf den Verlauf der Geschichte seines Hervorbringers haben. Und das dürfe nur dann geschehen, wenn es unbedingt notwendig und vor allem gut überlegt sei.

»Merkt euch: Jedes Geschöpf verändert seinen Schöpfer«, wiederholte er immer wieder. Die Kinder schienen zwar ihre eigene Meinung über die Wichtigkeit dieses Punktes zu haben, behielten sie aber für sich und fügten sich gehorsam den Anweisungen des Lehrers.

Mug und Mali hatten eine Art Wettstreit begonnen, in dem sie sich gegenseitig an Einfällen zu übertreffen versuchten. Im Verlauf der nächsten Tage zauberte sie eine Art Paradiesvogel, der herrlich anzusehen war und die Nationalhymne von Wünschelreich pfeifen konnte, und er ein kleines Fabeltier, das wie ein seidenglänzendes violettes Miniaturpferdchen aussah und auf Befragen die genaue Uhrzeit durch Schlagen mit dem Vorderhuf angab. Darauf erfand Mali einen herumhüpfenden und Trompete blasenden Pilz und Mug ein zweiköpfiges Männchen, das sich fortwährend mit sich selber zankte und so lange gegen seine Existenz protestierte, bis es wieder weggezaubert war. Schließlich erschuf Mali ein Hampelweibchen, fast so groß wie sie selbst, das Ballett tanzen konnte und herzzerbrechend weinte und schluchzte, als es erfuhr, dass es wieder verschwinden müsse, während Mug einen mechanischen Kobold machte, der steif und fest behauptete, der wahre Mug zu sein, und sogar damit drohte, Mug wegzuzaubern, wenn er ihm noch länger widerspräche. Aber Mug wurde natürlich mit ihm fertig und ließ ihn wieder verschwinden.

Und dann kam jener verhängnisvolle letzte Nachmittag meines Aufenthalts in Wünschelreich. Inzwischen war es Winter geworden und das Land war tief verschneit. Um ein letztes Mal die Schönheiten der Landschaft zu genießen, war ich mit Skiern weit hinausgewandert, an einem vereisten Flussufer entlanggelaufen und zuletzt in einen Wald geraten. Bei der Abfahrt von einem Hügel stürzte ich so ungeschickt, dass ich mir einen Fußknöchel verrenkte. Es tat arg weh, und die Schmerzen wurden mit jedem Versuch, den Fuß zu benützen, stärker. Mir war klar, dass ich allein nicht mehr zu meinem Logis zurückkommen würde. Ich rief, so laut ich konnte, immer wieder, aber es war eine einsame Gegend, und niemand hörte mich.

Der Nachmittag neigte sich schon dem Abend zu, und die zunehmende Kälte drang mir immer tiefer in die Knochen. Ich wurde müder und müder, aber ich kämpfte dagegen an, denn ich wusste, einzuschlafen wäre mein sicheres Ende.

Ich blickte zum Himmel empor, der sich schon mit einem rasch dunkler werdenden rosenroten Schleier verhüllte, als ich plötzlich zwei winzige schwarze Gestalten in großer Höhe über dem Wald hin und her fliegen sah, als ob sie etwas suchten. Ich winkte und schrie aus Leibeskräften, schließlich bemerkten mich die dort oben, kamen rasch näher und landeten neben mir. Es waren meine beiden jungen Freunde Mug und Mali. Ich will gern zugeben, dass ich selten in meinem Leben die Gesellschaft von Kindern so sehr begrüßt habe wie in diesem Augenblick.

Rasch erklärte ich meine Situation, und die Zwillinge sagten, sie hätten sich schon so etwas gedacht und mich deshalb gesucht.

»Wenn du willst«, schlugen sie vor, »bringen wir dich sofort nach Hause.«

»Und wie?«, fragte ich.

»Na, durch die Luft, so wie wir gekommen sind. Zu zweit schaffen wir das schon.«

Ich bin nicht schwindelfrei, und bei der Vorstellung, hoch über dem Land, nur von vier zarten Kinderhändchen festgehalten, herumzufliegen, brach mir trotz der klirrenden Kälte der Angstschweiß aus.

»Gibt es nicht vielleicht noch eine andere Möglichkeit?«, erkundigte ich mich kleinlaut.

»Natürlich«, meinte Mali nach kurzem Nachdenken, »ich werde ein Reittier für dich zaubern.«

»Lass das lieber mal mich machen«, sagte Mug, »ich kann das besser als du.«

»Was soll denn das heißen?«, fragte Mali und stemmte die Arme in die Seiten. »Besser als ich?«

»Bei dir würde das ewig dauern«, antwortete Mug, »das soll es heißen.«

»Willst du etwa behaupten, dass du es schneller kannst?«

»Allerdings, liebes Schwesterchen!«

»Das glaubst du doch selber nicht!«

»Aber sicher doch!«

»Einbildung ist auch eine Bildung.«

»Selber eingebildet!«

Die Zwillinge fingen an, sich ernsthaft in die Wolle zu kriegen, und wie ich sie beide kannte, konnte das noch stundenlang so weitergehen. Mein Fuß tat inzwischen ganz scheußlich weh.

»Hört mal«, stöhnte ich, »könntet ihr nicht einfach gemeinsam etwas zaubern?« (Oh, hätte ich das doch nicht gesagt!)

Sie hörten auf zu streiten und sahen mich überrascht an.

»Das ist eigentlich keine schlechte Idee«, meinte Mug.

»Ob das geht?«, wandte Mali ein. »So was haben wir bisher noch nie gemacht – ein Gemeinschaftswerk.«

»Vielleicht geht's doppelt so schnell zu zweit.«

»Gut, versuchen wir's.«

Beide schlossen die Augen, um sich zu konzentrieren.

»Es soll ein Pferd sein«, murmelte Mali.

»Ja, aber besonders groß und stark«, fügte Mug hinzu, »damit es uns alle drei tragen kann.«

»Vielleicht mit Flügeln oder so was«, schlug Mali vor, »dann hätte es mehr Tempo.«

»Gut, welche Farbe?«

»Dunkel!«

»Nein, hell!«

»Ist ja egal, Hauptsache, es ist feurig.«

»Hast du's?«, fragte Mug.

»Noch nicht ganz.«

»Nun eil dich doch mal, Trödeltrine!«

»Jetzt hab ich's.«

»Also los!«

Ein paar Minuten war es still, beide Kinder saßen neben mir im Schnee, drückten die Augen zu und ballten die Fäuste. Man konnte sehen, dass sie sich gewaltig anstrengten. Plötzlich ließ uns alle drei ein unheimliches Geräusch zusammenfahren. Es hatte wie ein grollender und doch zugleich schriller Schrei geklungen. Mug und Mali rissen die Augen auf und ich drehte mich mühsam um. Nur wenige Meter von uns entfernt stand ein Geschöpf, wie ich noch nie im Leben eins gesehen hatte.

Es war wahrhaft riesig und unförmig wie ein elefantengroßes Nilpferd. Seine Haut war schwarz-weiß kariert. Mähne und Schweif hatten meine Freunde in der Eile vergessen. Die Augen in seinem viereckigen Schädel glühten wie Scheinwerfer, hatten aber keine Pupillen, sondern sahen aus wie zwei Feuerbälle. Es hatte nur ein Ohr, anstelle des anderen befand sich ein Loch. An seinem Rücken klebten zwei lächerlich kleine Flügel, aber es waren durchsichtige Hautflügel wie bei einer Fliege oder Libelle. Das Monster stampfte mit seinen dicken, wurstförmigen Beinen und bäumte sich auf. Dabei konnte man sehen, dass sein Fell an der Unterseite zugeknöpft war wie ein zu enger Mantel. Es schnaubte wild aus seinen eimergroßen Nasenlöchern und zwei blaurote Stichflammen schossen hervor. Dann schrie es noch einmal – wiehern konnte man es wirklich nicht nennen – und riss dabei sein Maul auf. Es hatte weder Zähne noch Zunge.

»Das ist deine Schuld«, flüsterte Mali.

»Oder deine«, antwortete Mug wütend. »Aber jetzt ist es schon egal. Wichtig ist, dass es uns nach Hause bringt.«

»Was denn?«, fragte ich zähneklappernd. »Denkt ihr, ich setze mich da drauf?«

»Es muss leider sein«, sagte Mali. »Wir haben jetzt keine andere Wahl mehr, und es ist schließlich besser als gar nichts.«

»Komm, reiß dich zusammen«, ermunterte mich Mug. »Nur Mut, alter Freund.«

Aber es sollte anders kommen. Als er auf das Monster zutrat, um es zu besteigen, scheute es zurück und schlug mit den Vorderbeinen nach ihm. Obwohl es keine Hufe hatte, klang es, als ob zwei Dampfhämmer niedersausten.

Mug war sichtlich erschrocken, aber er bemühte sich, es sich nicht anmerken zu lassen.

»He, du Biest, gehorche gefälligst!«, rief er streng, aber seine Stim-

me zitterte dabei. »Wenn du nicht tust, wozu wir dich hergezaubert haben, dann lassen wir dich sofort wieder verschwinden.«

Als die Missgeburt das hörte, brüllte sie auf, es klang jammervoll und entsetzlich zugleich, und raste davon, dass der Schnee hinter ihr stäubte. Dabei versuchte sie immer wieder, sich mit ihren viel zu kleinen Flügeln in die Luft zu erheben, aber es wurden nur ein paar ziellose, lächerliche Hopser daraus. Für kurze Zeit hörten wir noch das Krachen und Knacken der Büsche und Bäume des Waldes, durch den das Ungeheuer sich seinen Weg bahnte, dann wurde es still.

»Komm zurück!«, schrien Mug und Mali. »Komm sofort wieder her!«

Aber alles war vergeblich. Das missratene Geschöpf gehorchte ihnen nicht. Sie hatten ein Monster geschaffen und es hatte sich selbstständig gemacht. Es würde von nun an seiner eigenen Wege gehen.

Mug und Mali tauschten einen langen, sorgenvollen Blick.

»Was wird Herr Silber dazu sagen?«, murmelte er. Und sie stieß einen schweren Seufzer aus.

Ich erinnere mich, ehrlich gesagt, nicht mehr genau, wie ich dann doch in meine Herberge kam. Ich war inzwischen schon halb erfroren und kaum noch bei mir. Ich glaube, die Zwillinge sind trotz meiner vorherigen Proteste mit mir durch die Luft geflogen, denn in meinem Gedächtnis finde ich ein paar undeutliche Bilder, in denen ich in schwindelnder Höhe über einer nächtlichen Winterlandschaft baumle und jemand mich hinten am Kragen festhält.

Danach hatte ich wohl mehrere Tage hohes Fieber und mein Fuß war wie taub und ohne Gefühl. Und als das schließlich vorüber war, fand ich mich in meinem Bett in der Alltagswelt wieder. Auf irgendeine Weise hatte man mich offenbar aus Wünschelreich hierher zurücktransportiert.

Als Erstes setzte ich mich hin und schrieb einen Brief an Herrn Rosamarino Silber, in dem ich ihm den ganzen Vorfall schilderte. Ich fühlte mich irgendwie mitschuldig, denn im Grunde hatten meine beiden Freunde das Unglück ja meinetwegen angerichtet. Deshalb war ich sehr erleichtert, als ich schon zwei Wochen später ein Antwortschreiben des Lehrers bekam, in dem er mir mitteilte, dass die Angelegenheit inzwischen in Ordnung sei. Zwar hätte die Versetzung von Mug und Mali in die nächsthöhere Klasse eine Weile ernsthaft infrage gestanden, aber in Anbetracht der besonderen Umstände und wegen ihrer hervorragenden Begabung sei man schließlich doch übereingekommen, ein Auge zuzudrücken. Das missratene Produkt ihrer Gemeinschaftszauberei habe er persönlich aufgespürt und unter tatkräftiger Mithilfe der beiden Schüler wieder aus der Welt geschafft. Dies sei ja wohl auch für die bedauernswerte Kreatur selbst das Beste gewesen. Mug und Mali seien durch diese Erfahrung durchaus gereift und ließen mich herzlich grüßen.

Mit dieser erfreulichen Nachricht will ich auch meinen Bericht abschließen. Das Ganze ist, wie schon zu Anfang gesagt, inzwischen so manches Jahr her und meine beiden jungen Freunde besuchen inzwischen längst die Zauberuniversität. Um übrigens alle Missverständnisse zu vermeiden, möchte ich noch hinzufügen, dass ich selbst bei dieser Reise nicht zaubern gelernt habe – wirklich, nicht das kleinste bisschen! Aber ich bin ja auch nicht in Wünschelreich geboren.

TRANQUILLA TRAMPELTREU, DIE BEHARRLICHE SCHILDKRÖTE

Eines schönen Morgens saß die Schildkröte Tranquilla Trampeltreu vor ihrer kleinen gemütlichen Höhle in der Sonne und verspeiste geruhsam ein Wegerichblatt.

Über ihr, in den Zweigen eines uralten Ölbaumes, saß die Taube Sulaika Silberkropf und putzte ihr schimmerndes Gefieder. Da kam der Täuberich Salomon Silberkropf geflogen, verbeugte sich mehrmals und rief: »O Sulaika, du Freude meines Herzens, hast du es schon vernommen? Der Große Sultan aller Tiere, Leo der Achtundzwanzigste, wird Hochzeit feiern. Darum lass uns zusammen zu seiner Höhle fliegen, du Licht meiner Augen!«

»O mein Herr und Gebieter«, gurrte die Taube, »sind wir denn eingeladen?«

»Sei unbesorgt, du Stern meines Lebens«, antwortete Salomon Silberkropf und verbeugte sich noch ein paar Mal, »alle Tiere, groß und klein, alt und jung, dick und dünn, nass und trocken, sind eingeladen, also auch wir. Es soll das schönste Fest werden, das es je gegeben hat. Aber wir müssen uns beeilen, denn der Weg zur Löwenhöhle ist sehr weit und das Fest ist schon bald.«

Sulaika nickte, und beide Tauben flogen davon.

Tranquilla Trampeltreu, die alles gehört hatte, versank in so tiefes Nachdenken, dass sie sogar vergaß, den Rest ihres Frühstücks aufzuessen.

»Wenn alle Tiere, groß und klein, alt und jung, dick und dünn, nass und trocken, zu der Hochzeit eingeladen sind«, so sprach Tranquilla zu sich selbst, »dann bin ich es wohl auch. Warum sollte ich also nicht auch auf das schönste Fest gehen, das es je gegeben hat?«

Nachdem sie den ganzen Tag und die darauffolgende Nacht hindurch nachgedacht hatte, stand ihr Entschluss fest. Kaum war die Morgensonne aufgegangen, setzte sie sich in Bewegung, Schritt für Schritt, langsam zwar, aber unaufhaltsam.

Als sie schon fast den ganzen Tag so dahingekrabbelt war, kam sie an einem Dornbusch vorüber. Dort wohnte die Spinne Fatima Fadenkreuz inmitten ihres prächtigen Netzes.

»He, Tranquilla Trampeltreu«, rief die Spinne, »wohin denn so eilig, wenn man fragen darf?«

»Guten Abend, Fatima Fadenkreuz!«, antwortete die Schildkröte und blieb stehen, um ein wenig zu verschnaufen. »Wie du weißt, hat unser Großer Sultan, Leo der Achtundzwanzigste, alle Tiere zu seiner Hochzeit eingeladen. Deshalb gehe ich auch hin.«

Fatima Fadenkreuz schlug ihre langen Vorderbeine über dem Kopf zusammen und begann so zu kichern, dass ihr ganzes Netz bedenklich zu wippen anfing.

»O Tranquilla«, stieß sie endlich hervor, »du Langsamste der Langsamen – wie willst du je dort hinkommen?«

»Schritt für Schritt«, sagte Tranquilla.

»Und hast du auch bedacht«, rief Fatima Fadenkreuz, »dass die Hochzeit bereits in vierzehn Tagen sein wird?«

Tranquilla blickte zuversichtlich auf ihre kurzen, stämmigen Beinchen und antwortete: »Ich werde schon rechtzeitig dort sein.«

»Tranquilla!«, sagte die Spinne mitleidig. »Tranquilla Trampeltreu! Selbst für mich wäre der Weg zu weit, und ich habe nicht nur flinkere Beine, sondern auch doppelt so viele. Sei vernünftig! Gib's auf und geh nach Hause!«

»Das geht leider nicht«, antwortete die Schildkröte freundlich, »mein Entschluss steht fest.«

»Wem nicht zu raten ist, dem ist nicht zu helfen!«, sagte die Spinne und begann unwillig an ihrem Netz zu stricken.

»Das stimmt«, erwiderte Tranquilla, »also dann auf Wiedersehen, Fatima Fadenkreuz.«

Damit stapfte sie los. Die Spinne kicherte boshaft vor sich hin und wisperte: »Lauf bloß nicht zu schnell, sonst kommst du am Ende noch zu früh!«

Tranquilla Trampeltreu aber wanderte weiter über Stock und Stein, durch Sand und Hain, bei Nacht und Sonnenschein.

Als sie einmal an einem kleinen Teich vorüberkam, machte sie

Rast, um zu trinken. Auf einem Efeublatt saß die Schnecke Scheheresade Schleimig, die beguckte sich die Schildkröte mit langen Stielaugen.

»Guten Tag!«, sagte Tranquilla freundlich.

Es dauerte eine gute Weile, bis die Schnecke sich so weit gesammelt hatte, dass sie antworten konnte. »Du lieber Himmel!«, knatschte sie unendlich langsam. »*Du* kannst aber schnell laufen! Ganz schwindelig wird einem bloß vom Zusehen.«

»Ich gehe auf die Hochzeit unseres Großen Sultans, Leo des Achtundzwanzigsten«, erklärte Tranquilla.

Diesmal dauerte es noch länger, bis Scheheresade ihre klebrigen Gedanken so weit geordnet hatte, dass sie mühsam hervordrucksen konnte: »Wie schnecklich! Da bist du ja in die ganz falsche Richtung gelaufen.« Sie deutete mit ihren Fühlhörnern verwirrt in der Gegend herum: »Dahinnichtdorthinvondaherichmeinehierher! – Hiernichtdadorthinmirhernichnordhinda da du da …«, und sie verwickelte sich rettungslos in ihrer schwierigen Erklärung.

»Macht nichts«, sagte Tranquilla, »dann weiß ich's jedenfalls jetzt. Wohin, sagtest du, muss ich gehen?«

Die Schnecke war so durcheinander, dass sie in ihr Haus zurückschrumpfte und erst nach einer halben Stunde wieder zum Vorschein kam.

Tranquilla wartete geduldig, bis Scheheresade die Sprache wiedergefunden hatte.

»Du lieber Himmel!«, jammerte die Schnecke. »Was für ein Unglück! Du hättest nach Süden gehen müssen und nicht nach Norden. Genau umgekehrt hättest du gehen müssen.«

»Vielen Dank für den Hinweis!«, antwortete Tranquilla und drehte sich umständlich in die entgegengesetzte Richtung.

»Aber das Fest ist doch schon übermorgen!«, rief die Schnecke weinerlich.

»Ich werde schon rechtzeitig dort sein«, sagte Tranquilla.

»Nie!«, seufzte die Schnecke und blickte die Schildkröte schwermütig an. »Nie und nimmer! Ja, wenn du von Anfang an in die richtige Richtung gelaufen wärst – dann vielleicht. Aber nun ist alles hoffnungslos. Alles war umsonst. Wie schnecklich!«

»Du kannst dich gern auf meinen Panzer setzen, wenn du mitkommen willst«, schlug Tranquilla vor.

Scheheresade Schleimig senkte ergeben ihre Stielaugen. »Es hat keinen Sinn. Es ist zu spät, viel zu spät. Niemals würden wir hinkommen.«

»Doch«, sagte Tranquilla, »Schritt für Schritt.«

»Ich bin so traurig«, knatschte die Schnecke, »bleib bei mir und tröste mich!«

»Das geht leider nicht«, sagte Tranquilla freundlich, »mein Entschluss steht fest.« Damit setzte sie sich von Neuem in Bewegung, nun in die entgegengesetzte Richtung.

Scheheresade Schleimig blickte ihr noch lange Zeit mit tränenfeuchten Stielaugen nach und machte fortwährend beschwörende Bewegungen mit ihren Fühlhörnern.

Wieder wanderte die Schildkröte nun viele Tage lang in der anderen Richtung über Stock und Stein, durch Sand und Hain, bei Nacht und Sonnenschein.

Schließlich begegnete sie dem Eidechserich Zacharias Zierfuß, der auf einem sonnenbeschienenen Stein lag und döste. Sein smaragdgrünes Schuppenkleid glitzerte kostbar. Als die Schildkröte sich näherte, öffnete er ein Auge, blinzelte und sagte schläfrig: »Halt! Wer ist man? Woher kommt man? Wohin will man?«

»Ich heiße Tranquilla Trampeltreu«, sagte die Schildkröte, »ich komme vom uralten Ölbaum und will zur Löwenhöhle.«

Zacharias Zierfuß gähnte. »Ei, ei, und was hat man dort zu suchen?«

»Ich gehe auf die Hochzeit unseres Großen Sultans, Leos des Achtundzwanzigsten, denn er hat alle Tiere dazu eingeladen, also auch mich«, antwortete Tranquilla.

Nun öffnete Zacharias Zierfuß erstaunt auch sein anderes Auge und betrachtete die Schildkröte herablassend. »Wie stellt sich so ein armseliger Staubschlucker wohl vor«, näselte er nach einer Weile, »jetzt noch dorthin zu kommen?«

»Schritt für Schritt«, sagte Tranquilla.

Zacharias Zierfuß stützte sich auf die Ellbogen und trommelte mit den Fingern. »Ei, ei, auf so gemächliche Weise will man zu einer Hochzeit gehen, die schon vor einer Woche gewesen wäre?«

»Ist sie denn *nicht* vor einer Woche gewesen?«, fragte Tranquilla.

»Nein«, antwortete Zacharias Zierfuß faul.

»Fein«, sagte Tranquilla erfreut, »dann werde ich ja doch noch rechtzeitig dort sein.«

»Das wird man ganz bestimmt nicht! Als hoher Beamter des Löwenhofes erkläre ich hiermit: Die Hochzeit ist vorläufig abgesagt. Leo der Achtundzwanzigste musste ganz plötzlich in den Krieg gegen den Tiger Sebulon Säbelzahn ziehen. Man kann also getrost wieder nach Hause zurückkehren.«

»Das geht leider nicht«, antwortete Tranquilla Trampeltreu, »mein Entschluss steht fest.« Damit ließ sie den Eidechserich links liegen und stapfte weiter.

Zacharias Zierfuß aber starrte dösig vor sich hin und murmelte immer wieder: »Man fragt sich wirklich … also man fragt sich wirklich …«

Wieder wanderte die Schildkröte viele Tage lang über Stock und Stein, durch Sand und Hain, bei Nacht und Sonnenschein.

Als sie eine Felsenwüste durchquerte, begegnete sie einer Gesellschaft von Raben, die auf einem dürren Baum hockten und in düstere Gedanken versunken schienen. Tranquilla Trampeltreu blieb stehen, um sich nach dem Weg zu erkundigen.

»Hatschi!«, krächzte einer der Raben, noch ehe sie etwas gesagt hatte.

»Gesundheit!«, rief Tranquilla freundlich.

»Ich habe nicht geniest«, schnarrte der Rabe grämlich, »ich habe mich nur vorgestellt. Ich bin der Weise Hatschi Halef Habakuk.«

»O Verzeihung!«, sagte sie. »Ich heiße Tranquilla Trampeltreu und bin nur eine einfache Schildkröte. Kannst du mir bitte sagen, weiser Habakuk, ob es hier zur Höhle unseres Großen Sultans, Leo des

Achtundzwanzigsten, geht? Ich bin nämlich auf seine Hochzeit eingeladen.«

Die Raben warfen sich untereinander bedeutungsvolle Blicke zu und hüstelten.

»Ich könnte es dir wohl sagen«, erklärte Habakuk und kratzte sich mit der Kralle den Kopf, »aber es würde dir nichts mehr nützen. Dort nämlich, wo unser Großer Sultan jetzt ist, können selbst wir, die Weisen, nicht hingelangen. Du aber, armes unwissendes Krabbeltier, wie solltest du mit deinem kurzen Verstand jemals dort hinfinden?«

»Schritt für Schritt«, sagte Tranquilla.

Wieder wechselten die Raben untereinander bedeutungsvolle Blicke und hüstelten.

»O du verblendetes Geschöpf!«, krächzte Habakuk feierlich. »Wovon du redest, das ist längst vergangen. Und die Vergangenheit holt niemand ein.«

»Ich werde schon rechtzeitig dort sein«, sagte Tranquilla zuversichtlich.

»Unmöglich!«, antwortete Habakuk mit Grabesstimme. »Siehst du nicht, dass wir Trauerkleider tragen? Vor wenigen Tagen haben wir unseren Großen Sultan, Leo den Achtundzwanzigsten, begraben. Er war im Kampf mit dem Tiger Sebulon Säbelzahn so schwer verwundet worden, dass er sterben musste.«

»Ach«, sagte Tranquilla Trampeltreu, »das tut mir aber wirklich leid.«

»Darum kehre heim«, fuhr Habakuk fort, »oder bleibe hier und trauere mit uns.«

»Das geht leider nicht«, antwortete Tranquilla freundlich, »mein Entschluss steht fest.« Damit machte sie sich von Neuem auf den Weg.

Die Raben blickten missbilligend hinter ihr her, dann steckten sie die Köpfe zusammen und krächzten: »Diese verstockte Person! Will doch tatsächlich auf die Hochzeit von jemandem gehen, der schon längst gestorben ist.«

Wieder stapfte Tranquilla Trampeltreu viele Tage über Stock und Stein, durch Sand und Hain, bei Nacht und Sonnenschein.

Und zuletzt gelangte sie in einen Wald voller blühender Bäume. In der Mitte des Waldes lag eine große Blumenwiese. Und auf dieser Wiese waren viele Tiere versammelt, große und kleine, alte und junge, dicke und dünne, nasse und trockene, die alle sehr vergnügt und voll freudiger Erwartung waren.

»Ach bitte«, fragte Tranquilla Trampeltreu einen kleinen Seidenaffen, der neben ihr auf und nieder hüpfte und in die Hände klatschte, »wo geht es hier zur Höhle unseres Großen Sultans?«

»Aber du stehst doch schon davor«, rief das Äffchen (es hieß übrigens Jussuf Juckfinger, aber das ist hier nicht mehr wichtig), »dort drüben ist der Eingang!«

»Und ist dies vielleicht«, fragte Tranquilla Trampeltreu bedächtig, »die Hochzeit unseres Großen Sultans, Leo des Achtundzwanzigsten?«

»Aber nein!«, rief das Äffchen. »Du musst wirklich von sehr weit herkommen! Heute feiert doch, wie jeder weiß, unser neuer Großer Sultan, Leo der *Neun*undzwanzigste, seine Hochzeit.«

In diesem Augenblick erschien im Eingang der Höhle ein herrlicher junger Löwe mit einer gewaltigen Mähne, die wie die Sonne leuchtete. Und neben ihm stand eine wunderschöne junge Löwin. Und alle Tiere riefen »Vivat!« und »Lang lebe das Hochzeitspaar!«, und dann wurde getanzt und gespielt und geschmaust und gesungen bis in die tiefe Nacht hinein. Und die Glühwürmchen leuchteten, und die Nachtigallen und Grillen musizierten. Mit einem Wort, es war wirklich das schönste Fest, das es je gegeben hat. Und mitten unter den Hochzeitsgästen saß Tranquilla Trampeltreu, ein bisschen müde zwar, aber sehr glücklich, und sprach: »Ich hab's doch immer gesagt, dass ich rechtzeitig da sein werde.«

DAS KLEINE LUMPENKASPERLE

Es war einmal ein kleines Lumpenkasperle, das war aus lauter bunten Stofflappen zusammengenäht. Es gehörte einem Büblein, da ging es ihm gut!

Das kleine Lumpenkasperle war auch immer lustig. Das Einzige im Leben, was es wirklich ernst nahm, war sein Beruf.

Ja, was war denn sein Beruf?
Spaß machen halt!
Wem denn?
Na, dem Büblein!

Eines Tages sah das Büblein in einem Schaufenster viel schönere und größere Kasperle, solche zum Aufziehen, die richtig Trompete blasen konnten. Außerdem gab es da kleine Roboter, die herumwackelten, und feine Puppen, die von selbst redeten und echte Haare hatten, und Autos und Flugzeuge.

Und auf einmal mochte das Büblein sein kleines Lumpenkasperle gar nicht mehr. Die anderen Spielsachen schienen ihm viel schöner und konnten alles viel besser!

Ja, was konnten die anderen denn besser?
Spaß machen halt! Wem denn?
Na, dem Büblein!

Das kleine Lumpenkasperle versuchte alles, was es konnte, und gab sich die größte Mühe, das Büblein wieder aufzuheitern.

Aber das Büblein guckte gar nicht hin und war unzufrieden und verdrießlich. Und zuletzt nahm es das kleine Lumpenkasperle und warf es einfach aus dem Fenster.

Da war es für das arme Lumpenkasperle nun freilich ganz und gar vorbei.

Womit war es denn ganz und gar vorbei?
Mit dem Spaßmachen halt!
Wem denn?
Na, dem Büblein!

Als das kleine Lumpenkasperle nun so in der Gosse lag, da kam eine Hundemama vorbei, beschnupperte es und trug es im Maul davon. Sie hatte nämlich sieben Hundekinder zu Hause, denen wollte sie es zum Spielen mitbringen.

Das Lumpenkasperle konnte sich zwar nicht wehren, aber es wollte beileibe nicht zu den Hundekindern.

Ja, was wollte es denn?
Spaß machen halt!
Wem denn?
Na, dem Büblein!

Die Hundekinder spielten mit dem kleinen Lumpenkasperle, wie Hundekinder eben spielen: Sie kauten es mit ihren spitzen Zähnchen und schüttelten es und schlugen es sich um die Ohren und zerrten es hierhin und dorthin, jedes an einem anderen Ende. Dem kleinen Lumpenkasperle wurde so angst und bang, dass es selber ganz vergaß, wozu es eigentlich auf der Welt war.

Ja, wozu war's denn auf der Welt?
Zum Spaßmachen halt!
Wem denn?
Na, dem Büblein!

Als der Herr, dem alle die Hunde gehörten, das kleine Lumpenkasperle sah, da rief er: »Pfui, was für ein unappetitlicher Lappen! Weg

damit!« Und er nahm es mit spitzen Fingern und warf es in die Mülltonne unter Asche und Konservenbüchsen.

Da lag nun das kleine Lumpenkasperle und war so schmutzig und armselig, dass niemand mehr hätte erkennen können, wozu es früher einmal gut gewesen war.

Ja, wozu war es denn früher einmal gut gewesen?
Zum Spaßmachen halt!
Wem denn?
Na, dem Büblein!

Am nächsten Tag kam ein Lumpensammler vorbei und suchte in den Mülltonnen nach Lumpen und Papier.

Als er das kleine Lumpenkasperle sah, zog er es heraus und warf es auf seinen Karren.

Er dachte sich nichts Böses dabei. Er war ein armer Mann und musste damit seinen Lebensunterhalt verdienen, dass er solche Sachen sammelte und verkaufte. Die wurden dann in der großen Papiermühle zermahlen und es wurde feines weißes Papier daraus gemacht.

Hätte er freilich das kleine Lumpenkasperle gefragt, ob es gern zu feinem weißen Papier zermahlen werden wollte, dann hätte es ganz gewiss gesagt: »Nein, ich will was anderes!«

Ja, was wollte es denn anderes?
Spaß machen halt!
Wem denn?
Na, dem Büblein!

Das Büblein saß inzwischen zu Hause und war kreuzunglücklich und weinte, denn es wünschte sich sein kleines Lumpenkasperle zurück.

Es wollte überhaupt keine größeren und schöneren Kasperle mehr, die Trompete bliesen, und keine Roboter, die herumwackelten, und auch keine Puppen, die von selbst redeten und echte Haare hatten. Sie alle konnten nicht das, was das kleine Lumpenkasperle so gut gekonnt hatte.

Ja, was konnten sie denn nicht?
Spaß machen halt!
Wem denn?
Na, dem Büblein!

Auf dem Weg zur großen Papiermühle kam der Lumpensammler an dem Haus vorüber, wo die Großmutter des Bübleins wohnte. »Haben Sie vielleicht alte Lumpen für mich?«, fragte er.

»Ja«, sagte die Großmutter, »sogar einen ganzen Sack voll. Aber ich will dafür dieses kleine Lumpenkasperle dort haben.« Sie hatte es nämlich gleich erkannt, weil es ganz zuoberst auf dem Karren lag.

Der Lumpensammler war mit dem Handel einverstanden und gab es ihr.

»Und jetzt«, sagte die Großmutter zu dem kleinen Lumpenkasperle, »wollen wir dich wieder herrichten.«

Wofür wollte sie es wohl wieder herrichten?
Fürs Spaßmachen halt!
Wem denn?
Na, dem Büblein!

Die Großmutter wusch das kleine Lumpenkasperle, bis alle seine bunten Lappen wieder lustig leuchteten. Und wo es kaputtgegangen war, da flickte sie es, und am Ende war es noch viel schöner als zuvor.

»So«, sagte die Großmutter zufrieden, »und jetzt werde ich dich abschicken. Du wirst nämlich dringend gebraucht.«

Ja, wozu wurde es denn dringend gebraucht?
Zum Spaßmachen halt!
Von wem denn?
Na, vom Büblein!

Und eines Tages brachte der Postbote ein riesengroßes Paket, darauf stand die Adresse: *Für das Büblein.* Und als Absender: *Von der Großmutter.*

Das Büblein wurde ganz aufgeregt, denn es konnte sich gar nicht denken, was in einem so großen Paket sein mochte. Pst! Wir wollen auch noch nichts verraten!

Ja, was war wohl in dem großen Paket?
Etwas zum Spaßmachen halt!
Für wen denn?
Na, fürs Büblein!

Und als das Büblein die große Schachtel aufmachte, da war eine zweite darin. Und als es die öffnete, da kam eine dritte heraus. Und aus der dritten Schachtel zog das Büblein eine vierte. Und in der steckte eine fünfte darin. Und darin war wieder eine sechste Schachtel. Und in der sechsten fand das Büblein zuletzt noch eine siebente, das war die allerkleinste. Das ganze Zimmer war schon voller Schachteln.

Und was steckte in der allerkleinsten, der siebenten Schachtel? Das Lumpenkasperle! Und es war wie neu und hat gleich gezeigt, was es konnte.

Ja, was hat es denn so gut gekonnt?
Spaß machen halt!
Wem denn?
Na, dem Büblein.
Was hat denn das Büblein da gemacht?
Gelacht!

LENCHENS GEHEIMNIS

Lenchen war ein ungemein liebenswürdiges kleines Mädchen, solange ihre Eltern vernünftig waren und folgsam taten, was sie von ihnen verlangte.

Aber das taten sie eben leider fast nie. Sagte das kleine Mädchen (es hieß übrigens Helena) zu seinem Vater: »Gib mir mal fünf Mark, damit ich mir ein großes Eis kaufen kann!«, dann antwortete er: »Nein, denn du hast schon drei gegessen, und zu viel Eis schadet deinem Magen.«

Oder wenn Lenchen ganz freundlich zu ihrer Mutter sagte: »Mama, putz mir gefälligst meine Schuhe!«, dann erwiderte die: »Das mach mal schön selbst, du bist groß genug dafür.«

Oder wenn das Mädchen sagte: »Ich habe beschlossen, dieses Jahr in den Ferien ans Meer zu fahren«, dann erklärten beide: »Wir fahren diesmal lieber ins Gebirge.«

Es stand für Lenchen fest, dass die Dinge nicht so bleiben konnten. Deshalb beschloss sie eines Tages, eine Fee aufzusuchen – ob gut oder böse, war ihr ziemlich egal; Hauptsache, sie konnte wirklich zaubern. Aber wo findet man in einer modernen Großstadt so ohne Weiteres eine richtige Fee? Das ist gar nicht so einfach.

Das kleine Mädchen lief durch eine Menge Straßen und entzifferte mit einiger Mühe (weil es gerade erst lesen lernte) die Schilder über den Geschäften und an den Haustüren.

Da stand zum Beispiel »WOLL-OTTO« oder »SÜDFRÜCHTE« oder »ZAHNARZT« oder »RECHTSANWALT« oder »Staatl. geprf. Masseurin« oder »AURORA-Treuhand GmbH« oder »GIXLMIPF« (oder so ähnlich), aber nirgends stand »FEE«.

Stattdessen stand an einer Straßenecke ein Polizeimann, der gerade ein Auto aufschrieb, das falsch geparkt hatte.

Lenchen trat auf ihn zu und sprach: »Ich hätte mal eine Frage. Wo gibt es hier eine richtige Fee?«

»Ein Café?«, fragte der Polizeimann zerstreut und schrieb.

»Nein, eine Fee – so eine, die zaubern kann«, erklärte Lenchen.

»Ach so«, sagte der Polizeimann, »eine Zauberfee. Warte mal einen Moment.«

Er schrieb erst fertig, steckte den Zettel hinter den Scheibenwischer, holte ein kleines Büchlein aus der Tasche und blätterte darin, dazu murmelte er: »Fechten … Federball … Federhalter … ah, hier steht es: Fee! … Franziska Fragezeichen, Beratung in allen Lebensfragen, jede Art von Zauber, Verwünschungen und Erlösungen nach Maß, Sprechstunden jederzeit, Regenstraße 13, Dachgeschoss.«

»Und wo ist die Regenstraße?«, wollte Lenchen wissen.

»Hier geradeaus, zweite Straße links, dann unter der Unterführung durch, nächste Straße rechts, dann das Ganze wieder zurück und dreimal im Kreis herum«, erklärte der Polizeimann freundlich. »Aber du solltest vielleicht besser einen Regenschirm mitnehmen.«

»Danke«, sagte Lenchen und machte sich auf den Weg.

Der genauen Anweisung folgend, fand sie bald die gesuchte Straße, die leicht zu erkennen war, weil es in ihr tatsächlich ständig regnete. Lenchen, die keinen Schirm dabeihatte, war ziemlich durchnässt, als sie schließlich vor der Nr. 13 ankam.

Es war ein seltsames Haus, das musste man schon zugeben, denn es bestand nur aus einer Treppe, die im Freien stand und fünf Stockwerke hinaufführte. Ganz oben war ein Dachgeschoss, das irgendwie über dieser Treppe befestigt war.

Lenchen stieg hinauf und langte vor einer Wohnungstür an, auf der ein Messingschild mit folgender Inschrift zu sehen war:

»Woher«, fragte sich Lenchen, »kann die Fee denn wissen, dass ich zu ihr will? Na ja, weil sie eben eine Fee ist, klar.«

Und sie trat ein, ohne anzuklopfen.

Und wäre beinahe ins Wasser gefallen, denn vor ihren Füßen lag ein himmelblauer See. In weiter Ferne erblickte sie eine Insel. Zum Glück schaukelte ganz in der Nähe am diesseitigen Ufer ein Kahn im Wasser.

Lenchen kletterte hinein, und der Kahn fuhr los, ohne dass sie zu rudern brauchte. (Es waren auch gar keine Ruder da.) Die Geschwindigkeit nahm zu, und die Bugwelle spritzte nach links und rechts wie bei einem Motorboot. (Einen Motor gab es aber auch nicht.) Lenchens Haare flatterten im Wind.

Wenige Minuten später legte der Zauberkahn schon am Ufer der Insel an, und das kleine Mädchen sprang an Land. Da war der Strand plötzlich ein Zimmerboden mit einem Teppich drauf, und in diesem Zimmer saß an einem runden, dreibeinigen Tischchen eine Frau, die gerade Kaffee trank.

Es war übrigens ziemlich dunkel im Raum, weil er nur von ein paar flackernden Kerzen erhellt wurde, die an den Wänden in Leuchtern steckten. Zum Fenster schien der volle Mond herein. Eine Kuckucksuhr schlug zwölfmal, nur dass der Kuckuck, der aus dem Gehäuse kam, kein Kuckuck war, sondern ein Uhu, der zwölfmal »Uhu!« krächzte.

»Setz dich zu mir, mein Kind«, sagte die Fee, »und sprich!«

»Wieso ist es denn schon so spät?«, fragte Lenchen.

»Es ist Mitternacht«, antwortete die Fee, »weil hier immer Mitternacht ist. Es gibt gar keine andere Zeit.«

Tatsächlich zeigte die Uhr anstelle der anderen Ziffern nur zwölfmal eine Zwölf.

»Das ist sehr praktisch«, erklärte die Fee, »denn man kann bekanntlich nur um Mitternacht richtig zaubern. Das verstehst du doch?«

Lenchen nickte zögernd, die Sache war ihr keineswegs völlig klar.

»Also, worum geht's?«, erkundigte sich Franziska Fragezeichen.

Lenchen setzte sich der Fee gegenüber auf den freien Stuhl an das Tischchen und betrachtete sie forschend.

Eigentlich sah die Frau ganz normal aus – wie irgendeine Frau, die einem auf der Straße begegnete. Trotzdem war etwas Besonderes an ihr, nur konnte Lenchen nicht gleich darauf kommen, was es war. Doch dann bemerkte sie es: Die Fee hatte sechs Finger an jeder Hand.

»Mach dir nichts draus«, sagte Franziska Fragezeichen, die Lenchens Blick bemerkt hatte, »bei uns Feen ist immer irgendetwas ein bisschen anders als bei gewöhnlichen Menschen. Sonst wären wir ja keine Feen. Das verstehst du doch?«

Lenchen nickte wieder. »Es geht um meine Eltern«, erklärte sie dann und seufzte. »Ich weiß nicht, was ich mit ihnen machen soll. Sie wollen und wollen mir einfach nicht folgen ...«

»Das ist ja allerhand«, meinte die Fee mitfühlend. »Was kann ich für dich tun?«

»... weil sie nämlich in der Überzahl sind«, fuhr Lenchen fort, »immer zwei gegen einen.«

»Dagegen ist schwer etwas zu machen«, murmelte die Fee gedankenvoll.

»Außerdem sind sie größer als ich«, fügte Lenchen hinzu.

»Das ist bei Eltern meistens so«, bestätigte die Fee.

»Wenn sie kleiner wären als ich«, überlegte Lenchen laut, »wäre die Sache mit der Überzahl vielleicht nicht mehr so wichtig.«

»Zweifelsohne!«, warf die Fee ein.

»Zum Beispiel halb so groß«, schlug Lenchen vor.

Franziska Fragezeichen faltete ihre zwölf Finger und dachte eine Weile mit geschlossenen Augen nach. Lenchen wartete.

»Ich hab's!«, rief die Fee schließlich. »Ich gebe dir hier zwei Zuckerstückchen. Sie sind natürlich verzaubert. Die tust du deinen Eltern heimlich und unbemerkt in die Tee- oder Kaffeetassen. Sie werden keinen Schaden erleiden. Nur werden sie, sobald sie erst mal den Zucker geschluckt haben, *jedes Mal*, wenn sie dir nicht gehorchen, halb so groß werden, wie sie vorher waren. *Jedes Mal* immer wieder halb so groß. Das verstehst du doch?«

Und sie schob dem Kind zwei ganz normal aussehende weiße Zuckerstücke über den Tisch, die sie aus einer besonderen Büchse genommen hatte.

»Danke sehr«, sagte Lenchen, »was kosten sie?«

»Nichts«, antwortete die Fee. »Die erste Beratung ist immer gratis. Die zweite wird dann allerdings schrecklich kostspielig.«

»Das macht mir nichts«, versicherte Lenchen, »weil ich ja keine zweite Beratung brauche. Also dann, schönen Dank.«

»Auf Wiedersehen«, sagte Franziska Fragezeichen und lächelte hintergründig.

Dann gab es ein Geräusch – »flopp!« –, als ob man den Korken aus einer Flasche zieht, und Lenchen stand urplötzlich im Wohnzimmer bei sich zu Hause. Die Eltern waren da und schienen noch nicht einmal bemerkt zu haben, dass ihre Tochter weg gewesen war. Aber Lenchen hielt die beiden Zuckerstückchen in der Hand. Daran erkannte sie mit Sicherheit, dass das Ganze kein Traum gewesen war.

Die Mutter brachte gerade die Teekanne herein und ging noch einmal in die Küche, um den Teller mit den Plätzchen zu holen. Der Vater zog sich in der Zwischenzeit im Schlafzimmer seine bequeme Hausjacke an.

Lenchen nahm den günstigen Augenblick wahr und tat die beiden Zuckerstückchen in die Teetassen ihrer Eltern. Einen kurzen Augenblick lang regten sich in ihr Gewissensbisse, aber die unterdrückte sie sofort. Sie sind selber schuld, dachte sie. Außerdem schadet ihnen das Zaubermittel ja nicht, solange sie mir nicht widersprechen. Und wenn sie's doch tun, geschieht es ihnen ganz recht.

Dann wurde Tee getrunken, aber Lenchen sagte, sie wolle keinen Tee, sondern Limonade.

»Na gut«, meinte die Mutter, »hol dir eine aus dem Kühlschrank.«

Bis jetzt war alles noch gut gegangen. Aber dann wollte der Vater Nachrichten im Fernsehen sehen, Lenchen dagegen einen Zeichentrickfilm, der auf dem anderen Kanal lief. »Ich möchte aber wissen, was es Neues gibt«, sagte der Vater und stellte die Nachrichten an.

Da machte es plötzlich »pffffft!«, als ob aus einem Fahrradschlauch die Luft zischt, und der Vater schrumpfte zusammen und saß auf einmal ganz klein in seinem Sessel. Natürlich waren seine Kleider nicht mitgeschrumpft, sodass nun seine bequeme Hausjacke und seine Hose und sein Hemd und seine Krawatte viel zu groß um ihn herumhingen. Er war vorher 1 Meter und 84 groß gewesen und jetzt maß er nur noch die Hälfte, also 92 Zentimeter. Man kann sich denken, dass er ein ziemlich verblüfftes Gesicht machte.

»Um Himmels willen, Kurt«, rief Mutter, »was soll denn das?«

»Ich hab keine Ahnung«, antwortete Vater, »ich fühle mich irgendwie komisch.«

»Du bist ja auf einmal so klein, Kurt«, sagte Mutter.

»Wirklich?«, fragte Vater ungläubig. »Wie klein?«

»Halb so groß wie bisher«, stellte Mutter fest.

Vater stand auf und ging zum Spiegel auf den Flur hinaus, um sich selbst zu überzeugen. Seine Kleider schleiften hinter ihm her. Der Spiegel hing jetzt aber zu hoch für ihn, Mutter musste kommen und ihn hochheben.

»Tatsächlich«, murmelte er, während er sich betrachtete. »Das kommt mir aber sehr ungelegen. Was werden die Kollegen im Büro sagen? Ich soll doch gerade zum Abteilungsleiter befördert werden.«

Lenchen hatte sich bis jetzt mühsam beherrscht, aber nun platzte sie doch los. Sie kugelte sich vor Lachen auf dem Sofa.

»Da gibt es gar nichts zu lachen«, sagte Mutter ernst, während sie mit Vater zurückkam und ihn auf seinen Sessel setzte. »Diese Sache ist sehr schlimm. Vielleicht ist es eine Krankheit. Wir müssen sofort den Doktor anrufen und ihn bitten zu kommen.«

»Nein«, antwortete Lenchen, die vor lauter Kichern kaum reden konnte, »es ist keine Krankheit.«

»Was verstehst du denn davon, Naseweis«, versetzte Mutter und griff nach dem Telefon.

»Nicht!«, rief Lenchen. »Nein, nein und noch mal nein! Ich will nicht, dass der Doktor kommt.«

»Was du willst oder nicht willst, ist jetzt völlig egal«, sagte Mutter ärgerlich, »jetzt geht es um deinen armen Vater.«

Sie wollte gerade den Hörer abheben, da machte es »pfffft!« wie vorher, und Mutter schrumpfte ebenfalls zusammen, bis ihre Kleider um sie herumhingen. Sie war vorher 1 Meter 68 groß gewesen und maß nun nur noch 84 Zentimeter. »Wie kommt denn …« war alles, was sie noch hervorstoßen konnte, ehe sie ohnmächtig umsank.

Vater sprang von seinem Sessel herunter und fing sie im letzten Moment in seinen Armen auf, sonst wäre sie auf den Boden geplumpst und hätte sich vielleicht wehgetan, obgleich sie ja jetzt nicht mehr sehr tief fallen konnte.

»Hilde!«, rief er und klopfte ihre Wangen. »Komm doch zu dir, Schatz!«

Sie schlug die Augen auf, die sich mit Tränen füllten. »Ach, Liebster«, seufzte sie, »willst du mir mal sagen, wie ich jetzt einkaufen gehen soll? Was werden die Leute denken?«

»Immerhin passen wir in der Größe nun wieder gut zusammen«, sagte Vater mit einem Versuch, seine Frau zu trösten. »Das ist doch schon etwas.«

»Aber was soll ich nur anziehen?«, klagte Mutter. »Sogar die Sachen von Lenchen sind mir jetzt zu groß.«

»Das wird sich finden, Schatz«, meinte Vater und gab ihr einen beruhigenden Kuss, »das wird sich alles finden. Wir müssen die Situation gründlich durchdenken. Uns wird bestimmt etwas einfallen.«

Mutter wischte sich die Tränen aus den Augen und blickte bewundernd zu ihrem kleinen Mann auf, der selbst in dieser so ungewöhnlichen Lage die Nerven behielt. »Wie ist denn das so plötzlich gekommen, Kurt?«

»Eine gute Frage«, meinte Vater und strich sich übers Kinn.

»Es ist gekommen«, sagte Lenchen, »weil ihr mir nicht gefolgt habt.«

Die Eltern schauten zu ihr hin und machten ungläubige Gesichter. »Was hast du gesagt, Kind?«, fragte Mutter.

»Es ist Zauberei«, erklärte Lenchen. »Aber wenn ihr alles tut, was ich euch sage, und *niemals* widersprecht, dann passiert euch nichts weiter.«

»So etwas«, sagte Vater, »gibt es nicht. Das ist barer Unsinn. Wir leben in einem wissenschaftlichen Jahrhundert. Also, Lenchen, wenn du das hier angestellt hast, dann mach es sofort rückgängig.«

»Ihr seid selber schuld«, antwortete Lenchen ungnädig. »Warum tut ihr nie, was ich will?«

Die Eltern schauten sich an.

»Offenbar«, meinte Vater, »hat sie es wirklich getan.«

»Schäm dich!«, rief Mutter. »So was gehört sich nicht für ein wohlerzogenes Kind!«

Lenchen musste wieder lachen. »Ich werde euch fotografieren«, sagte sie. »Zur Erinnerung fürs Familienalbum.«

»Kommt nicht infrage!«, rief Vater streng. »Nicht mit meinem Fotoapparat!«

»Du lässt das bleiben, hörst du!«, pflichtete ihm Mutter bei. »Du willst uns wohl vor aller Welt lächerlich machen.«

Wieder gab es dieses sonderbare Geräusch – »pffffft!« –, und schon waren die Eltern abermals auf die

Hälfte ihrer vorherigen Größe geschrumpft. Vater war jetzt nur noch 46 Zentimeter groß und Mutter 42.

»Seht ihr wohl!«, sagte Lenchen. »Das habt ihr nun davon. Es ist besser, ihr widersprecht mir von jetzt an nie mehr.«

Die Eltern verstummten und sahen ziemlich verdattert aus. Lenchen holte Vaters Fotoapparat und knipste sie.

»Und jetzt«, erklärte sie dann, »dürft ihr euch mit mir zusammen den Zeichentrickfilm ansehen – obwohl ihr eigentlich ein bisschen zu klein dafür seid.«

Die Eltern ließen es ohne Einwand über sich ergehen. Vater wollte zwar ein paar Mal irgendetwas sagen, aber Mutter stieß ihn mit dem Ellbogen an und legte den Zeigefinger an die Lippen.

Zum Abendessen gab es diesmal nur Kekse und Milch, die Lenchen aus der Küche holte. Die Eltern brauchten ja jetzt nur noch ziemlich wenig, und so wurde Lenchen trotzdem satt.

Der restliche Abend verlief einigermaßen friedlich, weil die Eltern sich ohne Widerspruch allem fügten, was Lenchen befahl – sogar, als es darum ging, Quartett zu spielen, wobei die Karten für Vater und Mutter natürlich viel zu groß waren.

Endlich beschloss Lenchen, dass es Zeit sei, schlafen zu gehen. »Ihr müsst jetzt ins Bett«, sagte sie, »aber im großen Ehebett werde ich von jetzt an schlafen.«

»Und wir?«, fragte Mutter.

»Ihr schlaft in meinem Puppenwagen«, entschied Lenchen.

»Also wirklich!«, rief Vater und bekam einen roten Kopf. »Das kann niemand von mir verlangen. Ich bin ein erwachsener Mann. Das lasse ich mir einfach nicht bieten!«

»Unerhört!«, pflichtete Mutter ihm bei. »So was kannst du doch mit uns nicht machen, Kind. Das geht nun wahrhaftig zu weit.«

Von Neuem war das zischende Geräusch zu hören – »pffffft!« –, und nun war er nur noch 23 Zentimeter groß und sie 21.

Lenchen holte ihren Teddy und ihren Plüschtiger und den Kasper und den Elefanten und so weiter und quartierte sie ins Ehebett um, dann packte sie Vater und Mutter in den Puppenwagen.

»Nächtchen!«, sagte sie und deckte beide gut zu. »Und jetzt wird geschlafen, verstanden?«

Dann ging sie selbst ins Bett – ohne sich gewaschen und Zähne geputzt zu haben, denn über diese Dinge hatte sie ja nun ganz allein zu entscheiden. Sie machte es sich zwischen all ihren Schlaftieren bequem und schlief zufrieden ein. Bis zuletzt hörte sie noch aus dem Puppenwagen aufgeregtes Gewisper.

In der Nacht wachte sie auf, weil draußen ein Gewitter niederging. Es blitzte und donnerte ganz entsetzlich, und Lenchen wäre gern zu ihren Eltern ins Bett gekrochen, um sich sicherer zu fühlen, aber

in deren Bett lag sie ja schon, und zu den Eltern im Puppenwagen konnte sie ja beim besten Willen nicht auch noch krabbeln. Außerdem hätte sie sich bei so winzigen Eltern auch kein bisschen sicherer gefühlt. Sie kam sich schrecklich einsam vor und weinte ein wenig in ihre Kissen. Aber am nächsten Morgen schien die Sonne wieder und alles war vergessen.

Als Erstes schaute sie im Puppenwagen nach – aber da waren die Eltern nicht mehr. Sie hatten alle Puppenwindeln, die sie finden konnten, zusammengeknotet und waren an dieser Strickleiter auf den Boden hinuntergeklettert und geflüchtet.

Lenchen suchte im ganzen Zimmer herum und rief: »Hallo, Papa, Mama, wo seid ihr denn?«

Nach einer Weile hörte sie von irgendwoher ein ganz, ganz leises Getuschel. Es kam aus der Sofaecke. Sie ging hin und hob alle Kissen hoch, aber da war niemand. Sie bückte sich und spähte unter das Sofa und entdeckte die beiden, die sich in den hintersten, dunkelsten Winkel drückten.

»Kommt da sofort raus!«, befahl sie streng und fügte dann etwas freundlicher hinzu: »Ich tu euch nichts.«

»Nein«, hörte sie die beiden wie aus einem Mund rufen, »wir haben Angst vor dir. Wir kommen auf keinen Fall raus.«

Und schon erklang wieder – nur diesmal schon viel leiser – das sonderbare »Pffffft!«, das anzeigte, dass die Eltern wieder auf die Hälfte ihrer vorigen Größe geschrumpft waren.

Lenchen holte einen Besen aus der Küche und stocherte mit dem Stiel unter dem Sofa herum, um die Eltern herauszuscheuchen. Es gelang ihr auch. Sie sah, wie die beiden über den Teppich rannten und unter der Kommode Schutz suchten.

Vater war inzwischen nur noch elf und einen halben Zentimeter groß und Mutter zehneinhalb. Beide hatten sich Taschentücher als Kleider umgehängt.

»Na gut«, meinte Lenchen, »wie ihr wollt. Dann frühstücke ich eben allein.«

Sie ging in die Küche, holte sich ihre Müsli-Flocken und goss den letzten Rest der Milch darüber. Dann frühstückte sie und vergaß auch nicht, einen kleinen Unterteller mit Müsli auf den Boden zu stellen, damit die Eltern etwas zu essen hatten. Sie war eben ein sehr fürsorgliches kleines Mädchen.

Danach zog sie sich an – wieder ohne sich zu waschen – und ging in die Schule. Die Wohnungstür ließ sie offen stehen, wie sie es immer machte. Natürlich erzählte sie weder dem Lehrer noch den anderen Kindern etwas von zu Hause.

Als sie mittags zurückkam, war das Tellerchen auf dem Küchenboden leergegessen.

Die Eltern waren nirgends zu finden.

Zum Mittagessen machte Lenchen sich eine Sardinenbüchse auf. Aber das war gar nicht so einfach, und sie schnitt sich an dem scharfen Blech in den Finger, dass es blutete.

Heulend lief sie in der Wohnung hin und her und rief: »Papa! Mama!« Sie hatte Angst, dass sie verbluten müsste.

Schließlich kam Mutter zögernd hinter den Büchern aus dem Regal am Boden hervor. Vater folgte ihr in einigem Abstand. Sie konnten beide einfach nicht ertragen, ihr armes kleines Mädchen weinen zu hören.

»Hast du dir wehgetan?«, fragte Mutter.

Lenchen zeigte ihr den blutigen Finger und schluchzte.

»Geh schnell ins Bad«, sagte Vater, »und lass Wasser über den Schnitt laufen.«

»Und dann hol den Verbandskasten aus dem weißen Schränkchen und bring ihn her«, fügte Mutter hinzu.

Lenchen beeilte sich.

Klein, wie sie waren, mussten die Eltern sich gewaltig anstrengen, um mit vereinten Kräften ein Heftpflaster vorzubereiten und um den Finger ihrer Tochter zu wickeln. Um ein Haar wären sie selber daran kleben geblieben.

»Und jetzt«, sagte der Vater ganz außer Puste, als sie fertig waren, »könntest du freundlicherweise mit diesem Unsinn endlich aufhören und uns wieder größer werden lassen. Ich habe Sinn für Humor, aber ich finde, es reicht jetzt.«

»Das geht nicht«, erklärte Lenchen, »ich würde es ja tun, aber ich weiß nicht, wie.«

Und dann erzählte sie, wie sie zu Franziska Fragezeichen gegangen war und wie sie den Zucker in den Tee getan hatte und alles andere.

»Eine schöne Fee!«, rief Mutter. »Ich muss sagen, diese Person gefällt mir nicht. Da gehst du mir nie wieder hin, hörst du!«

»Dann dürft ihr mir aber nie, nie, nie mehr widersprechen«, sagte Lenchen, »sonst werdet ihr immer *noch* kleiner, und am Schluss seid ihr gar nicht mehr da.«

»Unmöglich!«, versicherte Vater. »Wenn wir jedes Mal halb so groß werden wie vorher, dann können wir niemals *ganz* verschwinden. Das ist wissenschaftlich erwiesen. Wir können zwar atomklein werden, aber etwas bleibt immer übrig von uns.«

»Mag sein«, wandte Mutter ein, »aber die Frage ist doch, was wird dann aus Lenchen? Wer wird für sie sorgen?«

»Eine gute Frage«, meinte Vater, wie üblich, wenn er keine Antwort wusste.

In diesem Augenblick klingelte es.

»Das wird Max sein, der zum Spielen kommt«, sagte Lenchen.

»Um Himmels willen!«, rief Vater. »Niemand darf uns so sehen! Du darfst zu niemandem etwas sagen, hast du verstanden, Kind?«

»Klar!«, antwortete Lenchen. »Versteckt euch inzwischen.«

Sie ging zur Wohnungstür und machte auf.

Draußen stand Max, ihr Freund. Er war etwa genauso alt wie sie und musste zurzeit eine Spange im Mund tragen, weil seine Zähne etwas vorstanden.

»Schau mal, was ich bekommen habe«, sagte Max und zeigte ihr eine kleine schwarze Katze, die er auf dem Arm trug. »Er heißt Zorro. Wir können mit ihm spielen.«

»Ist es ein Junge?«, fragte Lenchen.

»Natürlich«, antwortete Max, »sonst würde er doch nicht Zorro heißen.«

Sie gingen ins Wohnzimmer.

»Bist du allein?«, wollte Max wissen. »Sind deine Eltern nicht da?«

»N… ja«, stotterte Lenchen, »sie … sie sind auf Besuch bei Freunden.«

»Aber da liegen ja ihre Kleider rum.«

»Sie haben sich umgezogen und hatten's eilig. Außerdem geht dich das gar nichts an.«

Max setzte Zorro auf den Boden, der sofort interessiert herumzuschnuppern begann.

»Na, was sagst du?«, fragte Max stolz. »So was hast du nicht.«

»Will ich ja auch gar nicht«, gab Lenchen zurück.

»Das ist ein ganz toller Kater«, erklärte Max, »besonders seltene Rasse.«

»So?«, sagte Lenchen. »Mir kommt er ganz gewöhnlich vor.«

»Deshalb heißt er eben Zorro«, fuhr Max fort. »Schau dir bloß mal seinen Schnurrbart an. So was gibt's nur einmal.«

Lenchen konnte es nicht länger aushalten. »Ich hab aber noch was viel Tolleres«, sagte sie.

»Was Tolleres?« Max legte sich zu seinem Kater auf den Boden und spielte mit ihm. »Das glaub ich nicht. Du darfst ihn mal anfassen. Wenn ich dabei bin, tut er dir nichts.«

»Was viel, viel, viel Tolleres«, wiederholte Lenchen.

»Was denn?«, erkundigte sich Max.

»Sag ich nicht«, antwortete Lenchen, die an ihr Versprechen dachte.

»Dann wird's schon nichts Besonderes sein«, meinte Max gönnerhaft, legte sich auf den Rücken und setzte sich Zorro auf den Bauch.

»Sehr, sehr, sehr was Besonderes«, erwiderte Lenchen wütend, »viel besonderer als eine Katze.«

»Dann sag's doch!«

»Nein.«

»Du bist blöd.«

»Und du erst!«

»Gar nichts hast du.«

»Hab ich doch!«

»Also, was ist es denn?«

»Zwerge«, sagte Lenchen.

Jetzt war es heraus, obwohl sie es wirklich nicht gewollt hatte.

Max guckte sie an und lutschte an seiner Spange. »Quatsch«, sagte er schließlich, »so was gibt's nicht wirklich.«

»Gibt's doch«, antwortete Lenchen.

»Wie groß sind die denn?«, wollte Max wissen.

Lenchen zeigte es mit Daumen und Zeigefinger.

»Und richtig lebendig?«, fragte Max unsicher.

»Mhm«, machte Lenchen.

Max schaute sich im Zimmer um. »Wo denn?«

»Sie haben sich versteckt«, erklärte Lenchen, »vorher waren sie noch da. Wir haben miteinander geredet.«

Max grinste. »Ich verstehe. Und dann haben sie dir eine Krone und eine goldene Kette geschenkt – alles natürlich unsichtbar.«

In diesem Augenblick machte Zorro plötzlich einen Satz und sauste wie der Blitz unter das Sofa. Dort hörte man ihn knurren und fauchen, dann machte etwas »schnipp-schnapp«, der Kater stieß ein klägliches »Miau!« aus und kam sichtlich verstört wieder zum Vorschein.

Er hatte keinen Schnurrbart mehr.

Max nahm ihn auf den Arm. »Wer hat denn das gemacht?«, rief er empört. »Der arme Zorro!«

»Meine Zwerge eben«, antwortete Lenchen triumphierend. »Da siehst du's selbst! Sie sind ziemlich gefährlich.«

Max war ein bisschen blass geworden. Er murmelte etwas von Hausaufgaben, die er noch machen müsste, und hatte es ziemlich eilig wegzugehen.

Als er draußen war, sagte Lenchen anerkennend zu ihren Eltern: »Dem habt ihr's aber gezeigt! Was der sich einbildet mit seiner blöden Katze.«

Die Eltern kamen unter dem Sofa hervor. In ihren Gesichtern war noch der ausgestandene Schrecken zu lesen.

»Wie konntest du nur eine Katze hier hereinlassen!«, rief Mutter. »Um ein Haar hätte sie uns gefressen.«

»Das hätte sie nie getan«, erwiderte Lenchen.

»Nur«, sagte Vater ziemlich ärgerlich, »weil ich zum Glück die Schere aus dem Verbandskasten mitgeschleppt habe. Ich hatte schon so eine Vorahnung, dass wir sie brauchen würden. Ohne diese Waffe wären wir verloren gewesen.«

»Aber Katzen fressen doch keine Menschen«, wandte Lenchen ein.

»Sie hat uns vielleicht für Mäuse gehalten«, sagte Mutter.

Nun erschrak Lenchen doch etwas. »Meint ihr, Zorro hätte euch *aus Versehen* fressen können?«

»Aus Versehen oder mit Absicht«, antwortete Vater, »gefressen hätte er uns, wenn ich uns nicht verteidigt hätte.«

Lenchen stellte sich vor, was die anderen Kinder in der Schule zu ihr sagen würden, wenn sich herumspräche, dass eine Katze ihre Eltern gefressen hatte. Alle würden sie auslachen.

»Und du«, sagte Mutter, »würdest dann natürlich in ein Waisenhaus gebracht werden. Das ist dir doch klar?!«

Jetzt begann Lenchen zu weinen. »Ich will aber nicht ins Waisenhaus!«

»Wenn du das nicht willst«, stellte Vater fest, »dann gibt es nur eins: Mutter und ich müssen unsere normale Größe wiederbekommen.«

Aber das wollte Lenchen nun auch wieder nicht. »Ich weiß was Besseres«, meinte sie.

Im Wohnzimmer gab es eine Glasvitrine, in der alle möglichen Andenken und kostbaren Gläser und Porzellanfiguren standen, zum Beispiel ein dicker Buddha, der mit dem Kopf nickte, wenn man ihn anstieß, und eine Glaskugel mit Venedig drin, in der es schneite, wenn man sie schüttelte, und eine Gärtnerin mit Blumenkorb und Vaters 1. Preis vom Schachverein »Königsspringer« in Form eines goldenen Pferdchens. Dort hinein setzte Lenchen nun ihre Eltern. »Da seid ihr in Sicherheit«, sagte sie, »aber passt nur ja auf, dass ihr nichts umwerft und zerbrecht. Wenn jemand kommt, dann müsst ihr eben so tun, als wärt ihr aus Porzellan.«

Damit schloss sie die Glastür. Die Eltern gestikulierten heftig dahinter, aber man konnte sie nicht mehr hören. Lenchen ging in die Küche und stocherte mit einer Gabel die Ölsardinen aus der halb geöffneten Büchse, weil sie Hunger hatte. Dazu knipste sie sich das Radio an.

»Hallo, Lenchen«, sagte eine Frauenstimme, »hier spricht Franziska, erinnerst du dich? Franziska Fragezeichen, die Fee. Falls du mich aus irgendeinem Grunde suchen solltest – ich bin inzwischen umgezogen. Ich wohne jetzt in der Windgasse Nr. 7 im Keller. Wenn du eine zweite Beratung brauchst – nun, ich sagte dir ja schon, dass sie dich ziemlich viel kosten wird. Aber du wirst dich bald entscheiden müssen, sonst ist es zu spät. Ende der Durchsage.«

Dann kam irgendeine langweilige Musik. Lenchen schaltete ab und bohrte nachdenklich mit dem Finger in der Nase.

Die Sache fing langsam an, ihr unbehaglich zu werden. Aber eines stand für sie fest: Eine zweite Beratung war völlig überflüssig. Sie würde nie wieder zu ihr hingehen. In diesem Punkt stimmte sie ausnahmsweise mit Mutters Meinung überein. Außerdem hatte Lenchen keine Ahnung, wo sie die Windgasse suchen sollte.

Draußen war schönes Wetter. Lenchen rannte hinaus, schlug die Wohnungstür zu und lief auf einen Spielplatz zu den anderen Kindern, die dort fröhlich lärmten. Nach kurzer Zeit dachte sie schon nicht mehr an die ganze unangenehme Sache.

Die fiel ihr erst wieder ein, als sie gegen sieben Uhr nach Hause ging und an der Wohnungstür klingelte. Natürlich **konnte** ihr niemand öffnen, weil die Eltern in der Glasvitrine eingesperrt waren – und den Hausschlüssel mitzunehmen, daran hatte Lenchen nicht gedacht, weil sie das noch nie hatte tun müssen.

Jetzt kriegte sie es doch mit der Angst. Sie setzte sich auf die Treppenstufen und weinte leise vor sich hin, obgleich das ja auch nichts helfen konnte.

Sie stellte sich vor, wie sie die ganze lange Nacht hier würde sitzen bleiben müssen, mutterseelenallein und verlassen, und sie tat sich sehr, sehr, sehr leid. Nicht mal ein Taschentuch zum Naseputzen hatte sie dabei.

Und Hunger hatte sie auch, und zu essen würde es sowieso nichts geben, weil Mutter ja nichts kochen konnte, und überhaupt nie mehr, und Geld hatte Lenchen ja auch keins, um sich was zu kaufen, und außerdem hatten die Geschäfte jetzt alle schon zu, und das Ganze war wirklich und wahrhaftig ein rabenschwarzes Unglück …

Und schuld an alledem waren einzig und allein Vater und Mutter, denn wenn sie nur immer getan hätten, was Lenchen verlangt hatte, dann wäre es überhaupt nie so weit gekommen.

In diesem Augenblick wirbelte ein Windstoß durch das offene Fenster des Treppenhauses ein Stück Papier herein, das nach einigem Herumsegeln direkt vor Lenchens Füßen landete. Sie sah, dass etwas darauf geschrieben stand, hob es auf und buchstabierte:

Na, na, nun mach mal einen Punkt.
Du weißt selbst, dass das nicht wahr ist.
Deine Eltern können wirklich nichts dafür,
also komm und lass uns drüber reden.

Wer hatte das geschrieben? Lenchen drehte das Blatt um und auf der Rückseite stand:

Falte einen Flieger aus diesem Blatt
und folge ihm.
Das verstehst du doch,
mach schnell.
F. F. F.

F. F. F. konnte eigentlich nur Fee Franziska Fragezeichen bedeuten. Und der Satz »Das verstehst du doch« sprach auch dafür, dass sie diese Botschaft geschickt hatte.

Lenchen fühlte sich augenblicklich getröstet. Sie hörte auf zu schluchzen, faltete, so gut sie es vermochte, einen Flieger aus dem Blatt (besonders genau wurde er nicht, weil sie plötzlich sehr aufgeregt war und es eilig hatte), dann ging sie auf die Straße hinunter und ließ ihn steigen.

Ein Wind ergriff ihn und trieb ihn vor sich her, mal hoch hinauf, mal im Sturzflug abwärts, aber immer fing er sich wieder und blieb in der Luft, ohne den Boden zu berühren.

Lenchen rannte hinterher.

Zum Glück (oder war es geheimnisvolle Fügung?) kreiste der Papierflieger meist hoch über den Köpfen der Leute, vor allem dort, wo Verkehrskreuzungen waren, sonst wäre das kleine Mädchen bestimmt einfach unbesonnen hinter ihm her über die Straße gerannt, ohne auf die Autos zu achten. Aber so passierte ihr nichts, außer dass sie ein paar Mal in Pfützen trat und in Fußgänger hineinlief, die dann hinter ihr herschimpften.

Langsam brach die Nacht herein, und Lenchen folgte noch immer dem Flieger. Der bog in diese und jene Straße ein, und wenn seine Verfolgerin nicht gleich nachkam, dann wartete er schwebend und kreisend, bis sie ihn wieder sah. Lenchen hatte schon Seitenstechen und musste schnaufen wie eine kleine Lokomotive, aber sie gab nicht auf.

Die Straßen wurden immer dunkler und stiller. Schließlich war weit und breit kein Mensch mehr zu sehen. Der Wind blies immer stärker, er pfiff und fauchte richtig und schubste das kleine Mädchen buchstäblich vor sich her.

Schließlich prallte Lenchen beinahe mit der Nase auf eine Tür, zu der aber, soweit sie es in der Dunkelheit beurteilen konnte, überhaupt kein Haus gehörte.

Die Tür stand einfach so da, ganz für sich, und auf ihr war eine große schwarze Sieben gemalt. Darunter befand sich ein Messingschild mit der Inschrift:

Zur zweiten Beratung,
wenn's beliebt.

Die Tür öffnete sich von selbst und ein Windstoß beförderte Lenchen unsanft hinein. Sie stolperte ein paar Kellerstufen hinunter und rutschte fast aus, als sie unten ankam, denn sie stand auf spiegelglattem Eis.

Der See, den sie ja schon vom ersten Besuch her kannte, war auch hier wieder da, aber er war jetzt zugefroren. Den Kahn gab es ebenfalls noch, aber er saß fest. Es war hier Winter und die Umgebung war eine Schneelandschaft.

Lenchen musste den weiten Weg bis zur Insel diesmal zu Fuß zurücklegen, und zwar vorsichtig und Schritt für Schritt, nicht nur wegen der Glätte, sondern auch, weil sie nicht wusste, ob das Eis sie überall tragen würde. Manchmal jedenfalls knackte und knirschte es äußerst verdächtig.

Als sie dann endlich halb erfroren ihren Fuß auf die Insel setzte, stand sie plötzlich wieder auf dem Teppich im Zimmer der Fee, und Franziska Fragezeichen saß an ihrem runden, dreibeinigen Tischchen.

Zum Fenster schien nun verwirrenderweise die Mittagssonne herein, und der Kuckuck, der aus der Wanduhr herausschnellte, war jetzt ein richtiger Kuckuck und rief zwölfmal: »Kuckuck!« Die Ziffern auf der Uhr waren wieder nur lauter Zwölfen.

»Die zweite Beratung«, sagte Franziska Fragezeichen ohne Einleitung, »findet immer und grundsätzlich um zwölf Uhr mittags statt. Das ist nun mal so.«

Lenchen verzichtete darauf zu fragen, warum und weshalb.

»Du musst dich jetzt entscheiden«, fuhr die Fee fort, »wie die Sache weitergehen soll. Die Zeit, in der man noch etwas rückgängig machen kann, ist gleich abgelaufen. Das verstehst du doch?«

»Nicht ganz«, gestand Lenchen.

»Hast du dich gut amüsiert, mein Kind?«, fragte die Fee.

»Schon«, meinte Lenchen zögernd, »jedenfalls am Anfang.«

»Also, wenn du willst«, erklärte die Fee, »dann geht es von jetzt an immer so weiter. Deine Eltern werden kleiner und immer kleiner. Du könntest sie zuerst in einer Zündholzschachtel wohnen lassen. Später kannst du sie dann freilich nur noch durch ein Vergrößerungs-

glas oder sogar durch ein Mikroskop sehen. Aber das ist bestimmt sehr lustig, meinst du nicht?«

Lenchen schwieg ratlos und zuckte die Achseln.

»Allerdings«, setzte die Fee hinzu, »musst du das jetzt sofort entscheiden, denn von einem bestimmten Moment an ist zu viel Zeit vergangen, als dass man noch zum Anfang zurückkehren könnte. Wer zu weit gegangen ist, muss weitergehen. Das ist oft so im Leben. Das verstehst du doch? Aber vielleicht möchtest du weitergehen? Du musst es nur sagen, Kind.«

Lenchen blickte die Fee unschlüssig an.

»Oh, ich will dich wirklich nicht beeinflussen, meine Liebe«, versicherte Franziska Fragezeichen. »Du sollst die Angelegenheit ganz so entscheiden, wie du es für richtig hältst. Ich wollte dir nur wahrheitsgemäß sagen, was dabei herauskommen wird. Das verstehst du doch?«

»Ja«, antwortete Lenchen und schluckte. »Und was wäre die andere Möglichkeit?«

»Die andere Möglichkeit«, versetzte die Fee gedehnt, wobei sie das Mädchen rätselhaft anblickte, »wird dir bestimmt nicht gefallen, fürchte ich. Sie ist sehr unerfreulich – für dich jedenfalls. Ich glaube nicht, dass sie dich überhaupt interessiert.«

»Sagen Sie mir's trotzdem«, bat Lenchen.

»Nun«, erläuterte die Fee, »ich könnte jetzt gerade noch die Zeit seit unserer ersten Beratung zurückdrehen – das heißt genau genommen bis zu dem Augenblick, bevor du die Zuckerstückchen in die Tassen deiner Eltern geworfen hast. Dann wäre es für alle anderen so, als wäre inzwischen überhaupt nichts passiert. Auch das Foto hättest du natürlich nie gemacht. Es gäbe überhaupt keinen Beweis für die ganze Geschichte. Nur du allein wüsstest, was geschehen ist – oder vielmehr, was geschehen wird, denn in diesem Augenblick wäre ja auch für dich selber alles wieder Zukunft. Das verstehst du doch?

Dann könntest du dich natürlich anders entscheiden und die Zuckerstückchen *nicht* in den Tee werfen.«

»Wirklich?«, fragte Lenchen. »Ginge das?«

»Sicher«, antwortete die Fee, »aber die Sache hat einen kleinen Haken, wie das bei solchen Zaubergeschichten eben nicht anders zu erwarten ist. Ich sagte dir ja von Anfang an, dass die zweite Beratung dich teuer zu stehen kommen würde – so oder so.«

Franziska Fragezeichen trommelte mit ihren zwölf Fingern nachdenklich auf die Tischplatte.

»Welchen Haken denn?«, wollte Lenchen wissen.

»Nun ja«, die Fee zog bedeutungsvoll die Augenbrauen hoch, »du müsstest die Zuckerstückchen *selbst* essen, und zwar auf der Stelle. Das wäre die einzige Möglichkeit.«

»Könnte ich sie nicht einfach wegwerfen?«

»Nein, leider nicht, mein Kind. Das wäre ganz zwecklos. Sie würden auf jeden Fall immer bei denjenigen landen, für die sie bestimmt waren. Auch wenn man sie hunderttausend Kilometer weit weg ins Meer würfe, würden sie im selben Augenblick, wo man sie losließe, in der Teetasse deiner Eltern sein. Es sind ja keine gewöhnlichen Zuckerstücke. Das verstehst du doch?«

»Ja, aber –«, stammelte Lenchen, »wenn ich sie runterschlucke, dann passiert mir doch das Gleiche wie Papa und Mama. Dann werde ich doch selbst immer kleiner und kleiner.«

»Unvermeidlich«, antwortete die Fee, »es sei denn …«

»Es sei denn was?«

»Es sei denn«, wiederholte Franziska Fragezeichen, »du widersprichst eben *niemals*. Dann würde dir natürlich auch nichts passieren. Das wär's.«

»Ach so«, sagte Lenchen. Sie schwieg eine Weile und auch die Fee sagte nichts mehr. Endlich schüttelte Lenchen den Kopf. »Es ist aussichtslos. Das ist einfach zu schwer für mich.«

»Ich dachte es mir schon«, versetzte die Fee. »Also lassen wir eben alles so, wie es ist. Mir ist es übrigens ganz gleich. Ich überrede dich zu nichts.« Sie blickte auf die Uhr. »Jetzt sind gerade noch zehn Sekunden Zeit. Danach ist sowieso alles entschieden, weil es zu spät ist.«

Lenchen kämpfte einen furchtbaren Kampf mit sich selbst.

»Bitte!«, schrie sie dann plötzlich. »Drehen Sie die Zeit zurück! Bitte, tun Sie's! Jetzt sofort!«

Franziska Fragezeichen sprang auf und begann mit ausgestrecktem Finger die Zeiger ihrer Kuckucksuhr rückwärtszudrehen. Das war das Letzte, was Lenchen von ihr sah.

Wieder hörte sie dieses seltsame Geräusch – »flopp!« –, als ob ein Stöpsel aus einer Flasche gezogen wird, und dann fand sie sich zu Hause im Wohnzimmer wieder, genau in dem Augenblick, als Mutter in der Küche war, um Plätzchen zu holen, und Vater im Schlafzimmer, um sich die bequeme Hausjacke anzuziehen.

Und in der Hand fühlte sie die beiden Zuckerstückchen, die ihr bewiesen, dass alles Wirklichkeit war. Sie steckte sie in den Mund, zerkaute sie und schluckte sie hinunter.

»Lenchen«, sagte Mutter, die eben hereinkam, »du sollst doch keinen Zucker naschen. Das schadet deinen Zähnen.«

»Ja, Mama«, antwortete Lenchen.

Vater setzte sich in seinen Sessel. »Ich würde gern mal eben die Nachrichten sehen. Hat jemand was dagegen?«

»Nein, Papa«, sagte Lenchen.

Die Eltern wechselten einen verwunderten Blick.

»Was ist los mit dir, Lenchen?«, fragte Vater. »Bist du krank?«

Sie schüttelte den Kopf.

»Komm, trink eine Tasse Tee mit uns«, schlug Mutter vor, »das wird dir guttun.«

»Ja, danke«, sagte Lenchen.

Und so blieb es von da an immer. Für die Eltern war das Leben fortan natürlich sehr viel leichter. »Das Kind wird eben langsam vernünftig«, sagten sie.

Aber den wahren Grund erfuhren sie nie, der blieb Lenchens ewiges Geheimnis. Oder jedenfalls für eine unvorstellbar lange Zeit – genau genommen bis zum folgenden Freitag.

Da sagte Vater: »Kind, so kann das mit dir nicht weitergehen.«

»Ja, Papa«, antwortete Lenchen folgsam.

»Irgendwas«, meinte Mutter, »irgendwas ist mit dir nicht in Ordnung. Du wirkst so fremd. Überhaupt nicht mehr wie unser Lenchen.«

»Jedes normale Kind widerspricht ab und zu mal«, fuhr Vater fort. »Hast du denn gar keine eigene Meinung mehr?«

»Nein, Papa.«

»Wir machen uns Sorgen«, rief Mutter in klagendem Ton. »Könntest du nicht wenigstens hin und wieder mal ein bisschen widersprechen? Nur um uns die Freude zu machen, ein normales Kind zu haben?«

Nun wusste Lenchen nicht mehr weiter. Wenn sie Nein sagte, widersprach sie, und die Folgen waren unabwendbar; wenn sie aber Ja sagte, versprach sie zu widersprechen, und das lief auf das Gleiche hinaus. Statt einer Antwort begann sie ein bisschen zu weinen.

»Um Himmels willen«, riefen die Eltern, »ist es so schlimm? Wenn dich etwas bedrückt, dann sprich, Kind. Uns kannst du doch alles sagen.«

Und nun erklärte Lenchen unter Schluchzen, wie das mit den Zuckerstückchen war und überhaupt alles.

»Das ist ja unerhört!«, rief Mutter. »Diese Fee ist ja eine grässliche Person.«

»Ja«, pflichtete Vater bei, »man sollte ihre Tätigkeit gesetzlich verbieten.«

»Mein bedauernswertes Kind«, tröstete Mutter und nahm Lenchen in die Arme, »sei nur ganz ruhig. Dein kluger Vater wird bestimmt einen Ausweg finden. Nicht wahr, Kurt, mein Lieber, das wirst du doch?«

»Selbstverständlich«, antwortete Vater und räusperte sich. »Lasst uns mal nachdenken.«

Er ging im Zimmer auf und ab, und Frau und Kind folgten ihm mit den Augen.

»Ich hab's«, sagte er nach der fünften Kehrtwendung. »Die Sache ist im Grunde genommen sogar sehr einfach. Zucker wird vom Körper aufgebraucht, so wie Benzin vom Automotor. Das ist wissenschaftlich erwiesen. Die Zuckerstückchen können nur so lange wirken, wie sie in deinem Körper sind. Und Zucker wird sogar besonders schnell von den Muskeln verbraucht. Also hast du sie längst nicht mehr in dir.«

Lenchen hörte auf zu weinen und putzte sich die Nase. »Glaubst du wirklich?«

»Klar«, versicherte Vater, »widersprich mir doch mal. Es ist einen Versuch wert.«

»Ja, Papa«, sagte Lenchen gehorsam, »aber wenn's schiefgeht?«

»Nein«, meinte Mutter, »du musst uns schon richtig echt widersprechen. Nicht bloß so halb.«

»Dann müsst ihr mir aber erst richtig echt was befehlen«, schniefelte Lenchen.

Vater straffte sich und machte ein strenges Gesicht. »Also gut, dann ordne ich jetzt an, dass du auf der Stelle einen Purzelbaum machst.«

»Nein«, sagte Lenchen zögernd, »ich will aber nicht. Mir ist überhaupt nicht purzelbäumlich zumute.«

Alle drei warteten gespannt, aber nichts geschah. Da fielen sie sich lachend in die Arme. Vater hatte recht gehabt. Er war eben wirklich ein kluger Mann.

Damit hätten sie nun eigentlich die ganze abenteuerliche Sache vergessen können. Aber eines kam schließlich doch bei alledem heraus: Lenchen widersprach den Eltern, und die Eltern widersprachen Lenchen von da an nur noch, wenn es tatsächlich notwendig war, und nicht mehr nur einfach bloß so.

Und darum lebten sie fortan miteinander in der schönsten Familieneintracht und gedachten der Fee Franziska Fragezeichen trotz allem nicht ohne eine gewisse Dankbarkeit.

Ach, und übrigens: Purzelbäume machte Lenchen noch viele, mit und ohne Befehl.

DIE GESCHICHTE VOM WUNSCH ALLER WÜNSCHE

In die fröhliche Stadt der Kinder
kamen drei Zauberer einst:
Der erste hieß Borstenbinder,
der zweite Siebenzylinder
und der dritte Wasdunichtmeinst.
Sie zauberten hier und sie zauberten dort
manches Stücklein in bunter Gestaltung.
Und die Kinder dankten mit freundlichem Wort
für die lustige Unterhaltung.
Doch manches fragte sich heimlich dabei:
Sind sie gut oder böse, die seltsamen drei?
Man weiß es oft nicht.

Als der Tag der Abfahrt gekommen,
baten die Zauberer früh,
ehe sie Abschied genommen,
die Kinder zum Marktplatz zu kommen.
Und dies verkündeten sie:
»Wir sind eurer Freundlichkeit eingedenk,
ihr zolltet den Künsten Verehrung.
Drum bieten wir euch als Abschiedsgeschenk
eines einzigen Wunsches Gewährung.
Dieser Wunsch, den ihr sagt – sei er groß oder klein –,
wird im selben Moment euch erfüllet sein.«
Was sagst du dazu?

Da berieten die Kinder sich lange,
was am besten zu wünschen sei;
denn wie schlau man's auch immer anfange,
sobald man das eine erlange,
sei's mit allem andern vorbei!
Darum sprachen sie schließlich zu den drei Herrn:
»Verzeiht, wenn wir allzu viel wagen!
Unser einziger Wunsch ist: Wir möchten gern,
dass jeder Wunsch, den wir sagen,
sofort sich erfüllt.« – »Ihr habt es begehrt«,
so sprachen die dreie, »es sei euch gewährt!«
Da staunst du nun wohl!

Dann zogen sie fort mit dem Wagen.
Die Kinder der Kinderstadt
fingen an, sich voll Neugier zu fragen:
Ob ein Spruch, den drei Zauberer sagen,
so mächtige Wirkung hat?
Sie probierten es aus, erst heimlich noch zwar –
und staunten ganz unaussprechlich:
Jeder Wunsch, den man sagte – ganz gleich, was es war –,
ging sogleich in Erfüllung, tatsächlich!
Und die Kinder riefen voll Übermut:
»Da sieht man's – die Zauberer waren gut!«
Das ist doch ganz klar!

Ihr könnt euch wohl selber denken,
was nun für ein Wünschen begann:
Der wollte ein Auto zum Lenken,
der andre zehn Reiseandenken,
der dritte 'nen Hampelmann,
Spielzeug und Kuchen und Eisenbahn,
Samt und Seide und Felle,
Schlittschuhe, Kaugummi, Kreisel und Kran,
goldene Kronen und Bälle,
Puppen und Bücher und Kram und Trara:
Was man nur wünschte, sofort war es da!
Das möcht'st du wohl auch?

Das war schon ein Jahr so gegangen
und der Zauber hielt immer noch an!
Die Kinder begannen zu bangen,
denn kann man stets alles erlangen,
verliert man die Freude daran.
Und sie wünschten sich weniger Tag für Tag:
Alles kriegen ist unausstehlich!
Und wenn einer sich gar nichts mehr wünschen mag,
dann macht ihn auch gar nichts mehr fröhlich.
Die Kinder saßen mit traurigem Blick
unter all ihren Schätzen – im Missgeschick.
Das glaubst du wohl nicht?

Da schickten sie Fährtenfinder
in die weite Welt hinein,
zu suchen Herrn Borstenbinder
und den andern, Herrn Siebenzylinder,
und Herrn Wasdunichtmeinst obendrein,
und sie sollten bestellen: »Nehmt's wieder, dies Glück!
Unsre Freude ist dadurch verschwunden.«
Doch die Boten, sie kamen einzeln zurück,
hatten nirgends die dreie gefunden.
Da klagten die Kinder: »Dass Gott uns erlös'!
Und jetzt wissen wir's erst: Die drei waren bös!«
Das denkst du doch auch?

Und Verzweiflung beschlich sie im Stillen.
Da ergriff eins der kleinsten das Wort:
»Wenn sich all unsre Wünsche erfüllen,
dann wünschen wir einfach mit Willen
die Wünsche-Erfüllung fort!«
Sie befolgten den Rat und von Stund an war
wieder spannend das Leben und heiter.
Die Kinder war'n froh wie vor Tag und Jahr
und vielleicht gar ein wenig gescheiter.

Nur eine Sache wüsst' ich noch gern:
Waren gut oder bös die drei seltsamen Herrn?
Sag, was meinst du?

NORBERT NACKENDICK ODER DAS NACKTE NASHORN

Da gab es einmal ein Nashorn namens Norbert Nackendick. Es lebte mitten in der weiten afrikanischen Steppe in der Nähe eines Schlammtümpels und war misstrauisch. Nun sind ja bekanntlich alle Nashörner misstrauisch, aber bei Norbert ging die Sache entschieden zu weit.

»Man tut gut daran«, so pflegte er zu sich selbst zu sagen, »in jedem anderen einen Feind zu sehen, dann erlebt man jedenfalls keine unliebsamen Überraschungen. Der Einzige, auf den ich mich verlassen kann, bin ich selbst. Das ist meine Philosophie.«

Er war stolz darauf, dass er sogar eine eigene Philosophie hatte, denn nicht einmal in diesem Punkt wollte er sich auf jemand anderen verlassen.

Wie man sieht, war Norbert Nackendick in geistiger Hinsicht nicht besonders anspruchsvoll. Dafür war er aber in körperlicher Hinsicht nahezu unangreifbar. Er hatte eine Panzerplatte links und eine rechts, eine vorn und eine hinten, eine oben und eine unten, kurz und gut, an jeder Stelle seines umfangreichen Leibes. Und als Waffe genügte ihm nicht, wie den meisten Artgenossen, ein Horn auf der Nase, sondern er hatte deren zwei: ein großes ganz vorn und ein kleineres weiter hinten als Reserve, falls das große einmal nicht ausreichen sollte. Beide waren scharf und spitz wie Türkensäbel.

»Man tut gut daran«, sagte Norbert Nackendick, »immer auf das Schlimmste vorbereitet zu sein.«

Wenn er auf seinem Trampelpfad durch die Steppe dahinstampfte, ging ihm jedermann aus dem Weg. Die kleinen Tiere hatten Angst vor ihm, und die größeren vermieden es aus Vernunft, ihm zu begegnen. Sogar die Elefanten machten lieber einen Bogen um ihn, denn Norbert war ein Wutnickel und fing wegen der kleinsten Kleinigkeit Streit an. Und Tag für Tag wurde es schlimmer mit ihm.

Schließlich konnten die anderen Tiere nur noch unter Lebensgefahr zu dem Wassertümpel kommen, um ihren Durst zu stillen. Die Tierkinder durften dort nicht mehr spielen und baden, ja, nicht einmal die Vögel durften mehr singen, denn sofort kam Norbert Nackendick wutentbrannt dahergebraust, trampelte alles zusammen und schrie, man hätte ihn angegriffen.

So konnte es einfach nicht weitergehen, darüber waren sich alle einig. Deshalb beriefen die Tiere eine Konferenz ein, um zu beraten, was man tun könne. Und damit auch wirklich alle an der Besprechung teilnehmen konnten, gab jedes sein feierliches Versprechen, sich friedfertig zu verhalten, denn es gab natürlich viele, die nicht gerade befreundet miteinander waren.

Am festgesetzten Abend versammelten sie sich also in einem kleinen Talkessel, der mehrere Meilen entfernt lag, um in aller Ruhe und von Norbert Nackendick ungestört sprechen zu können.

Der Löwe Richard Rachenrau, der den Vorsitz führen sollte, bestieg einen Felsblock. »Ruhe!«, grollte er in das allgemeine Gemuhe, Gemeckere, Gepiepse und Geschnatter.

Es wurde sofort still.

»Kurz und ohne Umschweife«, fuhr der Löwe fort, denn er verabscheute lange Reden, »ihr alle wisst, worum es geht. Wer hat einen Vorschlag zu machen?«

»Ich!«, grunzte das Warzenschwein Berthold Borstig.

»Rede!«, knurrte Richard Rachenrau.

»Die Sache ist sehr einfach«, erklärte das Warzenschwein. »Wir tun uns alle zusammen und gehen gleichzeitig auf Norbert Nackendick los. Im Handumdrehen klopfen wir ihn platt wie einen Pfannkuchen, dann beerdigen wir ihn, und die Ruhe ist hergestellt.«

»Entschuldigen Sie, mein Bester!«, trompetete eine ältere Elefantendame. »Entschuldigen Sie, aber dieser Plan zeugt von sehr niederer Gesinnung! Alle gegen einen!« Aida Rüsselzart, so hieß die Dame, fächelte sich entrüstet mit ihren riesigen Ohren. »Ich protestiere im Namen der tierischen Würde gegen Herrn Borstigs Vorschlag. Er ist vom sittlichen Standpunkt aus verwerflich und niederträchtig.«

»Hö!«, schrie das Warzenschwein erbost. »Norbert Nackendick ist selbst niederträchtig. Man muss ihm auf die gleiche Art beikommen.«

»So tief«, entgegnete Aida Rüsselzart würdevoll, »möchte ich nicht sinken. Sie, Herr Borstig, haben kein Niveau! Und außerdem wird Norbert Nackendick sich ganz gewiss nicht einfach – wie Sie es auszudrücken belieben – plattklopfen lassen wie ein Pfannkuchen. Er wird sich natürlich zur Wehr setzen und vorher einige der verehrten Anwesenden plattklopfen oder auf sein Horn spießen.«

»Na ja«, grunzte Berthold Borstig, »mit Opfern muss man rechnen.«

»Wer Lust hat, zu den Opfern zu gehören«, fuhr Aida Rüsselzart fort, »der möge vortreten!«

Niemand trat vor, nicht einmal Berthold Borstig.

Die Elefantendame nickte bedeutungsvoll und sagte nichts als: »Na bitte!«

»Der Vorschlag von Berthold Borstig ist abgelehnt«, brüllte der Löwe. »Der Nächste, bitte!«

Nun trat ein alter Marabu vor, dessen kahler Kopf vom vielen Nachdenken schon ein wenig schimmlig aussah. Er hieß Professor Eusebius Schlammbohrer. Der Marabu verbeugte sich steif nach allen Seiten und begann: »Sehr verehrte Anwesende, liebe Kollegen! – Ähäm! – Nach meiner absolut maßgeblichen Meinung ist das vorliegende Problem nur auf eine pathomelanzanische Art und Weise zu lösen. – Ähäm! – Wie ich schon in meinem weltbekannten Werk über die kathaklystische Aciphoplasis debrophiler Skleptotomien demonstriert habe …«

Ein Seufzen ging durch die Versammlung, denn jedermann wusste, dass Professor Schlammbohrer stets sehr lang und unverständlich redete, unverständlich nicht nur wegen seines krächzenden Organs, sondern vor allem wegen seiner hochwissenschaftlichen Ausdrucksweise.

»Ich fasse also zusammen«, schloss er nach einer beträchtlichen Weile. »Es handelt sich bei Norbert Nackendick um eine sogenannte spezifische urebolane Psymulation der kaurephatomalistischen Emphysis, welchselbige mit Sicherheit durch semantische Kommunikation symboturmiert oder sogar zur Gänze extrospinatisiert werden kann.«

Er verbeugte sich und wartete sichtlich auf Beifall, der aber ausblieb.

»Sehr interessant, lieber Professor«, sagte Richard Rachenrau und versuchte ein Gähnen zu unterdrücken, wobei er sich nachlässig die Pranke vor das Maul hielt, »sehr interessant, aber können Sie den Laien unter uns vielleicht in einfachen Worten sagen, was wir tun sollen?«

»Je nun – ähäm! – das ist freilich schwierig«, kakelte der Marabu und kratzte sich verlegen mit der Kralle seinen schimmligen Kopf, »ich habe ausgeführt, dass man – ähäm! –, sozusagen volkstümlich formuliert – ähäm! –, einfach einmal mit dem Nashorn gütig reden müsste, dass man ihm – ähäm! – freundlich erklären müsste, wie unglücklich es sich in Wahrheit fühlt, dadurch dass es so ist, wie es ist.«

»Versuchen Sie's doch mal!«, rief die Hyäne Gretchen Grausig und lachte.

»Mein Leben«, sprach der Professor in strafendem Ton, »ist der reinen Forschung geweiht. Die praktische Ausführung – ähäm! – überlasse ich selbstverständlich anderen.«

Damit war auch dieser Vorschlag abgelehnt. Professor Eusebius Schlammbohrer zuckte gekränkt die Flügel und stolzierte auf dünnen Beinen zu seinem Platz.

Nun meldete sich ein Erdhörnchen zu Wort, das von seiner zahlreichen Familie umgeben war und Herkules Hupf hieß.

»Wie wär's denn«, quietschte es, »wenn wir eine Fallgrube buddeln täten? Da fällt das Nashorn dann rein und muss drinbleiben, bis es schwarz wird – oder sich bessert.«

»Hm«, machte der Löwe, »wo wollt ihr die Fallgrube denn graben?«

Herkules Hupf spuckte unternehmungslustig in die Pfoten und piepste: »Na, da natürlich, wo der Kerl jeden Tag spazieren geht. Er ist ja so ein Gewohnheitstier, dass er immer nur denselben Trampelpfad benutzt.«

»Und wie lang«, fragte Richard Rachenrau sanft, »braucht ihr, bis eine Grube fertig ist, in die das Nashorn hineinpasst?«

Herkules Hupf rechnete kurz im Kopf nach und meinte dann: »So ungefähr mindestens zehn Tage oder mehr.«

Wieder lachte die Hyäne Gretchen Grausig auf ihre unerfreuliche Art und rief: »Und inzwischen, meint ihr, wird Norbert daneben stehen und euch friedlich zugucken? Er wird euch aufs Horn spießen oder platttreten, das wird er tun! In eure Grube wird er jedenfalls nicht fallen. So dumm ist nicht mal er.«

Richard Rachenrau lächelte grimmig und winkte nur mit der Tatze ab, worauf Herkules Hupf sich kleinlaut zurückzog.

Es folgte nun noch ein Dutzend weiterer Vorschläge von anderen Tieren, aber bei genauerer Prüfung zeigte sich, dass kein einziger wirklich durchführbar war. Schließlich breitete sich ratloses Schweigen in der Versammlung aus.

Da trat die Gazelle Dolores Immerscheu vor, blickte mit tränenfeuchten Augen von einem zum andern und sagte leise: »Es bleibt uns also nur noch das eine. Wir packen unsere Siebensachen und ziehen in eine andere Gegend, wo wir vor Norbert Nackendick sicher sind.«

»Flucht?«, brüllte Richard Rachenrau und warf der armen Dolores einen so zornglühenden Blick zu, dass diese sich einer Ohnmacht nahe fühlte. »Das kommt überhaupt nicht infrage!«

Kaum aber hatte er ausgeredet, da war aus der Ferne ein seltsames Getöse zu hören, das sich rasch näherte, ein Schnauben und Grunzen, ein Rasseln und Stampfen, ein Splittern und Krachen, als käme ein Erdbeben auf die Versammlung zu. Und dann erscholl Norbert Nackendicks Wutgebrüll: »Ihr hinterhältige Bande! Jetzt hab ich euch erwischt! Ha, für wie dumm haltet ihr mich? Glaubt ihr, ich merke nicht, dass ihr hinter meinem Rücken Angriffspläne gegen mich schmiedet? Aber da müsst ihr früher aufstehen! Jetzt werde ich euch ein für allemal zeigen, was es heißt, mich herauszufordern! Jetzt werde ich unter euch aufräumen!«

Diese Drohung konnte Norbert allerdings gottlob nicht wahrmachen, denn als er in dem Talkessel ankam, war kein einziges Tier mehr zu sehen. Auch der Löwe und sogar die Elefanten hatten es vorgezogen, eilends das Feld zu räumen. Das Nashorn musste sich damit begnügen, einige Palmen in streichholzdünne Spreißel zu zerfetzen, um seine Wut an irgendetwas auszulassen. Danach trottete es höchst unbefriedigt durch die Mondnacht heimwärts, wobei es unterwegs immer wieder nach allen Richtungen durch die Steppe gröhlte: »Wehe jedem, der sich hier noch mal blicken lässt! Meine Geduld ist zu Ende! Aus jedem, den ich erwische, mach ich Hackfleisch, aus jedem! Merkt's euch, ihr feige, hinterhältige Bande!«

Diese Worte verfehlten nicht, auf alle, die sie hörten, nachhaltigen Eindruck zu machen, denn niemand zweifelte daran, dass das Nashorn seine Drohungen wahrmachen würde. Man konnte ihm manches nachsagen, nur nicht Mangel an Konsequenz.

Viele Tiere, vor allem die sanften und weniger wehrhaften, überlegten sich, dass die Gazelle Dolores eigentlich doch nicht so unrecht gehabt hätte, und wanderten noch in der nämlichen Nacht mit ihren Familien in andere Gegenden aus, wo sie vor Norbert Nackendick sicher waren. Das sprach sich schnell herum, weitere Tiere schlossen sich an, und je mehr fortzogen, desto mehr Angst bekamen die wenigen, die noch zurückgeblieben waren. Zuletzt sagte sich auch Richard Rachenrau, dass er ganz allein gegen das rabiate Nashorn nichts ausrichten könne, und machte sich eines Nachts mit seiner Gemahlin und seinen drei Jungen auf die Reise.

Und nun war weit und breit niemand mehr. Außer Norbert Nackendick.

Und noch jemand.

Dieser Jemand war allerdings daran gewöhnt, fast immer übergangen zu werden, erstens, weil er sehr klein war, zweitens aber, weil er einen Beruf ausübte, den jeder zwar für nützlich und angenehm, gleichzeitig aber auch für so unfein hielt, dass es sich einfach nicht schickte, ihn auch nur zu erwähnen.

Das war Karlchen Klammerzeh, der Madenhacker.

Er war ein kleiner Vogel mit einem knallroten, sehr respektlosen Schnabel. Er lebte davon, dass er auf den Rücken der Büffel, Elefanten und Nilpferde herumspazierte, an ihren Seiten auf und nieder kletterte und alles Ungeziefer fortpickte, das sich dort festgesetzt hatte.

Karlchen Klammerzeh war also auch noch da. Er hatte keine Angst vor Norbert Nackendick, denn er war viel zu klein und zu flink, als dass das Nashorn ihm etwas hätte tun können. Aber es ärgerte ihn, dass Norbert ihm seine gesamte Kundschaft vertrieben hatte, und deshalb hatte er sich einen Plan ausgedacht, wie er auf seine Weise mit dem Nashorn fertig werden könnte.

Er flog zu ihm hin, setzte sich auf das vordere, große Horn auf Norberts Nase, wetzte seinen frechen Schnabel daran und zwitscherte: »Na, wie fühlt man sich so als Sieger?«

Norbert schielte böse zu ihm hinauf und grunzte: »Weg da! Ich bitte mir Respekt aus! Verschwinde, und zwar schleunigst!«

»Sachte, sachte«, sagte Karlchen. »Da bist du nun also unumschränkter Alleinherrscher, Norbertchen. Du hast wirklich und wahrhaftig einen großen Sieg errungen. Aber fehlt dir nicht noch was?«

»Nicht dass ich wüsste«, knurrte Norbert.

»Doch«, sagte Karlchen, »eines fehlt dir noch, was jeder Sieger und jeder Herrscher unbedingt haben muss: ein Denkmal.«

»Ein was?«, fragte Norbert.

»Weißt du«, zwitscherte Karlchen, »ein Sieger oder ein Herrscher, der kein Denkmal hat, ist gar kein richtiger Sieger oder Herrscher. Deshalb wird überall auf der Welt solchen bedeutenden Persönlichkeiten, wie du eine bist, ein Denkmal errichtet. Das solltest du auch tun.«

Norbert starrte dösig vor sich hin, wie immer, wenn er scharf nachdachte. Dieser Vogel hatte zweifellos recht. Er, Norbert Nackendick, war Sieger und Herrscher und vor allem eine bedeutende Persönlichkeit. Und ein Denkmal wollte er nun auch haben.

»Wo kriegt man denn so ein Dings her?«, fragte er.

Karlchen Klammerzeh plusterte sich. »Tja, in deinem Fall ist das natürlich schwierig, weil leider niemand mehr da ist, um dir eins zu errichten. Du musst es dir schon selbst machen.«

»Und wie?«, wollte Norbert wissen.

»Erstens muss es dir möglichst ähnlich sein«, sagte Karlchen, »damit man auch sieht, wessen Denkmal es überhaupt ist. Kannst du dich selbst schnitzen oder aus Stein meißeln?«

»Nein«, gab Norbert zu, »kann ich nicht.«

»Schade«, meinte Karlchen, »dann kannst du eben kein Denkmal haben.«

»Ich will aber eins«, grunzte Norbert erbost. »Denk gefälligst nach!«

Karlchen tat so, als ob er tief nachdächte, und ging mit auf dem Rücken verschränkten Flügeln auf Norberts Kopf auf und ab. »Eine Möglichkeit gibt es vielleicht noch«, sagte er schließlich, »aber ich fürchte, sie ist zu anstrengend für dich.«

»Für mich«, schnaufte Norbert ungeduldig, »ist nichts zu anstrengend. Also, sag schon!«

»Du musst selbst dein eigenes Denkmal sein«, sagte Karlchen.

»Aha«, grunzte Norbert und starrte wieder dösig vor sich hin. Er brauchte eine Weile, bis er Karlchens Vorschlag begriffen hatte, aber dann gefiel er ihm. Er wurde geradezu guter Laune. »Was muss ich also tun?«, fragte er.

»Du musst«, erklärte Karlchen, »auf einen hohen Sockel steigen, sodass du weithin sichtbar bist. Und dann musst du dich ruhig halten, als ob du aus Erz gegossen wärst, verstehst du?«

»Klar«, grunzte Norbert und trabte los. Nicht weit lag ein gewaltiger Felsbrocken auf der Steppe. Dort hinauf kletterte Norbert und stellte sich in Positur.

Karlchen begutachtete ihn von allen Seiten aus der Entfernung. »Das linke Hinterbein noch etwas anheben«, rief er, »so ist es sehr gut! Jetzt den Kopf noch ein wenig höher! Du musst stolz und sieghaft in die Ferne blicken.«

»Ich bin aber kurzsichtig«, knurrte Norbert.

»Dann blickst du eben in die Zukunft«, meinte Karlchen. »Außerdem ist es ganz gleich, denn ein Denkmal soll ja nicht sehen, sondern aussehen. So ist es fabelhaft. Du wirkst imposant. Halt! Jetzt nicht mehr bewegen!«

Er flog zu Norbert und setzte sich wieder auf dessen großes Horn. »Jetzt hast du alles, was ein Herrscher haben muss«, sagte er, »sogar ein richtiges Denkmal, und was für eins. Darum kann dich nur jeder beneiden. Alle kommenden Geschlechter werden bewundernd zu dir aufblicken und ehrfürchtig flüsternd deinen Namen nennen, Norbert Nackendick! Außer natürlich, du wirst gestürzt oder dein Denkmal, aber das käme auf eins heraus.«

Das Nashorn, das sich ja nicht mehr bewegen durfte, schielte besorgt zu Karlchen Klammerzeh hinauf und murmelte, ohne die Lippen zu bewegen: »Was heißt denn das?«

»Na ja«, zwitscherte Karlchen vergnügt, »es kommt vor, dass Herrscher gestürzt werden, zum Beispiel durch Revolution. Und wenn ein Herrscher gestürzt ist, dann wird natürlich auch sein Denkmal gestürzt. Denn wenn einer das Denkmal eines Herrschers, der nicht gestürzt ist, stürzen würde, dann käme der Betreffende natürlich sofort ins Gefängnis oder er würde hingerichtet. Außer, er flieht rechtzeitig.«

»Moment mal«, sagte Norbert, »wie war das?«

»Ach«, meinte Karlchen beiläufig, »mach dir darüber keine Sorgen, Dickerchen. Wer sollte dich schon stürzen? Oder dein Denkmal, was ja, wie gesagt, auf das Gleiche herauskommt. Außer, du stürzt dich selbst.«

»Wieso?«, fragte Norbert verstört. »Wieso außer ich selbst?«

»Wenn du zum Beispiel hier heruntersteigst«, antwortete Karlchen, »dann hast du doch dein Denkmal gestürzt. Entweder bist du dann noch Herrscher oder nicht. Wenn du dich als Herrscher gestürzt hast, dann musst du dich hinrichten, weil das bei Revolutionen so üblich ist. Wenn du aber nur dein Denkmal gestürzt hast, dann musst du dich hinrichten, weil du ja noch Herrscher bist. Außer, du fliehst rechtzeitig, ehe du dich selbst gefangen nehmen kannst. Das ist doch ganz klar, nicht wahr?«

»Verdammt«, murmelte Norbert, »so schwierig hatte ich mir das nicht vorgestellt.«

»Tja«, sagte Karlchen, »deshalb bekommen ja auch nur die bedeutendsten Persönlichkeiten Denkmäler. Aber du hast ja nun genug Zeit, um über alles gründlich nachzudenken. Leb wohl, Dickerchen! Ich such mir jetzt auch ein anderes Land, wo ich meinem Beruf mit mehr Aussicht auf Erfolg nachgehen kann. Denn von dir allein werde ich leider nicht satt.«

Damit flog der Vogel davon und sein Zwitschern klang wie ein helles Gelächter.

Norbert Nackendick aber blieb als sein eigenes Denkmal stehen und wagte nicht, sich zu rühren.

Es kam die Abendröte,
es kam der Mondenschein,

es kam das Morgenrot,
und es kam die Mittagsglut.

Norbert stand immer noch wie aus Erz gegossen und blickte stolz und sieghaft in die Zukunft, obwohl er kurzsichtig war. Er war sehr zufrieden, dass er ein Denkmal hatte.

Und so stand er nun durch viele Tage und Nächte und döste vor sich hin. Er hätte viel darum gegeben, sich einmal selbst zu sehen, wenn schon niemand anderer da war, der ihn bewunderte. Gewiss bot er einen wahrhaft erhabenen Anblick!

Nach und nach jedoch bekam er Appetit, sehr heftigen Appetit, ganz unerträglichen Appetit sogar.

Ob ich nur mal schnell hinuntersteige, dachte er, und einen Mundvoll Gras zu mir nehme? Es sieht ja keiner.

Doch im gleichen Augenblick erschrak er tief über sich selbst. Das hieß ja, er war im Begriff, sein eigenes Denkmal zu stürzen – oder vielmehr, sich selbst als Herrscher. Oder wie war das gewesen? Er begann zu grübeln.

Es kam die Abendröte,
es kam der Mondenschein,
es kam das Morgenrot,
und es kam die Mittagsglut.

Norbert stand da und versuchte, seine Gedanken zu ordnen. Wenn er hinunterstieg, dann stürzte er sich selbst, so oder so. Wenn er sich als Denkmal stürzte, dann musste er als Herrscher sich selbst gefangen nehmen und hinrichten. Außer, er floh rechtzeitig, ehe er als Herrscher etwas davon merkte. Aber das ging ja nicht. Stürzte er sich als Herrscher, dann musste er vor sich als Aufrührer fliehen, sonst würde er sich selbst einsperren und hinrichten. Aber konnte er denn fliehen, ohne dass er selbst es merkte? Das ging auch nicht. Also musste er auf jeden Fall stehen bleiben, ohne sich zu bewegen, sonst gab es ein Unglück, so oder so.

Da aber sein verzweifelter Appetit von diesem Entschluss kein bisschen weniger wurde, begann Norbert Nackendick langsam misstrauisch zu werden, misstrauisch gegen sich selbst. Sollte er am Ende gar selbst sein gefährlichster Feind sein? Hatte er das bisher nur noch nie bemerkt? Er beschloss, sich auf jeden Fall scharf zu bewachen und sich selbst keine Sekunde aus dem Auge zu lassen, nicht einmal im Schlaf. Ha, er wollte schon mit sich fertig werden!

Man konnte Norbert Nackendick tatsächlich manches nachsagen, nur nicht Mangel an Konsequenz.

Aber all seine Wachsamkeit gegen sich selbst konnte nicht verhindern, dass er im Lauf der Zeit immer mehr abmagerte und nach und nach innerhalb seiner gewaltigen Panzerhülle zu einem armseligen Häuflein Elend zusammenschrumpfte.

Eines Nachts – es war stockdunkel, denn am Himmel hatten sich schwarze Wolken zusammengezogen, und ein Gewitter stand bevor – war Norbert Nackendick so mager und klein geworden und obendrein so müde und schwach, dass er sich einfach nicht mehr aufrecht halten konnte. Er plumpste zu Boden, aber siehe da – der Panzer blieb stehen!

Norbert, oder das, was von ihm noch übrig war, fiel einfach aus der Unterseite der gewaltigen Rüstung heraus und kollerte den Felsblock hinunter. Der Sturz tat ihm ziemlich weh, denn ohne Panzer war Norberts Haut weich und nackt wie die eines Ferkels. Trotzdem war er froh, dass es so gekommen war, denn nun war sein Denkmal ja nicht gestürzt und er konnte dennoch essen.

»Nur schade«, sprach er zu sich selbst, »dass es so finster ist. Ich würde gern sehen, wie ich mich dort oben ausnehme.«

In diesem Augenblick fuhr der erste Blitz des Gewitters nieder und erleuchtete die Steppe für einen Augenblick taghell. Und Norbert erblickte auf dem Felsblock oben etwas, das er noch nie gesehen hatte, weil es in der afrikanischen Steppe keine Spiegel gibt. Er erblickte wahrhaftig seinen schlimmsten Feind!

»Hilfe!«, schrie er gellend, und vor Entsetzen vergaß er, dass er Hunger hatte und dass er müde war, und er rannte davon, so schnell ihn seine schwachen Beinchen trugen, rannte nackt, wie er war, quer durch die Steppe, durch die Wüste, durch den Urwald und hörte nicht mehr zu laufen auf, denn wie alle anderen Tiere, so wollte nun auch er in ein Land, in dem er vor sich selbst sicher war.

Was aus ihm geworden ist? Wer weiß? Vielleicht läuft er noch immer durch die Welt, vielleicht hat er aber auch inzwischen irgendwo das Land gefunden, das er suchte, und ein neues Leben angefangen. Ohne Panzer. Wer einmal einem nackten Nashorn begegnet, der kann es ja fragen.

Nun bleibt nur noch zu berichten, dass die anderen Tiere im Laufe der Zeit wieder zurückkamen, nachdem sich herumgesprochen hatte, dass das Denkmal hohl war.

Sie haben es übrigens nicht gestürzt. Sie haben es stehen lassen für alle kommenden Geschlechter – zur Warnung.

MACHT NICHTS

Es ist noch nicht lange her, da saß ich nach des Tages Arbeit müde im Gasthaus und wollte zu Abend essen. Ich hatte einen tüchtigen Hunger und bestellte mir eine große Bratwurst mit viel knusprigen Bratkartoffeln, dazu ein frisches Glas Bier.

Während ich auf meine Mahlzeit wartete, fiel mir ein, dass ich gerne wissen wollte, was es Neues in der Welt gäbe. Also stand ich auf, lief rasch über die Straße, kaufte mir eine Zeitung und war im Augenblick zurück.

Aber was musste ich sehen? Da saß doch inzwischen jemand auf meinem Platz. Um genau zu sein, es handelte sich dabei um ein Kind.

Ich bin seit jeher der Ansicht, dass man Fremden gegenüber immer höflich sein soll, natürlich auch fremden Kindern gegenüber. Ich sagte mir, dass dieses da auf meinem Platz wahrscheinlich gar nicht wusste, dass es auf meinem Platz saß, und dass es das ganz gewiss nicht bös meinte. Ich ging also zu ihm hin, tupfte ihm sanft mit dem Finger auf die Schulter und sagte, so liebenswürdig ich konnte: »Entschuldigen Sie, lieber junger Freund.« Ich sagte »Sie« zu ihm, denn obwohl es nach seinem Aussehen höchstens sieben oder acht Jahre alt sein konnte, war es erschreckend groß. »Es tut mir leid«, sagte ich, »dass ich Sie stören muss, aber Sie sitzen zufällig auf meinem Platz.«

Das große Kind blickte mich überrascht an und antwortete: »Macht nichts.«

Ich gebe zu, dass mich diese Antwort verblüffte. Eigentlich hatte es ja recht, es machte wirklich nichts; denn ich konnte mich ebenso gut auf einen anderen Platz setzen. Überhaupt soll man Kindern gegenüber nicht gleich so streng sein. Also ließ ich mich auf dem Stuhl neben ihm nieder und murmelte: »Ich hoffe, es stört Sie nicht, wenn ich mich neben Sie setze.«

»Macht nichts«, erwiderte das Kind mit wohlwollendem Nicken, nahm meine Zeitung vom Tisch und begann zu lesen.

Nun ja, dachte ich, woher soll es schließlich wissen, dass ich meine Zeitung selbst noch nicht gelesen habe und es gerade jetzt gerne täte? Außerdem bin ich als einer, der Bücher schreibt, natürlich sehr dafür, dass sich jedermann im Lesen übt, vor allem diejenigen, die es noch nicht besonders gut können wie zum Beispiel dieses riesige Kind. Zum richtigen Lesen war es, wie sich zeigte, noch zu klein – ich meine natürlich, zu jung. Jedenfalls fuhr es mit seinem dicken Fingerchen die Zeilen hin und her und auf und nieder, wobei es die Zeitung so zerknitterte und zerknüllte, dass es mir bald fraglich schien, ob für mich selbst noch irgendetwas Lesbares übrig bleiben würde. Andererseits wollte ich das Kind nicht kränken, deshalb sagte ich freundlich: »Ich bedaure überaus, lieber Freund – später will ich Ihnen meine Zeitung gerne für Ihre Zwecke zur Verfügung stellen, aber jetzt möchte ich sie erst einmal selber lesen.«

»Macht nichts«, murmelte das große Kind und fuhr in seiner Tätigkeit fort.

Wäre mir irgendein Zweifel gekommen, dass es sein Verhalten bestimmt nicht bös meinte – ich glaube fast, ich hätte mich in diesem Augenblick doch noch ein wenig gewehrt. Ich unterließ es aber. Außerdem kam gerade der Wirt herbei und stellte mein Abendessen und ein Glas Bier vor mich auf den Tisch. Während ich noch die Serviette auseinanderfaltete, begann das große Kind schon zu essen. Wahrhaftig, es schien sogar noch größeren Appetit zu haben als ich, denn die Bratwurst samt Kartoffeln war im Handumdrehen in seinem Mund verschwunden.

»Eigentlich«, wandte ich mit leisem Vorwurf ein, »hatte ich dieses Abendessen ja für mich bestellt …«

»Macht nichts«, beruhigte mich das Kind, wobei es sich das letzte Wurstende in den Mund stopfte.

Nur ein Unmensch nimmt einem hungrigen Kind das Essen weg, nicht wahr? Und in diesem Fall war es geradezu eine Freude zu sehen, wie es ihm schmeckte. Außerdem hatte ich auf diese Weise doch noch Gelegenheit, rasch einen Blick in meine arg zugerichtete Zeitung zu werfen. Ich strich sie glatt und griff ganz in Gedanken nach meinem Bierglas … da sah ich, dass mein junger Freund es bereits an die Lippen gesetzt und leer getrunken hatte – auf einen Schluck, ohne abzusetzen! Obwohl ich zugeben muss, dass mich diese Leistung in Erstaunen setzte, glaubte ich mich nun doch zu einem gewissen Tadel berechtigt, nicht etwa meinetwegen, sondern aus Sorge um seine Gesundheit. Bier in so großen Mengen ist für Kinder in zartem Alter bestimmt nicht zuträglich! Deshalb sagte ich, ein wenig strenger als vorher: »Ich fürchte, liebes Kind, das wird Ihnen nicht gut bekommen.«

»Macht nichts«, versicherte es freundlich und rülpste mir dabei zufrieden ins Gesicht, dass es klang, als käme es aus dem Bauch eines Nilpferdes.

Ich möchte nun nicht, dass irgendjemand denkt, ich hätte etwa die leiseste Abneigung gegen dieses Kind empfunden, das es doch ganz offensichtlich nicht böse meinte! Die Sache war nur die, dass ich immer hungriger wurde, denn vom Zusehen, wie jemand isst, wird man eben doch nicht satt. Peinlicherweise hatte ich auch nicht genügend Geld bei mir, um mir eine zweite Portion und ein zweites Glas Bier zu bestellen. Mir fiel ein, dass ich zu Hause noch Brot und Milch hatte. Das musste mir eben für diesmal genügen. Also bezahlte ich dem Wirt meine Zeche, wandte mich an das große Kind und sagte entschuldigend: »Ich muss jetzt leider gehen …«

Ich hielt inne, denn an seinem enttäuschten Gesichtsausdruck sah ich, dass ich es irgendwie betrübt hatte. Und das ist etwas, wie jeder weiß, was man Kindern einfach nicht antun darf! Also fügte ich rasch hinzu: »Ein andermal werde ich Sie mit größtem Vergnügen zu mir nach Hause einladen, nur gerade heute habe ich leider gar nichts, was ich Ihnen anbieten könnte …«

»Macht nichts«, sagte das Kind, sichtlich erfreut, stand auf und ging mit mir hinaus.

Draußen war es bereits dunkel. Während wir schweigend nebeneinander die Straße hinuntertrotteten, begann ich mir nun doch langsam Sorgen um meinen jungen Begleiter zu machen. Ich warf einen forschenden Blick zu ihm empor (er war mindestens einen Kopf größer als ich), um aus seiner Miene zu schließen, was er wohl vorhatte. Aber sein Gesichtsausdruck war unverändert freundlich, höchstens etwas schläfrig.

»Lieber junger Freund«, begann ich nach einer Weile vorsichtig, »es ist wirklich schrecklich nett von Ihnen, dass Sie mich noch ein Stück begleiten wollen, aber ich glaube, es ist vernünftiger, wenn ich Sie auf dem schnellsten Weg nach Hause bringe. Es ist schon höchste Zeit für einen so jungen Menschen wie Sie, und wie ich sehe, sind Sie müde und möchten schlafen.«

»Macht nichts«, antwortete das Kind und gähnte.

Gewiss wird jeder mit mir darin übereinstimmen, dass man es nicht zurückweisen darf, wenn ein Kind einem einen Gefallen tun will. Es meint es doch so gut und würde sich vielleicht grämen, wenn man seine Freundlichkeit kaltherzig abwiese. Also sagte ich nichts mehr.

Ich wohne ganz allein am Stadtrand, in einem kleinen Häuschen, das von einem hübschen Blumengarten umgeben ist. Vielleicht sollte ich besser sagen, ich wohnte dort, obwohl es erst wenige Tage her ist. Aber ich will der Reihe nach erzählen.

Als wir vor meiner Haustür angekommen waren, entschloss ich mich zu einer Notlüge. Ich weiß wohl, dass eine Lüge in jedem Fall eine unschöne Sache ist, aber ich dachte mir, wenn ich meinem jungen Freund sagen würde, dass meiner Ansicht nach Kinder in seinem Alter niemals und auf gar keinen Fall einfach mit Fremden mitgehen dürfen und schon gar nicht um diese Tageszeit, so würde er möglicherweise glauben, dass ich feindselige Gefühle gegen ihn hegte. So etwas könnte ihn am Ende enttäuschen. Deshalb rief ich mit gespielter Überraschung: »Ach du lieber Himmel, nun habe ich doch tatsächlich meinen Hausschlüssel vergessen und kann nicht aufschließen!«

»Macht nichts«, sagte das große Kind und trat ein paar Schritte zurück.

Ich war erleichtert und wollte ihm eben anbieten, es nun zu seinen Eltern nach Hause zu bringen, als ich sah, dass es nur zurückgetreten war, um einen Anlauf zu nehmen. Es rannte gegen meine Haustür und brach sie mit einem Fußtritt auf. In diesem Augenblick stiegen in mir doch gewisse Zweifel auf, ob man einem Kind so etwas nicht besser verbieten soll, ganz gleich, ob es sich deshalb gekränkt fühlt oder nicht. Aber es war deutlich zu sehen, dass mein junger Freund es auch diesmal wirklich nicht bös gemeint hatte. So beschränkte ich mich darauf, ein wenig vorwurfsvoll zu sagen: »Eigentlich war meine Haustür noch ganz gut.«

»Macht nichts«, sagte das große Kind tröstend und ging hinein.

Ich musste noch ein paar Augenblicke im Freien bleiben, um tief Luft zu holen und mir den kalten Schweiß auf der Stirn zu trocknen. Das war natürlich ein Fehler von mir, denn man soll Kinder nie ohne Aufsicht lassen – schon gar nicht in einem Haus, das ihnen fremd ist und in dem sie den Lichtschalter nicht finden können. Jedenfalls

hörte ich aus dem Inneren meines Hauses ein schreckliches Poltern und Klirren und einen Schmerzensschrei, der mir eine Gänsehaut über den Rücken jagte.

Ich stürzte hinein, knipste das Licht an und sah das große Kind auf dem Boden sitzen, mitten in den Scherben meines schönen Aquariums, triefend von Wasser, von Grünpflanzen umhangen, und ringsumher zappelten und hüpften alle meine Fischchen auf dem Boden herum.

»Um Himmels willen!«, rief ich außer mir vor Schreck, denn ich sah, dass das große Kind sein Gesicht zum Weinen verzog. »Du hast dir doch nicht wehgetan?«

In meiner Besorgnis vergaß ich ganz, das Kind wie bisher mit »Sie« anzureden. Aber es nahm mir die Vertraulichkeit nicht übel. Es verbiss tapfer die Tränen und versicherte lächelnd: »Macht nichts.«

Von nun an sind meine Erinnerungen etwas verwirrt, weil die Ereignisse sich überstürzten. Ich weiß noch, dass ich in die Küche hinausrannte, um zunächst einen Eimer voll Wasser zu holen, denn ich wollte meine Fische retten. Als ich mit dem vollen Eimer das Zimmer wieder betrat, sah ich, dass das große Kind meinen Kleiderschrank geöffnet, Anzüge und Hemden herausgerissen hatte und damit den Boden aufwischte. Ich begriff sofort, dass es das selbstverständlich nicht bös meinte, sondern helfen wollte, den Schaden wiedergutzumachen.

Während ich die Fischchen einsammelte und in den Eimer mit Wasser tat, erklärte ich dem Kind behutsam, dass Anzüge und Hemden nicht zum Aufwischen von Böden geeignet seien, weil sie davon schmutzig würden und kaputtgingen.

»Macht nichts«, antwortete es fröhlich, um mir zu zeigen, dass es den kleinen Irrtum nicht weiter schwernahm.

Ich lief mit dem Eimer, in dem jetzt die Fischchen schwammen, in die Küche und suchte dort nach einem geeigneten Gefäß, in dem ich meine kleinen Lieblinge einstweilen unterbringen konnte, denn den Eimer brauchte ich ja zum Aufwischen. Während ich noch mit der Suche beschäftigt war, hörte ich aus dem Wohnzimmer seltsamen Lärm. Da aber kein weiterer Schmerzensschrei folgte, kümmerte ich mich nicht darum. Ich weiß nämlich, dass Kinder es nicht gerne haben, wenn man ihnen bei jeder Gelegenheit sagt, dass sie dies und das nicht tun sollen.

Als ich schließlich doch wieder ins Zimmer trat, hatte mein junger Gast eine Schnur quer durch das Zimmer gespannt, dabei einen kostbaren Spiegel und zwei Bilder heruntergeworfen und zerbrochen und meine tropfenden Anzüge und Hemden zum Trocknen aufgehängt. Ich war gerührt über so viel guten Willen. Nur hatte das Kind leider – wohl damit die Sachen schneller trocknen sollten – mitten im Zimmer auf dem Teppich ein großes Feuer entzündet, und zwar mit dem ganzen Papier, das es auf meinem Schreibtisch gefunden hatte.

Natürlich hatte das Kind es nur gut gemeint. Es konnte ja nicht ahnen, dass diese vielen Papierblätter das neue Buch waren, das ich gerade geschrieben hatte. Ich sprang hinzu und riss die Blätter, die noch nicht völlig verbrannt waren, aus den Flammen, um wenigstens etwas zu retten.

Als mein junger Gast das sah, folgte er sofort meinem Beispiel, hielt es aber offenbar für ein lustiges Spiel, denn er verstreute die brennenden Papierfetzen in der ganzen Wohnung.

»Halt!« rief ich. »Tu das nicht! Du zündest ja das ganze Haus an!«

»Macht nichts«, antwortete das große Kind.

Nun ging alles sehr schnell. Ich konnte gerade noch die Feuerwehr antelefonieren, dann zog ich das Kind, das vergnügt lachte und offenbar nicht verstand, in welcher Gefahr wir schwebten, hinter mir die Treppe hinauf, denn der Weg zur Haustür war bereits durch prasselnde Flammen versperrt. Schließlich kletterten wir durch eine Speicherluke auf das Dach.

»Hör zu«, keuchte ich durch den dichten Rauch, der uns umgab. »Du musst jetzt vernünftig sein und aufpassen, dass du alles richtig machst. Wir müssen von hier aus hinunterspringen.«

»Macht nichts«, sagte das Kind. Dann sprangen wir. Ihm passierte glücklicherweise nichts, denn es fiel auf mich, also verhältnismäßig weich, während ich mir einen Arm und ein Bein brach.

Das letzte, woran ich mich deutlich erinnere, als endlich die Feuerwehr kam und ich auf einer Krankenbahre fortgeschafft wurde, war das große Kind. Es stand im Schein des brennenden Hauses und winkte mir freundlich zu. Es gab keinen Zweifel, dass es all das nicht bös gemeint hatte.

Seit vierzehn Tagen liege ich nun im Krankenhaus, einen Arm und ein Bein in Gips. Es wird noch eine ganze Weile dauern, bis ich hier herausdarf. Dann werde ich mir ein neues Haus suchen müssen. Neue Kleider muss ich mir natürlich auch kaufen, und mein Buch muss ich ganz von vorn anfangen. Das große Kind habe ich bisher nicht wieder gesehen. Offen gesagt, ich wäre nicht böse, wenn das auch in Zukunft so bliebe.

NIESELPRIEM UND NASELKÜSS

Auf seiner Suche nach dem sagenumwobenen Lande Unsinnsibar entdeckte der weltberühmte Juxologe und Quatschonom Stanislaus Stups eines Tages mitten im Ozean eine Insel, die auf keiner Karte verzeichnet stand. Er befahl dem Kapitän seines Schiffes, vor der Küste Anker zu werfen, und ruderte mit einem Boot allein an Land.

Die ganze Insel hatte die Gestalt eines spitzen, ultramarinblauen Hutes. Der Strand war sozusagen die Krempe und nur zwanzig oder dreißig Meter breit, dahinter erhob sich ein kegelförmiger Berg aus rissigem Gestein. Irgendwelche Pflanzen schien es auf dieser Insel nicht zu geben, weder Bäume oder Büsche noch Gras oder Moos.

Als Stups um den Berg herumging und abzuschätzen versuchte, wie hoch er wohl sein mochte, stand er plötzlich vor einem Wegweiser, der nach zwei Richtungen wies. Auf dem Arm, der nach

rechts zeigte, stand »Zum Nieselpriem«, der andere trug die Aufschrift »Zum Naselküss«.

Stups konnte sich zunächst nicht entscheiden, in welche Richtung er gehen sollte, denn er vermochte sich weder unter dem einen noch unter dem anderen Namen etwas vorzustellen. Doch dann entdeckte er etwas, das ihm die Wahl leicht machte: Es gab überhaupt nur einen Weg, nämlich den nach rechts. Auf der linken Seite, also dort, wo es zum Naselküss ging, lag nur unwegsames, schwer zu erkletterndes Felsgelände.

Stups entschied sich also für die bequeme, gut ausgebaute Straße zum Nieselpriem, die immer rechtsherum in einer großen Spirale um den Bergkegel aufwärts führte. Offenbar wohnte dieser Nieselpriem oben auf dem Gipfel.

Nachdem er etwa in halber Höhe angelangt war, blieb der Forschungsreisende stehen, um zu verschnaufen und zurückzublicken. Er blickte hinunter auf das Schiff, das draußen im Meer vor Anker lag, er sah auch das kleine Boot am Strand – aber wo war die Straße, auf der er gekommen war? Es gab keine Straße mehr, sie war spurlos

verschwunden. Das heißt, *hinter* ihm gab es keine Straße mehr, denn das Stück, das noch vor ihm lag und sich bis zum Gipfel hinaufwand, war zweifellos vorhanden. Diese Entdeckung befremdete den Forscher, er hatte das ungute Gefühl, in eine Falle zu gehen.

Vorsichtig und Schritt für Schritt stieg er weiter bergan, wobei er immer wieder über die Schulter hinter sich blickte, und tatsächlich, er konnte beobachten, wie unmittelbar hinter seinen Fersen der Weg undeutlich wurde und verschwand, so spurlos verschwand, als sei er nie vorhanden gewesen. Stups hielt inne und überlegte. Sollte er überhaupt weitergehen, oder war es nicht ratsamer umzukehren? Aber umkehren, das hieß, über den rissigen blauen Fels hinunterzuklettern. Wenn er dabei den Halt verlor, würde er abstürzen und sich Hals und Bein brechen. Außerdem, so sagte sich Stups, war dieser eine sonderbare Umstand mit dem verschwindenden Weg noch kein ausreichender Grund aufzugeben. Die Entdeckung des sagenumwobenen Landes Unsinnsibar würde ihn sicherlich noch vor weitaus schwierigere Aufgaben stellen. Es war ja auch durchaus nicht gesagt, dass die Sache wirklich bedrohlich war, bisher jedenfalls war ihm schließlich noch nichts Schlimmes dabei zugestoßen.

Er fasste sich also ein Herz und stieg weiter aufwärts. Die Wegspirale wurde immer enger, je näher er dem Gipfel kam, und als er die letzte Biegung hinter sich hatte, stand er unversehens vor einer kleinen kreisrunden Holzhütte von ziemlich ärmlichem Aussehen. Der Weg endete vor der Tür dieser Hütte.

Stups trat näher und fand auf der Tür ein Schild mit der Aufschrift:

Nieselpriem
Besuche herzlich erwünscht, aber sinnlos.
Bitte mindestens siebenmal klopfen!

Stups pochte also siebenmal, und dann, wegen des Wörtchens »mindestens«, noch weitere dreimal. Danach lauschte er und hörte aus dem Inneren der Hütte ein Geräusch näher kommen, das wie das Bimmeln zahlloser Glöckchen klang. Die Tür öffnete sich und in ihr stand eine höchst seltsame Gestalt. Es war ein kleiner Mann, kaum größer als Stups selbst, in einem knallroten Anzug, mit einem ebenso knallroten Zylinderhut auf dem Kopf und einem gewaltigen schwarzen Schnurrbart unter der dicken Nase, dessen Spitzen einen halben Meter nach links und nach rechts wegstanden wie zwei Türkensäbel. An Armen und Beinen, an der Krempe seines Hutes, an beiden Ohren, ja selbst an den Spitzen seines Schnurrbartes hingen silberne Schellen, die bei jeder Bewegung klingelten. Und an Bewegung ließ es der sonderbare Kerl nicht fehlen. Er hüpfte und zappelte fast ohne Unterbrechung. Dabei blickte er allerdings so jämmerlich und todtraurig drein, als sei ihm ganz und gar nicht nach Hüpfen zumute.

»Aha!«, rief er, als er des Forschungsreisenden ansichtig wurde.

»Da steht zweifellos ein Besucher. Das hilft mir zwar nichts, aber ich möchte doch zumindest wissen, mit wem ich die Ehre habe.«

»Stups«, sagte Stups mit einer kleinen Verbeugung. »Stanislaus Stups, Juxologe und Quatschonom auf einer wichtigen Entdeckungsreise.«

»Jammerschade!«, antwortete der seltsame Bursche und machte einen Sprung, der alle Schellen bimmeln ließ. »Ich bin der Nieselpriem, aber es ist nicht der Mühe wert, verehrter Herr, dass Sie sich das zu merken versuchen. Lassen Sie's sein!«

»Was ist jammerschade«, fragte Stups, »und warum ist es nicht der Mühe wert?«

»Ach, es ist sinnlos, dass ich Ihnen das erkläre, mein Bester, denn Sie werden es auf keinen Fall behalten.«

»Ich versichere Ihnen«, widersprach Stups, »dass ich für gewöhnlich ein ziemlich gutes Gedächtnis habe.«

»Für gewöhnlich, für gewöhnlich!«, rief der Nieselpriem und winkte mutlos ab. »Das wird Ihnen bei mir absolut nichts nützen. Es dreht sich nicht um Ihr Gedächtnis, es liegt an mir.«

Stups hatte den Eindruck, vielleicht nicht ganz erwünscht zu sein, und sagte deshalb höflich, wie er nun einmal war: »Ich bitte sehr um Entschuldigung, falls ich Sie gestört haben sollte, Herr Nieselpriem. Vielleicht komme ich besser ein andermal, wenn es Ihre Zeit erlaubt.«

»Aber um Himmels willen, nein!«, erwiderte der Nieselpriem bestürzt. »Bitte, treten Sie doch ein – auch wenn es ganz und gar zwecklos ist.«

Stups folgte dem Hausherrn ins Innere der armseligen Hütte. Es bestand aus einem einzigen Raum, die wenigen Möbel waren aus morschen Holzbrettern zusammengenagelt – offenbar handelte es sich um angeschwemmtes Treibholz –, und das Geschirr bestand aus verrosteten Blechbüchsen und Ähnlichem. Merkwürdigerweise war für zwei Personen gedeckt.

Der Nieselpriem forderte Stups auf, am Tisch Platz zu nehmen. Unter ständigem Seufzen goss er aus einem kleinen Fass zwei Büchsen voll. »Es ist Rum aus einem Schiffbruch«, erklärte er. »Bitte trinken Sie nur, er wird sowieso nicht lange vorhalten.«

»Haben Sie mich denn erwartet?«, fragte Stups. Die offensichtliche Verzweiflung seines Gastgebers erregte sein Mitgefühl.

»Nicht die Bohne«, antwortete der klagend. »Die zweite Büchse war eigentlich für meinen Bruder Naselküss bestimmt. Aber sie ist natürlich ganz überflüssig, denn er weiß ja überhaupt nichts von mir. Er hat mich vergessen, wie jeder andere mich vergisst. Das ist nun einmal mein Schicksal, lieber Herr.« Der Nieselpriem schien am Rande der Tränen zu sein.

»Das tut mir aufrichtig leid«, murmelte Stups und trank einen kleinen Schluck des Feuerwassers. »Ich kann mir kaum vorstellen, dass man Sie vergessen kann, so wie Sie aussehen.«

Nieselpriem nickte kummervoll. »Ja, ich gebe mir wahrhaftig alle Mühe, in jeder Hinsicht aufzufallen. Diese Kleidung mit den Glöckchen trage ich keineswegs, weil es mir gefällt, sondern nur in der Hoffnung, vielleicht doch eines Tages jemandem im Gedächtnis haften zu bleiben. Aber ich weiß, ich weiß, dass alles vergeblich ist. Es ist eine Fähigkeit, die jeder andere hat, ohne sich je darüber zu wundern, aber mir, sehen Sie, mir mangelt sie vollständig. Und zwar immer schon. Es war nie anders um mich bestellt. Und auch Sie, verehrter Herr, nehmen mich nur wahr, solange Sie mich vor sich sehen. In dem Augenblick, in dem wir uns trennen, werden Sie nichts mehr von mir wissen. Sie werden mich so völlig vergessen haben, als wären wir uns niemals begegnet. Können Sie sich vorstellen, was das für einen wie mich bedeutet? Sie sehen vor sich eine tragische Person!« Er schluchzte kurz auf und trank seine Büchse auf einen Zug leer.

»Handelt es sich um eine Krankheit?«, wollte Stups wissen und nippte vorsichtig an der seinen.

Der Nieselpriem füllte sich noch einmal nach. »Ich war schon einmal bei einem Arzt deswegen, in meinen jungen Jahren, weil ich mir sagte: Nieselpriem, dir fehlt offenbar etwas! Dir fehlt eben genau das, was alle anderen befähigt, allen anderen im Gedächtnis zu bleiben. Ich habe dem Doktor mein Leiden genau beschrieben. Er hat sich nachdenklich alles angehört und meinte dann, er wolle sich die Sache überlegen.« Wieder kippte der Nieselpriem seinen Rum auf einen Schluck hinunter.

»Und dann?«, fragte Stups.

»Nichts weiter«, antwortete der Nieselpriem und wischte sich Tränen aus den Augen. »Sowie ich von ihm weggegangen war, hatte er mich natürlich vergessen, also konnte er sich gar nichts überlegen. Ich habe ihm damals sogar einen Brief geschrieben, aber das half natürlich auch nichts, weil er sich ja an niemand erinnerte, der bei ihm gewesen war und Nieselpriem hieß.«

»Wirklich, eine verzwickte Angelegenheit«, gab Stups zu. »Also, wenn Sie jetzt zum Beispiel aus dem Zimmer gingen, dann würde ich denken, ich sei die ganze Zeit allein hier gewesen?«

»Genau«, seufzte der Nieselpriem. Er wrang die Enden seines Schnurrbarts aus, der inzwischen nass von Tränen war. »Aber verstehen Sie mich nicht falsch, mein Herr. Ich weine nicht deswegen. Ich weine wegen meines geliebten Bruders, den ich nie umarmen und küssen kann – in alle Ewigkeit nicht. Es ist ein Verhängnis!«

»Ach richtig«, sagte Stups. »Sie haben ja eigentlich Ihren Bruder erwartet. Warum ist er denn nicht gekommen?«

»Er kommt niemals, und er kann niemals kommen«, hub Nieselpriem von Neuem zu klagen an. »Das heißt, vielleicht kommt er doch, vielleicht ist er sogar schon da, aber das hilft mir nichts. Es ist schrecklich, wirklich ganz schrecklich!«

»Sie sehen mich verwirrt«, gab Stups zu. »Wenn es Sie nicht zu sehr anstrengt, möchte ich Sie bitten, mir den Fall etwas genauer auseinanderzusetzen.«

»Er heißt Naselküss«, begann Nieselpriem, »daran erinnere ich mich mit absoluter Gewissheit.«

»Tatsächlich«, warf Stups ein, »diesen Namen habe ich auf dem Wegweiser dort unten am Fuße des Berges gesehen.«

»Ganz recht«, fuhr Nieselpriem fort. »Man muss nur in die entgegengesetzte Richtung gehen, um zu ihm zu gelangen, obgleich er ebenfalls auf der Spitze dieses Berges in ebendieser Hütte wohnt. Und doch … und doch …«

Wieder begann er laut zu schluchzen und musste erst eine weitere Büchse Rum hinunterschütten, ehe er sich gefasst hatte. Stups wartete geduldig ab.

»Also, es ist so«, nahm Nieselpriem seine Erklärung schließlich wieder auf, »wir sind Zwillinge und einander zum Verwechseln ähnlich. Und doch sind wir auch wieder ganz verschieden, ja, wir sind geradezu Gegensätze. Ich will damit sagen, dass sich die Sache bei ihm genau umgekehrt verhält wie bei mir …« Er unterbrach sich und blickte seinem Gast scharf in die Augen. »Sagen Sie, Verehrtester, Sie waren doch nicht etwa schon bei ihm?«

»Nicht dass ich wüsste«, erwiderte Stups. »Jedenfalls erinnere ich mich nicht.«

Nieselpriem nickte schwermütig.

»Das ist der Beweis, dass Sie *nicht* bei ihm waren, denn an ihn könnten Sie sich erinnern. Es wäre geradezu das Einzige, was Sie könnten.«

»Darf ich daraus schließen, dass Ihr Herr Bruder also nicht an demselben – wie soll ich sagen – Mangel leidet wie Sie?«

»Oh, auch er hat einen Geburtsfehler!«, rief Nieselpriem. »Aber dass er daran litte, kann man beim besten Willen nicht behaupten. Ich sagte doch, dass es sich bei ihm umgekehrt verhält wie bei mir. Die Anwesenheit von Naselküss kann man niemals bemerken, solange er da ist. Erst wenn er wieder fortgegangen ist, erinnert man sich daran, dass er anwesend war. Er könnte zum Beispiel jetzt bei uns sein, und doch wüssten wir nichts davon. Aber sobald er uns verlassen hätte, könnten wir beide uns ganz genau daran erinnern, dass er bei uns war und was er gesagt und getan hat.«

Stups konnte sich des Gefühls nicht erwehren, dass sich alles in seinem Kopf zu drehen anfing. Nur um irgendetwas Hilfreiches zu sagen, murmelte er: »Nun, ich verspreche Ihnen, dass ich Ihren Herrn Bruder von Ihnen grüßen werde, falls ich ihn zufällig treffen sollte.«

»Eben nicht!«, schrie Nieselpriem, der langsam die Geduld verlor. »Sie verstehen aber schon rein gar nichts von dem, was man Ihnen sagt. Und Sie wollen ein Forscher sein? Dass Sie meinen geliebten Zwillingsbruder von mir grüßen werden, ist völlig ausgeschlossen. Erstens, weil Sie bei ihm immer erst hinterher wissen werden, dass Sie ihm begegnet sind, und zweitens, weil Sie sich an mich nicht mehr erinnern können, sobald wir uns getrennt haben. Das ist ja eben auch der Grund, warum er überhaupt nichts von meinem Dasein weiß und niemals etwas davon wissen wird. Haben Sie wenigstens das nun begriffen, mein Herr?«

Stups nickte, mehr aus Höflichkeit als aus Überzeugung.

»Na gut«, fuhr Nieselpriem fort, »ich will es Ihnen glauben, denn bis hierher ist die Sache ja auch noch ziemlich einfach. Schwierig wird sie eigentlich erst dadurch, dass mein geliebter Zwillingsbruder

Naselküss mir äußerlich zum Verwechseln gleicht. Er trägt sogar dieselbe Kleidung mit den Glöckchen, wahrscheinlich zum Schabernack. Denn innerlich, in unserem Charakter, sind wir ganz verschieden. Er ist zum Beispiel im Gegensatz zu mir immer überaus lustig und zu allerlei Streichen aufgelegt, die mitunter geradezu verantwortungslos sind. Oh, ich könnte Ihnen da wirklich schlimme Sachen erzählen, die er angestellt hat. Er kann sich eben alles ohne jedes Risiko leisten, weil seine Anwesenheit ja von niemand bemerkt werden kann. Ich bin es dann natürlich, der zur Rechenschaft für seine Frechheiten gezogen wird, da wir uns eben zum Verwechseln ähnlich sehen. Und wie könnte ich beweisen, dass ich nicht er bin?«

»Aber«, warf Stups ein, »soweit ich sehen konnte, ist diese Insel doch unbewohnt, außer Ihnen natürlich und – vielleicht Ihrem Herrn Bruder. Wem also kann er da Streiche spielen?«

»Das ist ja gerade der Grund«, erklärte Nieselpriem, »warum wir jetzt hier in völliger Weltabgeschiedenheit leben. Das fällt mir sehr schwer, denn ich bin im Grunde ein durchaus geselliger Mensch. Aber früher, als wir noch an anderen Orten unter anderen Leuten wohnten, war es oft ganz unerträglich für mich. Ein paar Mal wurde ich sogar in den Kerker geworfen für Dinge, die ich nicht angerichtet hatte, sondern mein Bruder. Doch kann man ihm das nicht übel nehmen, da er ja von meiner Existenz nichts weiß, wenn er nicht zufällig bei mir ist, was wiederum ich nicht bemerken kann.«

»Könnten Sie sich denn nicht trennen«, fragte Stups, »um Ihr schweres Schicksal zu erleichtern?«

»Wie denn?«, rief Nieselpriem. »Sagen Sie mir, wie? Und außerdem, ich liebe ihn doch, er ist mein Bruder und mein einziger Angehöriger.«

»Tja«, sagte Stups, »dann weiß ich Ihnen leider auch keinen Rat.«

»Sehen Sie«, schluchzte der Nieselpriem, »es gibt keinen. Ich muss das Verhängnis allein ertragen, denn er, mein Bruder, hat ja die weitaus erfreulichere Seite davon zugeteilt bekommen. Falls Sie ihm übrigens begegnen, so sollten Sie ihm kein Wort glauben. Er nimmt es, im Gegensatz zu mir, mit der Wahrheit niemals sehr genau. Richtiger gesagt, er lügt, wenn er den Mund aufmacht. Aber was rede ich da? Es ist ja ganz sinnlos, dass ich Ihnen diese Warnung mit auf den Weg gebe, denn Sie werden mich und unser Gespräch ja vergessen, sobald wir uns trennen.«

»Hören Sie«, sagte Stups, dem die ständige Heulerei seines Gastgebers allmählich zu viel wurde. »Ich mache Ihnen einen Vorschlag. Kommen Sie mit mir auf mein Schiff und begleiten Sie mich auf meiner Forschungsreise.«

Nieselpriem starrte ihn ganz entgeistert an. »Und meinen armen Bruder soll ich hierlassen? Ganz allein und ohne jemanden, der für ihn die Verantwortung trägt? Wie denken Sie sich das, mein Herr?«

»Er kann ja auch mitkommen«, schlug Stups vor.

»Können Sie mir denn garantieren, dass er das wirklich tut?«

Stups dachte eine Weile nach und schüttelte dann den Kopf. »Nein, wenn die Dinge tatsächlich so liegen, wie Sie sie beschrieben haben, kann man das niemals wissen.«

»Na bitte«, meinte der Nieselpriem, »da sehen Sie's nun selbst.«

»Ich jedenfalls«, sagte Stups und erhob sich, »muss nun aber leider gehen. Man erwartet mich auf dem Schiff. Besten Dank für Ihre Gastfreundschaft.«

»Wohin fahren Sie denn?«, fragte der Nieselpriem, offensichtlich um den Abschied noch etwas hinauszuzögern.

»Wir sind auf einer Expedition«, erklärte Stups. »Wir suchen das geheimnisumwitterte Land Unsinnsibar. Nach allem, was ich gehört habe, müssen wir ihm schon ziemlich nahe sein.«

Der Nieselpriem nickte. »Nahe vielleicht schon, aber Sie werden es nicht erreichen.«

»Und warum nicht?«

»Das sollten Sie meinen lieben Bruder Naselküss fragen. Ich wünsche Ihnen jedenfalls gute Reise, mein Herr.«

Sie schüttelten sich die Hände, und Stups beeilte sich, aus der Hütte zu kommen.

Eine Straße, die den Bergkegel abwärtsführte, war ja nicht mehr vorhanden, also machte er sich wohl oder übel an den mühevollen Abstieg über das nackte, rissige Gestein. Er bewegte sich schräg zum Abhang, immer in einer Spirale um den ultramarinblauen Berg herum, denn der gerade Weg nach unten wäre viel zu steil gewesen.

Nach einer Weile war er außer Atem und der helle Schweiß rann ihm von der Stirn. Er setzte sich nieder, blickte zum Gipfel zurück und bemerkte, dass sich hinter ihm, eben dort, wo er gegangen war, eine Straße geformt hatte. In Windungen lief sie um den Kegel herum, genau bis zu der Stelle, wo Stups sich gerade befand. Dort hörte sie auf und vor ihm lag nichts als das rissige Felsgestein.

Als er schließlich den Fuß des Berges erreichte, traf er genau auf die Stelle, an welcher der Wegweiser mit den beiden Richtungszeigern stand, nur dass es jetzt eine Straße nach links gab, also in der Richtung, in der es laut Inschrift »Zum Naselküss« ging.

Stups wunderte sich darüber keineswegs, denn er erinnerte sich genau, dass er von ihm kam. Es war eine äußerst lustige Begegnung gewesen, und er musste in Gedanken daran noch jetzt schmunzeln. Nur einen kurzen Augenblick lang kam ihm irgendetwas daran ungewöhnlich vor, aber er konnte nicht herausfinden, was. Also zuckte er die Schultern und fuhr in dem kleinen Boot zum Schiff zurück.

Der Kapitän saß noch immer, wie er es seit Beginn der Reise getan hatte, in seiner Kajüte und schrieb am werweißwievielten Band seines umfangreichen Romans, der von einem Kapitän handelte, welcher an einem Buch schrieb, das von einem Kapitän handelte, welcher an einem Buch schrieb ... Der Laderaum des Schiffes war bereits über die Hälfte mit Stapeln von Papierbündeln gefüllt, aber ein Ende des gewaltigen Epos war noch lange nicht in Sicht.

Als Stups eintrat, blickte der Schreibende kurz von seinem dicken Manuskript auf, grüßte zerstreut und fragte: »Nun, wie war's?«

»Sehr amüsant«, antwortete Stups. »Zuerst bin ich zu der Hütte auf den Berggipfel hinaufgeklommen. Auf deren Tür stand: ›Naselküss. Aber ich bin gerade nicht da. Such mich!‹ Ich ging hinein, aber da war tatsächlich niemand zu Hause. Ich wartete eine Weile, dann ging ich hinaus und um die Hütte herum. Dort traf ich einen kleinen Mann in knallrotem Anzug, mit einem gleichfarbigen Zylinder auf dem Kopf und einem riesigen Schnurrbart unter der Nase. Er hatte am ganzen Leib Glöckchen hängen. Er hüpfte herum und lachte und sagte: ›Mein Herr, Sie wollten vermutlich zum Nieselpriem, nicht wahr?‹ Ich bejahte. Da schlug er sich auf die Schenkel vor Vergnügen und rief: ›Na, da sind Sie mir ja fein auf meinen Jux hereingefallen. Alle fallen darauf herein, die unten den Wegweiser lesen. Sie müssen nämlich wissen, mein Herr, dass es diesen Nieselpriem überhaupt nicht gibt. Ich müsste das doch wissen, wenn außer mir noch jemand die Hütte hier oben bewohnen würde. Ich wohne allein hier, und die Sache mit dem Nieselpriem habe ich mir bloß ausgedacht, einfach zum Spaß. Oder haben Sie ihn etwa gesehen? Nein, haben Sie nicht …‹«

»Soso«, sagte der Kapitän. »Sehr interessant.« Und er fuhr fort, an seinem Manuskript zu schreiben.

Stups strich sich das Kinn und dachte ein wenig nach. »Aber da war noch etwas, was dieser Naselküss gesagt hat«, fuhr er fort. »Was war es nur? Ja, jetzt erinnere ich mich. Er sagte: ›Wenn ich die Leute zum Narren halte, dann brauche ich mir keine Sorgen zu machen, ob ich vielleicht doch einmal an den Falschen geraten könnte, einen, der keinen Spaß versteht. Vielleicht denken Sie jetzt, dass ich so stark eigentlich gar nicht aussehe, als ob ich mir das leisten könnte. Aber sehen Sie, mein Herr, das ist eben das Feine, ich brauche überhaupt nicht stark zu sein, denn mich bemerkt niemand, solange ich anwesend bin. Auch Sie, mein Herr, bemerken mich jetzt nicht. Sie werden sich erst später an mich erinnern. Ich könnte Ihnen also zum Beispiel all Ihr Geld klauen, ohne dass Sie etwas davon spitzkriegen. Denn wenn Sie sich meiner erinnern, dann bin ich ja schon längst weg. Ist das nicht köstlich?‹«

»Das ist natürlich Unsinn«, murmelte der Kapitän zerstreut.

»Eben!«, sagte Stups und suchte in all seinen Taschen, ohne jedoch etwas zu finden. Dabei hatte er seine Geldbörse doch vorher eingesteckt.

»Haben Sie den Kerl mit aufs Schiff gebracht?«, fragte der Kapitän.

Stups starrte nachdenklich vor sich hin, dann sagte er: »Das wüsste ich auch gern.«

»Lassen Sie mich jetzt arbeiten«, brummte der Kapitän. »Ich bin kurz davor, ein Kapitel abzuschließen.«

Stups trat aufs Deck hinaus. Am Steuerrad stand Matthias Galli, der Riese.

»Anker lichten!«, rief ihm Stups zu. »Die Fahrt geht weiter.«

»Welcher Kurs?«, fragte der Steuermann.

»Zwei Strich Süd-Nord-Ost-West«, befahl Stups.

»Ay ay, Sir!«, antwortete der Große Gallimatthias.

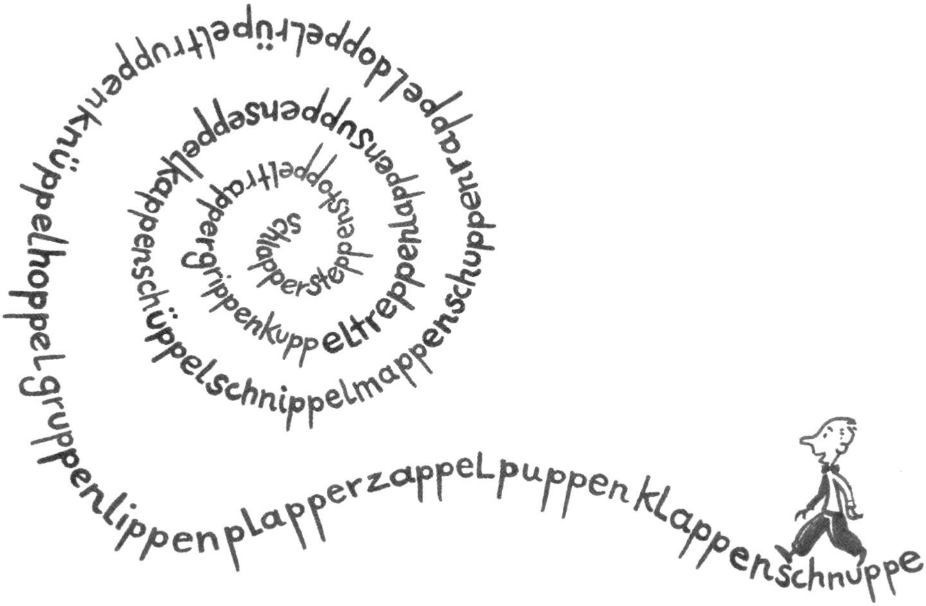

EINE ZUNGENBRECHERGESCHICHTE

Ein alter Lappe saß jeden Tag auf einer Treppe, die zu einer Kuppel hinaufführte. Deshalb hieß er der Kuppeltreppenlappe.

Der kleine Seppel, der ein gutes Herz hatte, brachte ihm ab und zu einen Teller Suppe und sagte: »Hier bringe ich dir deine Kuppeltreppenlappensuppe.«

»Fein«, antwortete der Lappe, »dann bist du also der Kuppeltreppenlappensuppenseppel. Und zum Dank für deine Freundlichkeit schenke ich dir hier meine bunte Kappe.«

Da hatte der kleine Seppel nun also eine Kuppeltreppenlappensuppenseppelkappe. Er setzte sie stolz auf seinen blonden Schüppel, man könnte auch sagen, auf seinen Kuppeltreppenlappensuppenseppelkappenschüppel.

Als die Zeit herankam, dass der kleine Seppel sich wieder einmal beim Friseur die Haare schneiden lassen musste, da fielen die ganzen

Schnippel auf den Boden, alles lag voll mit den Kuppeltreppenlappensuppenseppelkappenschüppelschnippeln. Der Friseur kehrte sie sorgfältig zusammen, aber er warf sie nicht weg, denn er wusste wohl, dass es sich da um etwas Besonderes handelte. Darum tat er die Schnippel in eine besonders dafür hergestellte Mappe, man könnte auch sagen, in eine Kuppeltreppenlappensuppenseppelkappenschüppelschnippelmappe. Diese Mappe verwahrte er in seinem Schuppen, das war nun also sein Kuppeltreppenlappensuppenseppelkappenschüppelschnippelmappenschuppen.

Bis hierher ist die Geschichte noch verhältnismäßig einfach, aber jetzt wird sie kompliziert.

Eines Tages kam nämlich ein Trapper, der hatte das Kinn voller Bartstoppeln. Er war eben ein richtiger Stoppeltrapper, denn er kam nicht oft dazu, sich zu rasieren, weil er in der Steppe lebte. Darum hieß er der Steppenstoppeltrapper. Obwohl er sonst ein starker Mann war, fühlte er sich diesmal ganz elend und schwach. Man könnte auch sagen, er war ein schlapper Steppenstoppeltrapper. Er hatte nämlich die Grippe, die sogenannte Schlappersteppenstoppeltrappergrippe. Und weil er Fieber hatte und nicht mehr weiterkonnte, legte er sich einfach in den bewussten Schuppen des Friseurs, also in den Schlappersteppenstoppeltrappergrippenkuppeltreppenlappesuppenseppelkappenschüppelschnippelmappenschuppen.

Als der Friseur das bemerkte, beklagte er sich bitter, weil die ganze Sache nun sogar für ihn unsäglich schwierig wurde. Bei dem Versuch, den Namen seines Schuppens auszusprechen, bekam er einen richtigen Rappel. Aber das machte alles nur noch schlimmer, denn das war ja nun, mit einem Wort gesagt, ein Schlappersteppenstoppeltrappergrippenkuppeltreppenlappensuppenseppelkappenschüppelschnippelmappenschuppenrappel. In seiner Verzweiflung rief er zwei stadtbekannte Rüpel zu Hilfe, die sollten den Trapper wegjagen. Diese Rüpel waren aber Zwillinge und hießen deshalb die Doppelrüpel. Diese zwei bildeten auf der Stelle eine Spezialtruppe für ihre überaus schwierige Aufgabe und nannten sich die Schlappersteppenstoppeltrappergrippenkuppeltreppenlappensuppenseppelkappenschüppelschnippelmappenschuppenrappeldoppelrüpeltruppe.

Sie marschierten zu dem Schuppen, umstellten ihn und forderten den schlappen Trapper auf, sich unverzüglich zu ergeben. Aber der war inzwischen wieder einigermaßen bei Kräften und griff sich einen Knüppel, man könnte auch sagen, einen Schlappersteppenstoppeltrappergrippenkuppeltreppenlappensuppenseppelkappenschüppelschnippelmappenschuppenrappeldoppelrüpeltruppenknüppel, und damit verhaute er die Zwillinge so, dass sie klein beigeben mussten und die Flucht ergriffen. Sie hinkten und hoppelten in einer malerischen Gruppe von dannen, sozusagen in einer Hoppelgruppe, und alle Leute, die es sahen, lachten und nannten sie die Schlappersteppenstoppeltrappergrippenkuppeltreppenlappensuppenseppelkappenschüppelschnippelmappenschuppenrappeldoppelrüpeltruppenknüppelhoppelgruppe.

Das war den Doppelrüpeln natürlich sehr peinlich und sie sannen auf Abhilfe.

In derselben Stadt gab es einen Erfinder, der sehr lebensechte Puppen bauen konnte. Bei ihm bestellten sie eine Zappelpuppe mit Lippen, die richtig plappern konnte. Natürlich kostete sie ein Vermögen, aber als die Puppe fertig war, da war sie tatsächlich eine Schlappersteppenstoppeltrappergrippenkuppeltreppenlappensuppenseppelkappenschüppelschnippelmappenschuppenrappeldoppelrüpeltruppenknüppelhoppelgruppenlippenplapperzappelpuppe, also ein wahres Wunderwerk.

Diese Puppe schickten sie, weil sie inzwischen selber zu schüchtern waren, zu dem alten Lappen, der noch immer auf der Treppe zur Kuppel saß, und sie teilte ihm mit: »Du bist eigentlich an allem schuld, denn mit dir hat das Unheil angefangen. Hättest du nicht die Suppen vom Seppel gegessen …«

Da sagte der Lappe: »Halt deine Klappe!«

Er hatte einfach keine Lust, sich das alles noch einmal anzuhören. Er hätte natürlich richtiger sagen müssen: Halt deine Schlappersteppenstoppeltrappergrippenkuppeltreppenlappensuppenseppelkappenschüppelschnippelmappenschuppenrappeldoppelrüpeltruppenknüppelhoppelgruppenlippenplapperzappelpuppenklappe, um ganz genau zu sein, aber er wollte sich nicht so sehr anstrengen, darum fügte er nur noch hinzu: »Was du da sagst, ist mir völlig schnuppe. Es ist mir sogar mehr als schnuppe, es ist mir ehrlich gesagt schlappersteppenstoppeltrappergrippenkuppeltreppenlappensuppenseppelkappenschüppelschnippelmappenschuppenrappeldoppelrüpeltruppenknüppelhoppelgruppenlippenplapperzappelpuppenklappenschnuppe!«

Und damit aß er einen Happen von seiner Suppe. Aber fragt mich jetzt bitte nicht, was das für ein Happen war.

LIRUM LARUM WILLI WARUM

Eine lustige Unsinnsgeschichte
für kleine Warumfrager

»Warum«, so fragt der Willi seinen
betagten Onkel Eduard,
»warum nur, Onkel, hast du einen
so großen, langen, weißen Bart?«
»Weil ich doch auch was kämmen möchte«,
versetzt der Onkel ohne Zorn.
»Zwar Locken hab ich nicht so rechte,
doch habe ich einen Kamm aus Horn.«

Der Willi denkt: Das geht noch weiter!
Vielleicht erzählt er mir noch mehr.
»Und warum hast du«, fragt er heiter,
»den Kamm aus Horn? Wo stammt der her?«

»Einst kamen, mir den Kamm zu schenken,
mal sieben Zirkusclowns zu mir.
Es war ein letztes Angedenken
an Fräulein Lola Jaromir.
Die Clowns, sie klagten ganz entsetzlich:
Um jenes Fräulein war's geschehn!
Verschwunden war die Ärmste plötzlich,
und zwar auf Nimmerwiedersehn.«

Der Willi fragt mit großen runden
erstaunten Augen voller Schreck:
»Warum war Lola denn verschwunden?
Warum war sie auf einmal weg?«

»Bei ihrer großen Zaubernummer
gab sie stets acht auf jedes Wort,
doch zauberte – zu unserem Kummer –
sie eines Tags sich selber fort.
Ach, sie verwechselte die Sprüche,
denn es verwirrte sie so sehr
grad vor dem Zelt das fürchterliche
Ta-tü-ta-tü der Feuerwehr.«

Der Willi, als er dies vernommen,
verwundert sich und fragt gespannt:
»Die Feuerwehr ist angekommen?
Warum? Hat es denn wo gebrannt?«

»Zehn Autos, Kran- und Spritzenwagen,
dazu die ganze Feuerwehr –
man sah sie durch die Straßen jagen,
hinauf, hinab und kreuz und quer!
Nur weil drei alte Kaffeetanten
in Ohnmacht lagen, sterbenskrank,
gab's den Alarm und alle rannten.
Sonst war nichts weiter – Gott sei Dank!«

»Die Feuerwehr da gleich zu holen«,
erklärt der Willi, »find ich dumm!«
Dann lacht er, aber nur verstohlen.
»In Ohnmacht fielen sie? Warum?«

»Nun, Damen aus dem feinsten Kreise
sind sehr empfindlich und nervös.
Sie duften gut, sie sprechen leise,
und sie vertragen kein Getös'.

Beim Mokka saßen grade alle,
bei Kirschlikör und Zuckerschaum –
da plötzlich flog mit Mordsgeknalle
Professor Düse durch den Raum.«

»Ha, fliegen wollt' ich auch schon immer«,
sagt Willi sinnend, »nur nicht so!
Warum flog der denn durch das Zimmer?
Warum nicht lieber anderswo?«

»Ein jeder Vogel fliegt viel besser,
ganz ohne Rauch, Gestank und Knall.
Das wusste gut auch der Professer
und suchte deshalb überall
nach Knux, dem Knaben, jung an Jahren.
Er suchte nah und weit entfernt,
um von ihm endlich zu erfahren,
wie man den Vogelflug erlernt.«

Der Willi lacht (man sieht die Grübchen).
»Ich möchte wissen«, sagt er dann,
»warum gerade Knux, das Bübchen,
ihm bei der Frage raten kann?«

»Der Wunderknabe konnte reden
mit allen Vögeln ohne Müh'.
Er kannte schon vom Ei an jeden
und galt als bester Freund für sie.
Als wären's Brüder oder Schwestern,
saß er mit ihnen auf dem Ast,
denn nachbarlich bei ihren Nestern,
so wuchs er auf – als Vogel fast.«

Nach einem sehr erstaunten Schweigen
fragt Willi voller Wissbegier:
»Warum wohnt Knux denn in den Zweigen?
Warum wohnt er nicht so wie wir?«

»Ganz früher stand nur eine Hütte
in seines Gärtchens engem Raum,
doch wuchs gerade in der Mitte
ein anfangs zarter, junger Baum.
Nur: Langsam wurde aus dem zarten
ein dicker Stamm – der wuchs und wuchs!
Als dann kein Platz mehr war im Garten,
zog ins Geäst Familie Knux.«

Ach, denkt der Willi hingerissen,
auch so zu wohnen wär' mein Traum!
»Warum«, so will er schließlich wissen,
»wuchs er denn grade dort, der Baum?«

»Ein Künstler malte auf dem Felde
und stellte diese Landschaft dar,
doch malte er auf dem Gemälde
dort einen Baum, wo keiner war.
Nachträglich (dass es niemand merke)
pflanzte er dann das Bäumchen ein,
so stimmte schließlich mit dem Werke
die Wirklichkeit doch überein.«

Der Willi ist sich nicht im Klaren,
ob in der Kunst dergleichen gilt,
drum sucht er lieber zu erfahren:
»Und warum malte er das Bild?«

»Es war von einem Puppenspieler
bei ihm als Bühnenbild bestellt
für ein Ballett zur Freude vieler.
Das Publikum saß schon im Zelt.
Geplant war als Musik zum Reigen
ein Festkonzert vom Rundfunkhaus,
doch aus dem Radio kam nur Schweigen,
so fiel das Puppentänzchen aus.«

Der Willi findet das verdrießlich
und macht ein schmollendes Gesicht.
»Warum«, fragt er den Onkel schließlich,
»kam die Musik vom Rundfunk nicht?«

»Die Symphonie, sie kam ins Stocken,
weil alles lachte – ach herrje!
Der Dirigent stand da in Socken,
man sah sogar den großen Zeh!
Die Schuhe blieben nämlich kleben
auf einer Straße, als er kam.
So konnte er den Takt nicht geben,
weil dies ihm alle Würde nahm.«

Nun wird der Willi wieder heiter,
er hört der Sache schmunzelnd zu.
»Warum«, erkundigt er sich weiter,
»sind sie den festgepappt, die Schuh'?«

»Auf den Befehl vom Bürgermeister
strich nachts der Zettelanklebmann
anstatt der Anschlagwand mit Kleister
das ganze Straßenpflaster an.

Gleichzeitig haben andre Leute
die Anschlagwände schwarz geteert,
denn was der Bürgermeister heute
befahl, war alles ganz verkehrt.«

Nun muss der Willi richtig lachen:
»Na so was! Das ist allerhand!
Und warum brachte er die Sachen,
die er befahl, so durcheinand'?«

»Die Stimme kannten freilich alle –
doch meistens nur am Telefon.
Und leider war's in diesem Falle
des Herren nachgemachter Ton.
Der Bürgermeister nämlich selber,
er war bei all dem nicht dabei –
am Hörer sprach sein roter, gelber,
sein kunterbunter Papagei.«

Und Willi, der gern wissen möchte,
was nun noch weiterhin geschah,
er fragt: »Warum war denn der echte
Herr Bürgermeister gar nicht da?«

»Er lag im Bett aus weichen Daunen
und schonte sich und war ganz matt,
weil er vor lauter Schreck und Staunen
die Sprache glatt verloren hat.
Seit Stunden sperrte er nur immer
verwundert Mund und Nase auf.
Jedoch der Doktor stand im Zimmer
und sprach: Nur Mut! Es hört bald auf.«

Arznei und Pillen zu bekommen,
das macht den Willi nicht sehr froh,
und darum fragt er, leicht beklommen:
»Warum verwundert er sich so?«

»Nur einen Blick vom Turme tat er
die Nacht zuvor bei Mondenschein,
da sah er viele, viele Kater
rings auf den Dächern, groß und klein.
Und all die Kater, denk dir, hatten
Krawatten um von jeder Art,
und zwar die Schlipse und Krawatten
von deinem Onkel Eduard.«

Nachdenklich hört man Willi fragen:
»Dann kannst du also niemals mehr
Krawatten oder Schlipse tragen?
Warum gabst du die alle her?«

»Ach, solchen Halsschmuck brauch ich keinen«,
lacht fröhlich Onkel Eduard,
»denn niemand säh' ihn ja bei meinem
so schönen langen, weißen Bart.
Doch damit sind wir sozusagen
dort angelangt, wo es beginnt,
denn willst du nun noch weiter fragen –
dann fängt's von vorne an, mein Kind!«

MONI MALT EIN MEISTERWERK

Moni und ich sind die besten Freunde, die man sich denken kann. Obwohl sie erst sechs ist und ich ungefähr zehnmal so alt bin, macht uns beiden dieser Unterschied ganz und gar nichts aus.

Wenn sie mich besuchen kommt, dann spielen wir miteinander, ohne uns je zu streiten. Oder wir unterhalten uns einfach so und teilen uns unsere Ansichten über die Welt und das Leben mit, wobei wir immer einer Meinung sind. Oder wir lesen uns gegenseitig aus unseren Lieblingsbüchern vor, dabei stört es uns kein bisschen, dass Moni noch gar nicht lesen kann, weil sie nämlich ihr Lieblingsbuch sowieso auswendig kennt und ich auch. Wir haben die größte Hochachtung voreinander, ich vor ihr, weil sie so ungewöhnliche Einfälle hat, und sie vor mir, weil ich ihre Einfälle zu würdigen weiß.

Manchmal machen wir uns kleine Geschenke, auch ohne dass ein besonderer Anlass wie Geburtstag oder Weihnachten oder so was besteht. Man sagt doch: »Kleine Geschenke erhalten die Freundschaft.« Daran liegt uns beiden viel.

Neulich zum Beispiel schenkte ich Moni einen Malkasten mit vielen schönen Farben und Papier und Pinsel.

Moni freute sich, und ich freute mich, dass sie sich freute. So ist das immer bei uns.

»Zum Dank«, sagte sie, »schenk ich dir auch was. Ich mal dir gleich jetzt ein schönes Bild.«

»Oh«, antwortete ich, »wirklich? Das ist aber nett von dir.«

»Was für ein Bild hättest du denn gern?«, wollte sie wissen.

Ich überlegte. »Am liebsten«, erklärte ich dann, »wäre mir eine Überraschung. Etwas, das du dir selbst ausgedacht hast.«

»Gut«, sagte sie und legte sofort los.

Sie kam vor Eifer fast mit der Zungenspitze bis zu den Nasenlöchern, und ich schaute ihr gespannt zu. Ich war außerordentlich neugierig, was ihr jetzt wieder einfallen würde.

Nach einer kleinen Weile schien das Werk vollendet zu sein. Sie legte den Kopf schief, brachte da und dort mit dem Pinsel noch eine kleine Verbesserung an und schob mir schließlich das Bild über den Tisch.

»Na?«, fragte sie erwartungsvoll. »Wie findest du es?«

»Ausgezeichnet«, antwortete ich. »Vielen Dank!«

»Erkennst du denn, was es ist?«

»Natürlich«, beeilte ich mich zu versichern, »es ist ein Osterhase.«

»Unsinn!«, rief Moni ein ganz klein wenig unwillig. »Wir sind doch mitten im Sommer. Wo soll denn da ein Osterhase herkommen?«

»Ich dachte«, murmelte ich etwas kleinlaut, »diese beiden Zipfel da, die in die Höhe stehen, könnten vielleicht die Ohren sein.«

Moni schüttelte den Kopf. »Das sind doch meine Zöpfe! Es ist ein Selbstbildnis von mir, siehst du das denn nicht?«

»Es muss an meiner Brille liegen«, entschuldigte ich mich und putzte die Gläser mit meinem Taschentuch. Nachdem ich sie wieder aufgesetzt hatte, betrachtete ich das Gemälde genauer. »Natürlich! Jetzt sehe ich es erst richtig«, sagte ich, »und es ist sogar ein ausgesprochen ähnliches Selbstbildnis. Jeder würde dich sofort erkennen. Entschuldige bitte.«

»Ich dachte mir«, meinte Moni, »es ist vielleicht besser als ein Foto.«

»Viel besser«, pflichtete ich bei.

»Ein Foto hat schließlich jeder«, fuhr sie fort.

»Richtig, das ist nichts Besonderes«, bestätigte ich, »aber das Selbstbildnis eines Künstlers besitzen die wenigsten – unter einer Million Menschen vielleicht einer. Es ist etwas Seltenes. Nochmals herzlichen Dank.«

Wir betrachteten eine Weile gemeinsam das Bild.

»Wenn du irgendwas auszusetzen hast«, sagte Moni großmütig, »dann sag's nur.«

»Überhaupt nicht«, versicherte ich, »wie käme ich dazu! Aber weil du es selbst vorschlägst – ich empfinde es als ein klein wenig beunruhigend, dass du auf dem Bild so irgendwie in der Luft schwebst. Könnte man nicht vielleicht ein Bett darunter malen, auf dem du liegst, damit du es gemütlicher hast? Ich meine nur.«

Wortlos drehte sie das Bild wieder zu sich, griff erneut zum Pinsel und malte mit brauner Farbe ein gewaltiges hölzernes Bettgestell um ihr Selbstbildnis herum. Es hatte an allen vier Ecken hohe Säulen und oben drüber einen Baldachin – es war ein Himmelbett, wie eine Königin es sich nicht schöner wünschen konnte. Und es war so groß, dass es das ganze Blatt ausfüllte.

»Donnerwetter!«, sagte ich anerkennend. »Das nenne ich mir mal ein nobles Möbelstück.«

Aber jetzt wirkte die Figur, die da auf dem Bett lag, zweifellos etwas klein und kümmerlich, beinahe armselig. Ich sprach es nicht aus, aber da wir oft das Gleiche denken, hatte Moni von sich aus denselben Gedanken.

»Meinst du nicht auch«, meinte sie zweifelnd, »ich sollte mir jetzt doch vielleicht etwas Prächtigeres anziehen, damit es dazu passt?«

»Ehrlich gesagt, ja«, erwiderte ich, »ein so königliches Bett erfordert auch ein königliches Nachthemd.«

Also malte Moni über die Figur ein sehr langes und sehr weites Nachtgewand, das, wenn ich die Sache richtig erkannte, offenbar mit goldenen Sternen übersät war. Nur der Kopf mit den Zöpfen guckte oben noch heraus.

»Wie findest du es jetzt?«, fragte sie.

»Majestätisch!«, musste ich zugeben. »Wirklich sehr großzügig! Aber trotzdem mache ich mir Sorgen um deine Gesundheit.«

»Warum?«

»Nun ja, versteh mich recht – jetzt im Sommer ist es ja warm genug, um so zu schlafen, aber was machst du im Winter? Ganz ohne Bettdecke wirst du dich schrecklich erkälten, fürchte ich. Daran solltest du beizeiten denken.«

Moni hasste nichts mehr, als krank zu sein und Medizin schlucken zu müssen. Darum nahm sie sofort eine Menge weißer Farbe und malte über ihr Selbstbildnis samt dem luxuriösen Nachthemd ein dickes, riesiges Federbett. Jetzt guckten oben nur noch die Spitzen der Zöpfe heraus.

»Das sieht wirklich warm aus«, sagte ich. »Ich glaube, jetzt können wir beruhigt sein.«

Aber Moni war noch nicht zufrieden, ihr war eine neue Idee gekommen. Mit dunkelblauer Farbe malte sie schwere Samtvorhänge, die vom Baldachin herunterhingen und geschlossen waren. Sie selbst samt Nachthemd und Bettdecke war dahinter verschwunden.

»Nanu!«, rief ich verblüfft. »Was ist denn los?«

»Ich hab nur die Vorhänge zugemacht«, erklärte sie, »dazu sind sie doch da.«

»Tatsächlich«, gab ich zu, »was nützen Vorhänge, wenn sie offen sind? Da würde man ja überhaupt kein Himmelbett brauchen.«

»Und jetzt«, fuhr Moni ganz begeistert fort, »knipse ich das Licht aus.« Und sie malte das ganze Bild schwarz.

»Gute Nacht«, murmelte ich unwillkürlich.

Sie schob mir das fertige Gemälde herüber, auf dem jetzt nur noch absolute Finsternis herrschte. »Bist du jetzt endlich zufrieden?«, fragte sie.

Ich starrte eine Weile auf die Schwärze, dann nickte ich. »Es ist ein Meisterwerk«, sagte ich, »vor allem natürlich für denjenigen, der weiß, was *in Wirklichkeit* alles drauf ist.«

DIE GESCHICHTE VON DER SCHÜSSEL UND VOM LÖFFEL

Es gab einmal zwei Königreiche, das eine lag links von einem hohen Berg und das andere rechts. Deshalb hieß der eine König der linke König, und der andere wurde der rechte König genannt. Dahinter soll nun niemand irgendetwas Tiefsinniges vermuten, sie hießen wirklich einfach nur so, und es hätte genauso gut umgekehrt sein können.

Der hohe Berg zwischen den beiden Reichen war ziemlich mühsam zu erklettern, deshalb tat es nie jemand, und so wussten die beiden Könige kaum etwas voneinander. Einer kümmerte sich nicht viel um den anderen. Und das ist bei Königen ja meist eher ein Vorteil.

Der rechte König hieß Kamuffel und der linke Pantoffel. Natürlich hatte jeder von ihnen auch eine Königin, die ihm beim Regieren half. Kamuffels Frau hieß Kamelle, und Pantoffels Frau hieß Pantine.

Da die beiden Reiche ziemlich klein waren, gab es übrigens nicht viel zu regieren. Deshalb spielte Kamuffel meistens mit Kamelle im

Garten seines Schlosses Minigolf, jedenfalls im Sommer. Im Winter spielten sie Siebzehnundvier in ihrem Thronsaal.

Pantoffel dagegen spielte mit Pantine sommers im Garten Federball und im Winter im Thronsaal Zank-Patience. Das war der Unterschied.

Nun begab es sich, dass jede der beiden Königinnen zur gleichen Zeit ein Kind bekam. Pantine bekam einen Prinzen und Kamelle eine Prinzessin. Der Prinz wurde auf den Namen Saffian getauft und die Prinzessin auf den Namen Praline.

Zur Kindstaufe wurden von beiden Königshäusern Einladungskarten an die jeweilige Verwandtschaft geschickt. Könige und Königinnen haben häufig eine sehr weitverzweigte und unübersichtliche Verwandtschaft. Und so geschah es, was ja auch in anderen Märchen schon vorgekommen ist: Eine besonders empfindliche Urgroßstiefcousine dreizehnten Grades, die zufälligerweise sowohl mit dem linken wie auch mit dem rechten Königshause gleichermaßen verwandt war, wurde von beiden vergessen.

Sie hieß Serpentine Irrwisch, lebte in einem fernen Lande unter einem ganz anderen Namen und war von Beruf offiziell Flohbändigerin. Inoffiziell und im Geheimen aber war sie Fee, und zwar eine böse.

Serpentine Irrwisch nahm die Sache schrecklich übel. »Wenn nur die einen mich vergessen hätten«, sagte sie zu sich, »dann würde ich eben zu der anderen Veranstaltung gehen – oder umgekehrt. Aber dass beide mich vergessen, das geht zu weit! Die Leute sollen mich kennenlernen! Und zwar so, dass sie noch lange an mich denken werden.«

Und sie setzte sich auf ihren Feuerstuhl und brauste los.

Nun können böse Feen manches, was für normale Menschen unmöglich ist. Zum Beispiel können sie auf zwei Hochzeiten oder zwei Kindstaufen gleichzeitig tanzen. Wie sie das machen, wissen sie allein, und sie sagen es natürlich niemandem weiter.

Jedenfalls war die Verlegenheit bei beiden Königspaaren riesengroß, als plötzlich Serpentine Irrwisch unter den Festgästen auftauchte.

»Es tut uns wirklich schrecklich leid, liebe Urgroßstiefcousine«, sagte König Kamuffel, »dass uns dieses Versehen passiert ist. Wir waren einfach nur etwas konfus wegen der Geburt des Kindes und so weiter. Es war nicht bös gemeint.«

Und mehrere Meilen weit fort auf der anderen Seite des Berges sagte im gleichen Augenblick König Pantoffel ganz genau dasselbe.

»Aber wir freuen uns natürlich, dass du trotzdem gekommen bist, liebe Serpentine«, setzte Königin Kamelle hinzu und küsste sie links und rechts auf die Wangen, »und nun ist doch hoffentlich alles wieder in Ordnung, nicht wahr?«

Und im anderen Königreich sprach Pantine gleichzeitig dieselben Worte.

»Na ja«, antwortete Serpentine Irrwisch auf beiden Seiten zu dem jeweiligen Königspaar, »zur Erinnerung an diesen Tag und an mich habe ich euch jedenfalls was Schönes mitgebracht.«

Und nun überreichte sie dem rechten Königspaar Kamuffel und Kamelle eine porzellanene Suppenschüssel. Auf dieser Suppenschüssel war in schöner blauer Farbe ein Schöpflöffel abgebildet, auf dem wiederum eine Suppenschüssel zu sehen war und auf dieser ganz klein ein Schöpflöffel und so immer weiter und immer kleiner bis zur Unsichtbarkeit.

»Dies«, erklärte Serpentine Irrwisch, »ist keine gewöhnliche Suppenschüssel, sondern eine mit ganz besonderen Eigenschaften. Davon merkt man allerdings nichts, solange man nicht mit dem dazugehörigen Schöpflöffel in dieser Schüssel herumrührt. Sobald man das aber tut, füllt sich die Schüssel ganz von selbst mit der leckersten und nahrhaftesten Suppe, die man sich wünschen kann. Und sie bleibt immer voll, so viele hungrige Mäuler auch von der Suppe essen.«

Kamuffel machte große Augen und Kamelle fragte: »Und wo, bitte, ist der dazugehörige Schöpflöffel?«

»Das müsst ihr schon selber herausfinden«, antwortete Serpentine Irrwisch mit boshaftem Lächeln.

Genau zum gleichen Zeitpunkt überreichte sie dem linken Königspaar Pantoffel und Pantine den porzellanenen Schöpflöffel. Auf diesem Schöpflöffel war in schöner blauer Farbe eine Suppenschüssel abgebildet, auf der wiederum ein Schöpflöffel zu sehen war und auf diesem eine Schüssel und so immer weiter und immer kleiner bis zur Unsichtbarkeit.

»Dies«, erklärte Serpentine Irrwisch, »ist kein gewöhnlicher Schöpflöffel, sondern einer mit ganz besonderen Eigenschaften. Davon merkt man allerdings nichts, solange man mit ihm nicht in der dazugehörigen Suppenschüssel herumrührt. Sobald man das aber tut, füllt sich die Schüssel ganz von selbst mit der leckersten und nahrhaftesten Suppe, die man sich wünschen kann. Und sie bleibt immer voll, so viele hungrige Mäuler auch von der Suppe essen.«

Pantoffel machte große Augen, und Pantine fragte: »Und wo, bitte, ist die dazugehörige Suppenschüssel?«

»Das müsst ihr schon selbst herausfinden«, antwortete Serpentine Irrwisch und lächelte niederträchtig.

Danach setzte sie sich auf ihren Feuerstuhl und brauste aus beiden Ländern gleichzeitig davon. Aber nicht für immer. Sie kommt in dieser Geschichte noch einmal vor.

Löffel und Schüssel jedoch waren nun da. Die beiden Königspaare sahen beunruhigt der Staubwolke nach, die Serpentine Irrwisch hinterließ, und begannen nachzudenken, was sie mit ihrem jeweiligen Geschenk eigentlich anfangen sollten. Aber das Nachdenken erwies sich als mindestens ebenso anstrengend wie das Bergsteigen.

Zuerst einmal versuchten König Pantoffel und Königin Pantine, in allen möglichen Schüsseln und Töpfen herumzurühren, die sie nur finden konnten. Das ganze Reich wurde auf den Kopf gestellt, aber keine einzige Schüssel war darunter, die sich von selbst mit Suppe füllte.

Ebenso versuchten König Kamuffel und Königin Kamelle, mit allen nur erreichbaren Löffeln in ihrer Schüssel herumzurühren, aber von Suppe zeigte sich keine Spur.

»Was für ein Löffel kann das nur sein?«, fragte Kamuffel schließlich entmutigt. »Es muss wohl ein ganz besonderer Löffel sein, meinst du nicht, meine Liebe?«

»Sicherlich«, antwortete Kamelle. »Wahrscheinlich ist es der Löffel, der auf der Schüssel abgebildet ist.«

»Du bist phänomenal, meine Liebe!«, rief Kamuffel bewundernd. »Da wäre ich nie draufgekommen.«

Zur gleichen Stunde fragte Pantoffel seine Frau: »Was für eine Schüssel kann das nur sein? Es muss wohl eine ganz besondere Schüssel sein, meinst du nicht, meine Teure?«

Und Pantine antwortete: »Vielleicht ist es die Schüssel, die auf dem Löffel abgebildet ist.«

»Du bist genial, meine Teure!«, rief König Pantoffel bewundernd. »Das hätte ich nie herausgefunden.«

Und nun wurde in jedem Königreich ein Bote ausgeschickt, der in aller Herren Länder nach dem jeweiligen Gegenstück fragen sollte. Der Bote aus dem linken Königreich suchte nach einer Schüssel, auf der ein Löffel abgebildet war, auf dem eine Schüssel zu sehen war und so weiter, während der Bote aus dem rechten Königreich nach einem Löffel suchte, auf dem eine Schüssel abgebildet war, auf der ein Löffel zu sehen war und so weiter. Die Boten suchten in der ganzen Welt, nur ausgerechnet nicht im benachbarten Königreich. Und außerdem wiederholten sie sich ständig ihren Auftrag: »… ein Löffel, auf dem eine Schüssel ist, auf der ein Löffel ist, auf dem eine Schüssel ist …« oder: »… eine Schüssel, auf der ein Löffel ist, auf dem eine Schüssel ist, auf der ein Löffel ist …«, bis sie schließlich selber nicht mehr wussten, was sie nun eigentlich suchen sollten, eine Schüssel oder einen Löffel. Aber nach Hause trauten sie sich auch nicht mehr, so unverrichteter Dinge, deshalb reisten sie einfach so weiter.

Die Königspaare hatten das anstrengende Nachdenken längst aufgegeben. Die Schüssel mit dem Löffel drauf oder den Löffel mit der Schüssel drauf hatten sie jeweils unter die anderen Kostbarkeiten in eine Glasvitrine in ihrer guten Stube getan. Dort verstaubten die Sachen langsam und niemand dachte mehr an sie. So vergingen die Jahre.

Inzwischen waren Prinz Saffian und Prinzessin Praline herangewachsen und waren nun zwei bildhübsche und sehr nette und gescheite Kinder. Da es ihnen zu Hause meist zu langweilig war, waren sie beide eines Tages auf den unbequemen Berg hinaufgeklettert und hatten sich auf dem Gipfel zum ersten Mal getroffen. Sie hatten sich gleich sehr gut verstanden, und außerdem gefielen sie sich auch gegenseitig über die Maßen; und so verabredeten sie seither immer wieder, sich dort oben zu treffen und miteinander zu spielen, denn sie wussten, dass ihnen dort hinauf niemand folgen würde. Und natürlich kamen sie auch irgendwann einmal auf die Sache mit dem Löffel und der Schüssel zu sprechen, die ja eigentlich ihre Taufgeschenke waren.

»Wir haben zu Hause eine Schüssel, auf der ein Löffel abgebildet ist, auf dem man eine Schüssel sieht und so weiter«, sagte Prinzessin Praline.

»Und wir haben zu Hause einen Löffel, auf dem eine Schüssel abgebildet ist, auf der man einen Löffel sieht und so weiter«, sagte Prinz Saffian.

»Dann ist doch alles ganz einfach«, meinte Prinzessin Praline. »Wir müssen die Sachen einfach zusammentun, und fertig.«

»Ich bin ganz deiner Meinung«, erwiderte Prinz Saffian. »Wir werden das unseren königlichen Eltern sagen.«

Danach gaben sich beide einen Kuss und stiegen in ihre jeweiligen Königreiche hinunter.

Die Eltern hörten sich an, was die Kinder an Neuigkeiten zu erzählen hatten, aber es stellte sich heraus, dass nach Meinung der Königspaare die Sache keineswegs einfach war.

»Hättest du doch nur nichts von unserem Löffel gesagt«, seufzte König Pantoffel und blickte seinen Sohn bekümmert an. »Du hast leider überhaupt kein Gefühl für diplomatische Klugheit. Was soll nur aus dir werden, lieber Saffian?«

»Warum?«, fragte Saffian.

»Sie werden uns die Schüssel niemals geben«, sagte Königin Pantine, »wo sie doch nun wissen, dass wir den Löffel haben. Da hast du etwas Schlimmes angerichtet, dummer Junge.«

»Aber wir könnten uns doch einfach zusammentun«, schlug Prinz Saffian vor.

»Einfach zusammentun!«, rief König Pantoffel klagend. »Hat man so was schon je gehört! Nichts ist einfach auf dieser Welt, das solltest du dir beizeiten merken.«

Und im anderen Königreich sagte König Kamuffel zu seiner Tochter: »Hättest du doch nur nichts von unserer Schüssel gesagt! Wirst du denn niemals lernen, wie man wichtige Staatsgeschäfte behandeln muss? So wird niemals eine richtige Prinzessin aus dir, liebe Praline.«

»Warum?«, wollte das Mädchen wissen.

»Es ist doch ganz klar«, sagte Königin Kamelle, »dass sie uns den Löffel nicht geben werden, nachdem sie nun wissen, dass wir die Schüssel haben. Du hast alles verdorben, törichtes Kind.«

»Aber wir könnten uns doch einfach zusammentun«, schlug Prinzessin Praline vor. »Einfach zusammentun!«, rief König Kamuffel schmerzerfüllt. »So geht das leider nicht. Bei Staatsgeschäften ist nichts einfach, daran solltest du immer denken.«

Da wurden beide Kinder traurig und ließen die Köpfe hängen.

Nun berief König Pantoffel eine streng geheime Kabinettssitzung ein, an der nur er und Königin Pantine teilnehmen durften. Zur gleichen Zeit tat König Kamuffel das Gleiche mit Königin Kamelle.

»Eines steht fest«, sagte König Pantoffel, »der Löffel mit der Schüssel drauf nützt uns überhaupt nichts ohne die Schüssel mit dem Löffel drauf.«

»Eines ist sicher«, sagte König Kamuffel, »die Schüssel mit dem Löffel drauf nützt uns überhaupt nichts ohne den Löffel mit der Schüssel drauf.«

»Wenn wir die Schüssel mit dem Löffel drauf hätten«, fügte Königin Pantine hinzu, »könnten wir alle Ernährungsfragen für uns und unsere Untertanen ein für allemal lösen.«

»Wenn wir den Löffel mit der Schüssel drauf besäßen«, erklärte Königin Kamelle, »wären alle Ernährungsfragen für uns und unsere Untertanen für immer gelöst.«

So weit war die Sache ganz klar. Nur wie man das, was jeweils die anderen hatten, bekommen konnte, das war das Problem. Keinem der beiden Königspaare fiel eine annehmbare Lösung ein, und sie hätten die ganze Angelegenheit am liebsten vergessen, aber das ging nun nicht mehr, weil sie ja jetzt wussten, dass die anderen gerade das hatten, was ihnen selbst fehlte. Das wurmte sie. So verging ein ganzes Jahr.

Die beiden Kinder trafen sich natürlich weiter wie bisher insgeheim auf dem Berggipfel. Für sie wäre die Sache wirklich ganz einfach gewesen, aber sie hatten ja leider nichts zu sagen.

Eines Tages, während Pantoffel und Pantine in ihrem Schlossgarten lustwandelten, kam die Königin auf eine Idee. Und damit auch bestimmt kein Unbefugter zuhörte, flüsterte sie sie ihrem Gemahl ins Ohr: »Wenn für uns der Löffel mit der Schüssel drauf nichts wert ist ohne die Schüssel mit dem Löffel drauf, dann ist doch für die anderen die Schüssel mit dem Löffel drauf ebenfalls nichts wert ohne den Löffel mit der Schüssel drauf.«

»Das ist richtig, meine Teure«, sagte Pantoffel.

»Dann könnte man«, fuhr die Königin fort, »ihnen die Schüssel mit dem Löffel drauf, die für sie nichts wert ist, doch einfach abkaufen.«

»Das ist ein guter Plan!«, rief König Pantoffel erfreut. »Die Schüssel mit dem Löffel drauf ist uns schon so gut wie sicher. Du bist wirklich phänomenal, meine Teure!«

Nun gab es im linken Königreich einen Innenminister, der aus

Sparsamkeitsgründen zugleich Außenminister war. Er hieß Balduin Bückling und wurde mit »Exzellenz« angeredet. Er hatte eine Jacke, die er jeweils dem Amt entsprechend umwenden konnte – als Außenminister war die Jacke rot mit schwarzen Streifen, als Innenminister war sie schwarz mit roten Streifen.

Als König Pantoffel ihn zu sich rufen ließ, kam er zunächst als Innenminister, die Jacke war schwarz mit roten Streifen.

»Nein, Exzellenz Bückling«, sagte der König, »es handelt sich diesmal durchaus um eine äußere Angelegenheit.«

»Oh!«, rief der Innenminister und wendete die Jacke um. Nun war sie rot mit schwarzen Streifen, und er war Außenminister. »Worum handelt es sich, Majestät?«, fragte er und verbeugte sich.

»Nein, Exzellenz Bückling«, sagte der König, »Ihr müsst die Jacke ganz ausziehen, denn es handelt sich um einen Auftrag inkognito.«

»Ah!«, rief der Innen- und Außenminister und zog die Jacke aus. Dann musste er sich einen weißen Bart ankleben, eine Sonnenbrille aufsetzen und sich einen alten, geflickten Anzug anziehen. Nun war er inkognito.

Dann sagte ihm König Pantoffel genau, was er tun sollte.

Balduin Bückling bekam einen Handwagen mit allerlei Hausrat darauf. Damit fuhr er um die linke Seite des Berges herum, bis er ins rechte Königreich kam. Vor dem Schloss von König Kamuffel hielt er an und rief mit lauter Stimme seine Waren aus: »Ich kaufe und verkaufe alte und neue Sachen. Ich zahle gut und verlange wenig. Wollt ihr einen vorteilhaften Handel machen, dann kommt und nutzt die Gelegenheit!«

Die Untertanen des rechten Königreiches kamen herbei und brachten ihre alten Sachen, und der Händler kaufte sie ihnen für gutes Geld ab oder tauschte sie gegen neue. Die Leute dachten im Stillen, dass der alte Kerl offenbar nicht ganz richtig im Kopf war. Aber jeder wollte die Gelegenheit nutzen und tat es auch.

Königin Kamelle guckte zum Fenster ihres Schlosses heraus, um zu sehen, was da los war. Natürlich wollte sie auch die günstige Gelegenheit nutzen, kam rasch herunter und tauschte ein paar alte Kochtöpfe gegen neue um.

Da sagte der Händler zu ihr: »Ich mache Euch einen Vorschlag, Frau Königin. Ihr habt da doch so eine komische Suppenschüssel, auf der ein Schöpflöffel abgebildet ist, auf dem wieder eine Suppenschüssel zu sehen ist. Damit könnt Ihr doch überhaupt nichts anfangen. Verkauft sie mir, ich zahle Euch ein hübsches Sümmchen dafür, oder ich tausche Euch dafür ein, was Ihr wollt.«

»Nein, guter Mann«, antwortete Königin Kamelle, »die Schüssel ist mir nicht feil. Aber ich mache dir einen anderen Vorschlag. Bring mir aus dem linken Königreich den Schöpflöffel, auf dem eine Suppenschüssel abgebildet ist, auf der man den Schöpflöffel sieht, dann zahle ich dir ein hübsches Sümmchen dafür oder tausche dir ein, was du willst.«

»Aussichtslos!«, rief der Händler. »Ich habe dort schon gefragt, aber die wollen den Löffel um keinen Preis hergeben. Darum ist die Schüssel für Euch ja eben ganz und gar wertlos, und sie wird es bis in alle Zukunft bleiben. Wenn Ihr sie mir aber verkauft, dann bekommt Ihr wenigstens viel Geld dafür. Scheint Euch mein Angebot nicht ausnehmend vernünftig?«

»Vernünftig«, erwiderte die Königin, »ist nur, was ich vorschlage. Da wir nämlich die Schüssel um keinen Preis hergeben werden, ist der Löffel für die anderen ganz und gar wertlos. Es wird ihnen schon nichts anderes übrig bleiben, als früher oder später unser Angebot anzunehmen. Sag ihnen das!«

Da merkte der Innen- und Außenminister inkognito, dass er durchschaut worden war, und kehrte unverrichteter Dinge in das linke Königreich zurück, natürlich wieder um die linke Seite des Berges herum.

Alles in allem hatte er wirklich ein miserables Geschäft gemacht. König Pantoffel und Königin Pantine waren sehr unzufrieden mit ihm, aber noch mehr ärgerten sie sich über König Kamuffel und Königin Kamelle und sagten, das seien Leute, mit denen man eben einfach nicht vernünftig reden könne.

Inzwischen begannen König Kamuffel und Königin Kamelle nachzudenken. Auch sie beriefen eine Kabinettssitzung ein, die so geheim war, dass nur sie beide daran teilnehmen durften.

»Eigentlich«, meinte Kamelle, »hat dieser verkleidete Händler doch nicht so ganz unrecht gehabt. Wenn wir den Löffel mit der Schüssel drauf tatsächlich nie und nimmer bekommen können, dann ist die Schüssel mit dem Löffel drauf für uns ganz wertlos.«

»Da hast du nur allzu recht, meine Liebe«, antwortete Kamuffel.

»Wie wäre es dann«, fuhr Kamelle fort, »wenn wir die wertlose Schüssel gegen den wertvollen Löffel eintauschten? Wäre das nicht ein vorteilhafter Handel?«

»Das ist ein guter Plan!«, rief König Kamuffel erfreut. »Dagegen lässt sich wirklich nichts sagen. Du bist einfach genial, meine Liebe!«

Auch im rechten Königreich gab es einen Innenminister, der zugleich Außenminister war. Er hieß Kunibert Kratzfuß und wurde ebenfalls mit »Exzellenz« angeredet. Die Sache mit der Jacke war bei ihm umgekehrt: Als Innenminister war sie rot mit schwarzen Streifen, als Außenminister wendete er sie um, dann war sie schwarz mit roten Streifen.

Aber als er nun zu König Kamuffel gerufen wurde, zog er die Jacke gar nicht an, weil er nicht wusste, ob er als Innen- oder als Außenminister kommen sollte. Er trug sie einfach zusammengerollt über dem Arm.

»Nein, Exzellenz Kratzfuß«, sagte der König, »Ihr müsst die Jacke sogleich anziehen, denn es handelt sich um eine offizielle Staatsangelegenheit.«

»Oh!«, rief Kunibert Kratzfuß und zog eilig die Jacke an. Sie war rot mit schwarzen Streifen, er war nun also Innenminister.

»Worum handelt es sich, Majestät?«, fragte er und verbeugte sich.

»Nein, Exzellenz Kratzfuß«, sagte der König, »Ihr müsst sie andersherum anziehen, denn Ihr müsst in diplomatischem Auftrag ins Ausland.«

»Ah!«, rief der Innen- und Außenminister und zog die Jacke wieder aus. Er wendete sie von innen nach außen und schlüpfte wieder hinein. Nun war er Außenminister.

König Kamuffel erklärte ihm genau, was er tun sollte, und Königin Kamelle holte die Porzellanschüssel mit dem Löffel drauf, wickelte sie in eine Menge Zeitungspapier und tat sie in einen Rucksack. Damit wurde Kunibert Kratzfuß nun in offizieller Staatsmission losgeschickt.

Er reiste um die rechte Seite des Berges herum und kam in das Schloss von König Pantoffel und Königin Pantine.

Nachdem er ihnen den Tausch vorgeschlagen hatte, zog sich das linke Königspaar erst einmal in das geheime Kabinett zur Beratung zurück.

»Eines steht fest«, sagte König Pantoffel, »der Löffel mit der Schüssel drauf ist für uns tatsächlich nutzlos, solange wir nicht die Schüssel mit dem Löffel drauf haben.«

»Da hast du absolut recht, lieber Mann«, antwortete Pantine. »Ich bewundere deinen Scharfsinn!«

»Wenn man logisch denkt«, fuhr Pantoffel fort, »muss man also einsehen, dass die Schüssel mit dem Löffel drauf für uns wertvoller ist als der Löffel mit der Schüssel drauf. Das ist ein zwingender Schluss.«

»Richtig«, meinte Pantine, »wenn wir also unseren wertlosen Löffel gegen die wertvolle Schüssel eintauschen, ist das für uns ein vorteilhafter Handel.«

»So betrachtet gibt es keinen besseren«, bestätigte Pantoffel. »Du bist wirklich phänomenal, meine Teure.«

Das Königspaar kam wieder aus seinem geheimen Gemach hervor, und das Geschäft wurde abgeschlossen.

Sie bekamen vom Außenminister Kunibert Kratzfuß ganz offiziell die Schüssel mit dem Löffel drauf überreicht, und der Außenminister Kunibert Kratzfuß bekam ganz offiziell von ihnen den Löffel mit der Schüssel drauf.

Hochbeglückt reiste der Innen- und Außenminister zurück, natürlich um die rechte Seite des Berges herum.

Nun waren zwar beide Königspaare davon überzeugt, dass sie etwas viel Wertvolleres besaßen als vorher, aber anfangen konnten sie mit ihrem Schatz so wenig wie eh und je. Deshalb fühlten sie sich jeweils von den anderen wissentlich und absichtlich hereingelegt und wurden ernstlich böse aufeinander.

»Solche Leute«, wurde auf beiden Seiten gesagt, »sind ganz einfach unehrlich und ohne jede Moral. Man kann mit ihnen nicht mehr verkehren.«

Und sie schrieben sich wechselseitig unfreundliche Briefe, in denen stand, dass sie nichts mehr miteinander zu tun haben wollten.

So wurden die diplomatischen Beziehungen zwischen beiden Reichen abgebrochen.

Eines Nachts lagen Kamuffel und Kamelle in ihrem königlichen Ehebett. Vom vielen Nachdenken und der andauernden Erbitterung hatten sie beide Kopfweh.

»Kamelle«, sagte Kamuffel, »schläfst du?«

»Nein«, antwortete Kamelle, »ich kann nicht.«

»Ich auch nicht«, fuhr Kamuffel fort, »ich bin zu erbost. So etwas darf man sich einfach nicht gefallen lassen.«

»Recht hast du«, erwiderte Kamelle, »es ist eine Schande und eine Schmach für unser ganzes Reich.«

»Wenn diese Leute sich nicht einmal an die einfachsten Regeln des Anstands halten«, meinte Kamuffel, »dann sehe ich nicht ein, warum wir es tun sollen.«

»Da wären wir nur die Dummen«, pflichtete Kamelle bei, »dieser alberne Löffel, den sie uns angedreht haben, nützt uns überhaupt nichts. Wir sollten uns unsere Schüssel wieder zurückholen.«

Kamuffel dachte eine Weile nach. »Und wenn sie sie nicht freiwillig hergeben?«, wandte er ein.

»Dann«, meinte Kamelle, »holen wir sie uns einfach, ohne sie zu fragen.«

»Das ist ein guter Plan!«, rief Kamuffel. »Du bist wirklich genial, meine Liebe.«

Im rechten Königreich gab es einen Meisterdieb namens Leberecht Langfinger. Der wurde gleich am nächsten Morgen ins Königsschloss gerufen und zum Königlichen Geheimagenten mit besonderem Auftrag ernannt. Der besondere Auftrag bestand darin, dass er die Schüssel aus dem Schloss des linken Königreichs stehlen sollte. Nur durfte er sich dabei natürlich um nichts in der Welt erwischen lassen.

»Keine Sorge, Eure Majestäten«, versicherte Leberecht Langfinger, »die Schüssel ist schon so gut wie hier.«

Er klappte seinen Mantelkragen hoch, zog sich eine schwarze Maske über die Augen und seinen Hut in die Stirn und machte sich auf den Weg.

Der Zufall wollte es, dass genau zur gleichen Zeit König Pantoffel und Königin Pantine auf dieselbe Idee gekommen waren. Nur dass der Meisterdieb im linken Königreich Klaus Klau hieß. Als königlicher Geheimagent mit besonderem Auftrag sollte er das rechtmäßige Eigentum, nämlich den Schöpflöffel, in seine angestammte Heimat zurückbringen. Selbstverständlich ohne dass irgendjemand im rechten Königreich etwas davon merkte.

Nachdem die beiden Geheimagenten sich auf den Weg gemacht hatten, atmeten die Königspaare erleichtert auf. Zum ersten Mal seit langer Zeit konnten sie wieder richtig gut schlafen. Und gerade weil sie so gut schliefen, war es für Leberecht Langfinger und Klaus Klau überhaupt kein Problem, die Schüssel, beziehungsweise den Löffel, zu stehlen und nach Hause zu bringen.

Zunächst einmal war in beiden Königsschlössern die Freude groß über den gelungenen Diebstahl, und die beiden königlichen Geheimagenten wurden mit Ehren überhäuft und bekamen eine Menge Orden für ihre Verdienste um das jeweilige Reich. Aber der Jubel währte nicht lang, weil man nur zu bald bemerkte, dass trotz allem alles beim Alten geblieben war.

Die Situation spitzte sich zu. Jetzt kannte die Empörung auf beiden Seiten keine Grenzen mehr.

»Das sind Banditen!«, schrien Pantoffel und Pantine. »Da sieht man es, sie schrecken nicht einmal vor Diebstahl zurück.«

»Das sind Verbrecher!«, schrien Kamuffel und Kamelle. »Jetzt zeigt es sich, sie scheuen sich nicht einmal davor zu rauben.«

»Nieder mit dem rechten Königreich!«, schrie man links vom Berg.

»Nieder mit dem linken Königreich!«, schrie man rechts vom Berg.

Und unverzüglich stellten beide Könige ihre Armeen auf. Kamuffels Heer bestand aus vier Soldaten, fünf Hauptmännern und drei Generälen. Pantoffels Kriegsmacht dagegen bestand aus drei Soldaten, vier Hauptmännern, vier Generälen und einem Admiral o. F. (ohne Flotte).

Die Nacht war finster und stürmisch, als die beiden Könige mit ihren Armeen auszogen, um das feindliche Reich zu unterwerfen. Die beiden Königinnen blieben zu Hause und winkten den davonmarschierenden Kriegern mit ihren Taschentüchern nach.

Da Kamuffels Heer um die rechte Seite des Berges zog und Pantoffels Heer um die linke, begegneten sie sich nicht unterwegs. Auch im jeweiligen Feindesland fanden sie keinerlei Widerstand. Die beiden Königinnen empfingen die Eindringlinge nicht gerade mit freundlichen Worten, aber sie wurden einfach gefangen genommen und mussten wohl oder übel den Mund halten. Danach zündeten beide Heere zur Strafe für das begangene Verbrechen das Schloss des anderen Königs an und guckten zufrieden zu, wie es abbrannte. Als nur noch rauchende Trümmer übrig waren, zogen sie im Triumphmarsch um die linke und rechte Seite des Berges herum wieder nach Hause, ohne sich zu begegnen.

Und was war nun aus der porzellanenen Schüssel und dem porzellanenen Schöpflöffel geworden?

Die hatten Prinz Saffian und Prinzessin Praline zum Glück rechtzeitig weggeholt, als sie merkten, was ihre Eltern vorhatten. Man hatte ihnen ausdrücklich verboten, an dem jeweiligen Feldzug teilzunehmen. Krieg, so war ihnen gesagt worden, ist nichts für Kinder, das dürfen nur die Erwachsenen. Übrigens hätten sie beide auch gar keine Lust dazu gehabt. Gerade für diese Nacht hatten sie sich nämlich wieder einmal oben auf dem Berggipfel verabredet. Und beide hatten die Sachen mitgebracht, um derentwillen dort unten so viel Unheil angerichtet wurde, Praline die Schüssel und Saffian den Löffel. Ganz vorsichtig und behutsam taten sie den Löffel in die Schüssel und rührten um, und siehe da – sogleich war die Schüssel voll der wohlschmeckendsten und nahrhaftesten Suppe. Und beide aßen, bis sie satt und zufrieden waren. So einfach war das!

Inzwischen waren König Kamuffel mit seinem Heer und der gefangenen Königin Pantine und König Pantoffel mit seinem Heer und der gefangenen Königin Kamelle nach Hause zurückgekehrt. Und da sahen sie nun die Bescherung. Natürlich war die Bestürzung riesengroß und des Wehklagens kein Ende. Beide Könige saßen auf den

Trümmerhaufen ihrer abgebrannten Schlösser und weinten bitterlich, und die Armeen standen um sie herum und machten betretene Gesichter.

Ursprünglich hatte jeder von den beiden vorgehabt, die von ihm gefangen genommene Königin nur zurückzugeben gegen die Auslieferung des Löffels, beziehungsweise der Schüssel – was ja in Wirklichkeit auch wieder nichts genützt hätte –, aber nun war sowieso alles ganz anders. Weder Löffel noch Schüssel waren mehr da, es war überhaupt nichts mehr da. Sogar die Vorratskammern im jeweiligen Schloss waren mit abgebrannt, und zu essen gab es nun auch nichts mehr.

Weil man ja unter diesen Umständen mit den Königinnen als Gefangenen nichts mehr anfangen konnte, wurden sie einfach nach Hause geschickt, mitten in der Nacht. Das war zwar nicht gerade besonders höflich, aber im Krieg ist ja bekanntlich alles erlaubt. So kam Pantine wieder zu ihrem Pantoffel zurück und Kamelle wieder zu ihrem Kamuffel. Aber das war für alle Beteiligten doch nur ein schwacher Trost.

Die Könige hatten – erst vor lauter Kampfeseifer und dann vor lauter staatsmännischem Gram – bisher überhaupt noch nicht bemerkt, dass ihre Kinder nicht mehr da waren. Das fiel als Erstes den Königinnen auf.

»Wo ist Prinz Saffian?«, rief Pantine und rang die Hände.

»Wo ist Prinzessin Praline?«, rief Kamelle und raufte sich die Haare.

Sofort wurden Kuriere ins jeweilige Feindesland hinübergeschickt, und so erfuhr man, dass die Kinder auch dort nicht waren.

Nun war das Unglück erst vollständig!

»Und das alles«, sagte König Kamuffel mit tränenerstickter Stimme, »wegen dieses blöden Löffels!«

»Und das alles«, schluchzte König Pantoffel, »wegen dieser dummen Schüssel!«

»Wenn wir geahnt hätten, wohin das führt«, setzte Königin Kamelle weinend hinzu, »dann hätten wir denen doch lieber unsere Schüssel geschenkt.«

»Wenn wir gewusst hätten, was daraus wird«, jammerte Königin Pantine, »dann hätten wir denen den Löffel lieber gegeben.«

So großzügige Worte wurden plötzlich auf beiden Seiten des Berges gesprochen – allerdings nur, solange die anderen nicht zuhören konnten.

Trotz alledem, auch gemeinsames Unglück verbindet, selbst dann, wenn man es sich gegenseitig zugefügt hat. Und außerdem kam auch noch dazu, dass sie Hunger bekamen, aber zu essen gab es weit und breit nichts. Und Hunger hat schon manchen zur Einsicht gebracht.

Abermals wurden Boten hin- und hergeschickt, und bald war man sich auf beiden Seiten einig, dass man sich zusammensetzen wollte, um zu beraten, was zu tun wäre. Man wollte sich auf halbem Weg, sozusagen an den Landesgrenzen, treffen, nur konnte man sich nicht einig werden, an welcher, denn König Pantoffel wollte um die linke Seite des Berges herumziehen und König Kamuffel um die rechte. Das hätte bedeutet, dass man ewig hintereinander hergelaufen wäre. Aber keiner der beiden Könige wollte nachgeben.

Schließlich fand man eine Zwischenlösung, die es beiden Königen erlaubte, ihre Würde zu bewahren, obgleich die Lösung für beide ziemlich unbequem war: Man wollte die Konferenz auf dem Gipfel des Berges abhalten. Das war zwar etwas ganz und gar Neues und Unerhörtes, aber die Not war groß und der Hunger nahm zu.

Also schleppten sich die beiden Königspaare samt ihren Ministern, Armeen, Geheimagenten und Untertanen von beiden Seiten auf den Berg hinauf. Als sie oben ankamen, waren sie total erschöpft und außer Puste und setzten sich erst einmal auf den Boden.

Da kamen Prinz Saffian und Prinzessin Praline aus ihrem Versteck und trugen gemeinsam die Porzellanschüssel mit dem Schöpflöffel darin, und die gute, nahrhafte Suppe dampfte und duftete ganz unbeschreiblich appetitanregend.

»Schön, dass Ihr da seid, Eure Majestäten«, sagte Prinz Saffian, »dürfen wir Euch was zu essen anbieten?«

»Langt nur zu, Eure Majestäten«, sagte Prinzessin Praline, »es ist genug für alle da.«

Jedermann machte natürlich große Augen und war glücklich, dass nicht nur die Königskinder, sondern auch Löffel und Schüssel gerettet waren. Alle aßen von der Suppe und mussten zugeben, dass ihnen noch nie etwas so gut geschmeckt hatte.

»Das hätten wir längst haben können«, sagte Königin Kamelle vorwurfsvoll zum anderen Königspaar, »wenn ihr uns nur gleich zu Anfang den Löffel gegeben hättet.«

»Na, hört euch das an!«, rief Königin Pantine. »Ihr hättet uns ja nur die Schüssel zu geben brauchen, dann wäre uns viel erspart geblieben.«

»Jedenfalls«, meinte König Kamuffel, »werden wir jetzt sofort und ein für allemal klarstellen müssen, wer von uns über Löffel und Schüssel zu bestimmen hat, denn Ordnung muss sein.«

Da sagte König Pantoffel: »Nun fangt bitte nicht *schon wieder* an!« Und das war vermutlich der weiseste Satz, den er je gesagt hatte.

Alle schwiegen beeindruckt und aßen weiter von der Suppe, bis sie satt waren. Wenn Leute satt sind, kann man manchmal leichter mit ihnen reden. Deshalb warteten die beiden Königskinder auf diesen Augenblick, dann erklärten sie: »Wir beide wollen nämlich heiraten, sobald wir alt genug dafür sind, weil wir uns sehr gern haben. Und Löffel und Schüssel wünschen wir uns als Hochzeitsgeschenk.«

Um es nun kurz zu machen: Die beiden Königspaare willigten nach einigem Hin und Her schließlich ein. Und da die ehemaligen Schlösser ja sowieso abgebrannt waren, wurde ein neues gemeinsames Schloss mitten auf dem Berggipfel gebaut. Der Löffel und die Schüssel gehörten fortan dem jungen Paar gemeinsam, und die beiden stritten niemals darum, weil sie ja wussten, dass das eine nur durch das andere etwas wert war.

Die alten Könige und Königinnen übergaben die Regierung ihrer Reiche den Kindern. Allerdings bestanden Pantoffel und Pantine darauf, im linken Flügel des neuen Schlosses zu wohnen, und Kamuffel und Kamelle zogen in den rechten. Nun ja. Aber sie besuchten sich öfters, die Könige, um Mensch-ärgere-dich-nicht zu spielen, und die Königinnen, um Neuigkeiten zu besprechen. Und so waren schließlich alle zufrieden.

Zur Hochzeit von Prinz Saffian und Prinzessin Praline kamen Gäste aus aller Herren Länder, und unter der weitverzweigten Verwandtschaft befand sich auch Serpentine Irrwisch. Diesmal hatte man nicht vergessen, sie einzuladen. Alle aßen von der wundervollen Suppe und jedermann lobte ihren vorzüglichen Geschmack. Auch die böse Fee kostete davon, dann sagte sie: »Also, ganz ehrlich, ich hätte nie und nimmer gedacht, dass die Sache mit dem Löffel und der Schüssel *tatsächlich* funktioniert! Sonst hätte ich euch diese Sachen natürlich nicht geschenkt. Nun habe ich aus Versehen etwas Gutes getan – wie schrecklich peinlich!« Und sie wurde ganz grün im Gesicht vor Ärger, brauste wütend auf ihrem Feuerstuhl davon und ward nie mehr gesehen.

Aber die Schüssel, auf der ein Löffel abgebildet war und so weiter, die blieb voll, so viel man auch mit dem Löffel, auf dem eine Schüssel abgebildet war und so weiter, aus ihr schöpfte. Sie wurde niemals leer, und so ist es bis auf den heutigen Tag geblieben. Und alle, die Hunger haben und nichts zu schlucken, die können zu jenem Schloss auf dem Berg hinaufsteigen und sich dort satt essen.

Sie müssen es nur finden.

DER TEDDY UND DIE TIERE

Es war einmal ein netter alter Teddybär namens Washable. Dieses Wort hatte auf einem kleinen Schildchen gestanden, das der Bär am Ohr hängen hatte, als er noch ganz neu war. Deshalb hatte das Kind, dem er gehörte, ihn so genannt. Aber das war lange her. Das Kind ging jetzt in die Schule und war schon viel zu groß, um noch mit Teddybären zu spielen. Auch an Washable waren die Jahre nicht spurlos vorübergegangen. Er hatte an manchen Stellen Flicken aufgenäht, und sein Fell war vom häufigen Waschen und Kämmen ziemlich abgenutzt.

So saß er nun also die meiste Zeit auf seinem Ehrenplatz in der Sofaecke und guckte geradeaus vor sich hin. Aber Tag und Nacht nur immer auf einem Ehrenplatz sitzen ist auch nicht gerade lustig, und deshalb tanzte Washable manchmal ganz für sich allein ein wenig herum, aber nur wenn auch wirklich niemand zusah; sonst hätte er sich geniert, denn er war ein bisschen ungeschickt – eben wie alle Teddybären.

Als Washable eines Tages wie immer in seiner Sofaecke saß, summte eine Fliege im Zimmer herum und setzte sich schließlich auf seine Nase.

»Hallo!«, sagte sie.

»Hallo!«, sagte Washable und schielte auf die Fliege.

»Wie geht's?«, wollte die Fliege wissen.

»Ich sitze hier«, antwortete er.

»Das sehe ich selbst«, summte die Fliege, »aber wozu?«

»Einfach so«, sagte Washable.

Die Fliege überlegte. »Aber du musst doch zu irgendwas da sein«, meinte sie.

»Nö«, sagte Washable. »Ist das denn wichtig?«

»Und wie!«, summte die Fliege. »Es ist das Wichtigste auf der Welt. Ich zum Beispiel bin dazu da, um herumzufliegen und an allem zu lecken. Kannst du herumfliegen und an allem lecken?«

»Nö«, brummte Washable.

»Also, so was!«, summte die Fliege spöttisch. »Der weiß nicht mal, wozu er auf der Welt ist. Du bist dumm! Ganz einfach furchtbar dumm!« Sie wirbelte um seinen Kopf herum und summte in einem fort: »Dumm – dummdumm – ohne Sinn – sinnsinn!« Und dann flog sie davon.

Der alte Teddybär begann nachzudenken.

»Na ja«, sagte er zu sich selbst, »vielleicht bin ich ja wirklich zu dumm. Wenn alle wissen, wozu sie auf der Welt sind, dann will ich es jetzt auch wissen. Ich werde mal ein bisschen herumfragen, vielleicht finde ich wen, der mir die richtige Antwort geben kann.«

Er rutschte vom Sofa herunter und wackelte los.

Als er an der Kellertreppe vorbeikam, begegnete er einer Maus.

»Hallo«, sagte der Teddy freundlich, »ich heiße Washable und wüsste gern, wozu es mich eigentlich gibt.«

Die Maus richtete sich auf den Hinterpfoten auf und betrachtete ihn von oben bis unten.

»Das einzig Sinnvolle«, sagte sie geziert, »ist es, schlau zu sein, sich nicht fangen zu lassen und Käse und Speck zu organisieren, um die Familie zu erhalten. Kannst du eine Familie erhalten?«

»Nö«, sagte Washable.

»Armer Kerl«, seufzte die Maus, »dann weiß ich auch nicht, wozu du auf der Welt bist.« Und sie verschwand in ihrem Loch.

Washable zuckte die Achseln und ging aus dem Haus.

Vor der Tür lag ein kleiner Garten. Dort lief ein Huhn hin und her, scharrte im Sand und gackerte vor sich hin.

»Guten Morgen, mein Herr«, gackerte das Huhn, als es Washable sah. »Ich habe heute bereits zwei Eier gelegt, ganz wunderbare Eier, überaus eiförmige Eier, geradezu vollkommene Eier. Sie sind doch gewiss gekommen, um sie zu besichtigen, nicht wahr?«

»Eigentlich nicht«, sagte Washable.

»Interessieren Sie sich etwa nicht für Eier?«, fragte das Huhn mit schiefem Kopf.

»Nö«, sagte Washable.

»Aber was gibt es denn Wichtigeres als Eier? Es ist doch der einzige Sinn des Daseins, Eier zu legen. Wozu sind Sie denn auf der Welt?«

»Das möchte ich eben herausfinden«, sagte Washable.

»Hören Sie auf mich«, antwortete das Huhn, »folgen Sie meinem Beispiel: Eier legen, Eier legen, Eier legen …«

»Das kann ich nicht«, sagte Washable.

»Taugenichts!«, gackerte das Huhn verärgert und lief fort.

»Dumme Pute«, brummte Washable in sich hinein und ging auf die Straße hinaus.

Der Erste, der ihm dort begegnete, war ein Mistfink, der gerade in einer schmutzigen Pfütze sein Bad nahm.

»He, du«, zwitscherte der Mistfink, »was guckst du denn so blöd? Hast du noch nie gesehen, wie jemand badet?«

»Doch«, antwortete Washable, »ich bin auch oft gebadet worden. Aber ich hab dabei nie so rumgespritzt wie du.«

»Was willst du überhaupt von mir?«, fragte der Mistfink.

»Ich möchte wissen, wozu ich da bin.«

»Wozu du da bist, ist mir piepegal. Aber ich geb dir einen guten Rat, Kumpel. Mach's wie ich und kümmere dich einfach nicht um solche blöden Fragen. Lass dir nichts gefallen und sei frech wie Oskar, dann kommst du überall durch. Das allein ist wichtig.«

Washable dachte eine Weile nach, dann seufzte er: »Ich muss aber doch wissen, wozu ein alter Teddybär überhaupt da ist.«

Da lachte der Mistfink ihn einfach aus und flog davon.

Washable stapfte in Gedanken versunken über die Straße und kam auf eine Wiese, auf der viele Blumen blühten. Er setzte sich ins Gras und sah einer Biene zu, die eifrig herumflog.

»Du, hör mal …«, sagte Washable, »ich hätte da mal eine Frage …«

»Keine Zeit, keine Zeit!«, summte die Biene und flog eiligst zur nächsten Blume.

»Weißt du vielleicht, wozu man da ist?«, fragte Washable.

»Selbstverständlich!«, sagte die Biene. »Das lernt man doch schon als Bienenlarve. Man ist dazu da, um fleißig zu sein, Honig zu sammeln und Waben zu bauen.«

»Fleißig sein?«, fragte Washable. »Wie macht man so was?«

»Fleißig sein heißt eben fleißig sein – immer beschäftigt, immer tätig, niemals faulenzen, verstehst du das denn nicht?«

»Nö«, antwortete Washable.

Da wurde die Biene zornig. »Ich hab keine Zeit für solches unnütze

Geschwätz! Lass mich arbeiten und mach, dass du wegkommst, sonst steche ich dich.«

Darauf wollte es der Teddybär lieber nicht ankommen lassen, darum ging er schnell fort.

Mitten in der Wiese lag ein blauer See. Auf den glitzernden Wellen zog ein Schwan mit herrlichem weißem Gefieder seine Kreise.

»Du bist aber schön!«, sagte Washable bewundernd.

»Ich weiß«, schnarrte der Schwan und stellte die Flügel auf, dass sie wie gebauschte Segel aussahen.

»Und wozu bist du da?«, wollte Washable wissen.

»Welch törichte Frage!«, antwortete der Schwan erhaben. »Der letzte Sinn des Daseins ist allein die Schönheit. Was sonst?« Und er betrachtete wohlgefällig sein eigenes Spiegelbild im Wasser. »Ich erfülle diese höchste Aufgabe. Und du?«

Washable betrachtete ebenfalls sein eigenes Spiegelbild im Wasser und sagte dann ehrlich: »Nö.«

»Nun denn«, meinte der Schwan, »dann bist du wohl tatsächlich überflüssig.«

Damit zog er wieder auf den See hinaus und würdigte den alten Teddybären keines Blickes mehr.

Auf der anderen Seite des Sees begann der Wald und dort hinein ging Washable jetzt. Nach einer Weile begegnete er einem Vogel, der auf einem Ast saß und immerfort das Gleiche rief.

»Was machst du da?«, fragte Washable.

»Ich zähle«, antwortete der Kuckuck. »65 – 66 – 67 ...«

»Und was zählst du?«

»Ich zähle alles, was es gibt: die Bäume, die Blätter, die Tannenzapfen, die Tage und die Stunden und so weiter. Alles eben. 68 – 69 – 70 ...«

»Hat das denn einen Sinn?«, fragte Washable.

»Und ob!«, antwortete der Kuckuck. »Bei allem kommt es nur auf die Zahl an. Was man zählen kann, ist wirklich. Was man nicht zählen kann, das zählt nicht.«

»Ach«, sagte Washable hoffnungsvoll, »könntest du mich dann vielleicht zählen?«

»Gern«, meinte der Kuckuck. »Stell dich mal in einer Reihe auf.«

»Das kann ich nicht«, gab Washable zu. »Ich bin nur ich.«

»Dann zählst du nicht«, sagte der Kuckuck und flog fort. Aus der Ferne hörte man ihn wieder mit Zählen anfangen, wer weiß was.

Der alte Teddybär ging noch tiefer in den Wald hinein, der immer dichter und dunkler wurde. Lianen und andere Schlingpflanzen hingen von den Bäumen herunter und versperrten ihm den Weg. Es war ein richtiger Dschungel.

Über ihm in den höchsten Zweigen turnte lärmend und kreischend eine Schar Affen herum.

Als die Affen den alten Teddybären sahen, verstummten sie plötzlich. Der Oberaffe kam vom Baum herunter und baute sich vor ihm auf.

»Was suchst du hier?«, fragte er und fletschte die Zähne.

»Ich will nicht stören«, sagte Washable höflich, »ich suche nur jemanden, der mir sagen kann, wozu unsereins da ist.«

Alle Affen begannen durcheinanderzuschnattern: »Er will wissen, wozu unsereins da ist, er will wissen, wozu unsereins da ist …«

»Ruhe!«, brüllte der Oberaffe und fletschte die Zähne. Als es wieder still war, sagte er: »Der einzige Zweck des Daseins ist es, etwas zu gründen, einen Verein, einen Klub, ein Komitee, eine Partei – irgendeine Gemeinschaft eben. Wir jedenfalls machen das immerzu.«

»Warum?«, fragte Washable.

»Weil es wichtig ist«, sagte der Oberaffe, »dass einer kommandiert und die anderen gehorchen. Sonst geht alles drunter und drüber. Jeder muss seinen genauen Platz in der Gesellschaft haben, sonst ist er nichts wert. Kannst du kommandieren oder gehorchen?«

»Nö«, sagte Washable.

»Dann kannst du bei uns nicht eintreten!«, schrie der Oberaffe, und alle anderen Affen begannen, mit allem Möglichen nach Washable zu schmeißen.

Der Teddybär wackelte eilig weiter.

Gleich hinter dem Urwald lag eine weite Steppe, und mitten auf der Steppe stand eine Gruppe von Elefanten, die in ernste Gespräche versunken waren. Sie hatten weise Gesichter und bewegten sich sehr würdevoll.

»Verzeihung«, sagte Washable ein bisschen eingeschüchtert, »könnt ihr mir sagen, wozu es einen gibt?«

Die Elefanten umringten ihn und schauten mit gerunzelten Stirnen auf ihn herunter.

»Das«, sagte einer, »ist eine sehr tiefe Frage. Wir denken schon längere Zeit darüber nach.«

»Und?«, fragte Washable erwartungsvoll. »Habt ihr es herausgekriegt?«

»Tiefe Fragen müssen gründlich bedacht werden«, meinte ein anderer. »Man darf nichts überstürzen. Deshalb besteht der Sinn des Daseins darin, über den Sinn des Daseins nachzudenken.«

»Aber«, wandte Washable ein, »das kann ja ewig dauern. Ich weiß nicht, ob ich so haltbar bin.«

»Nun«, ließ sich ein dritter Elefant vernehmen, »du hast doch schließlich eine ewige Seele wie alle lebenden Geschöpfe, nicht wahr? Oder was hast du in deinem Inneren?«

»Ich hab noch nicht nachgesehen«, gab Washable zu, »aber ich glaube, Sägemehl oder Schaumstoff oder so was.«

»Dann bist du ja gar kein richtiges Geschöpf«, sagte der erste Elefant streng, »dann bist du bloß ein künstlicher Gegenstand ohne Seele und Geist. Wenn du zu nichts gut bist, sollte man dich wegwerfen.«

Da wurde der arme alte Teddybär zum ersten Mal richtig traurig, obwohl er nur Sägemehl oder Schaumstoff in sich hatte. Wenn er auch keine besonderen Ansprüche stellte, aber einfach weggeworfen wollte er nicht werden. Er wackelte davon und hatte eigentlich keine große Lust mehr, noch irgendjemanden zu fragen.

Die Steppe wurde immer steiniger und immer sandiger, und Washable war müde und setzte sich in den Schatten eines Felsens. Da beobachtete er ganz in der Nähe eine Schildkröte, die eifrig Gymnastik machte. Nachdem sie fertig war, wandte sich die Schildkröte etwas außer Atem an den Teddybären: »Was sitzt du denn da herum? Es könnte dir nicht schaden, auch ein bisschen zu turnen – bei deiner Figur.«

»Ach«, meinte Washable, »die hab ich immer schon gehabt. Ich will mich auch gar nicht ändern, ich will nur wissen, wozu ich da bin, so wie ich bin.«

»Ganz einfach«, sagte die Schildkröte, »man ist dazu da, um möglichst lange zu leben. Ich bin schon über hundert Jahre alt und mache täglich meine Gymnastik, um immer noch älter zu werden.«

»Wozu willst du denn noch älter werden?«, fragte Washable.

»Ganz einfach«, antwortete die Schildkröte, »um auch weiterhin meine Gymnastik machen zu können. Willst du das denn nicht auch?«

»Nö«, antwortete der Teddybär und ging weiter.

Nach einer Weile traf er in der Wüste eine Eidechse, die auf einem warmen Stein in der Sonne lag und vor sich hin döste.

Die Eidechse öffnete ein Auge und sagte träge: »Würdest du mir bitte aus der Sonne gehen?«

Washable trat beiseite und fragte: »Kannst du mir vielleicht sagen, wozu ein alter Teddybär auf der Welt ist?«

Jetzt öffnete die Eidechse auch das andere Auge und betrachtete ihn. »Oje«, sagte sie und gähnte ein wenig, »was du suchst, das gibt es überhaupt nicht. Nichts hat einen Sinn, alles ist vergänglich und nur Schein und Täuschung. Darum vergiss deine Frage, mein Freund. Mach es wie ich, leg dich in die Sonne und denke an gar nichts, einfach an gar – nichts.«

Washable legte sich hin, ließ sich die Sonne auf seinen geflickten Bauch scheinen und versuchte angestrengt, an gar nichts zu denken. Das wurde ihm zwar nach einer Weile ziemlich langweilig, aber vielleicht wäre es ihm doch gelungen, wenn er nicht plötzlich etwas in seinem Ohr gefühlt hätte, das kribbelte und kitzelte. Er schüttelte das Ohr mit der Pfote, und heraus fiel ein Ohrwurm, der aufgeregt hin und her rannte.

»Verzeihung, Verzeihung«, sagte der Ohrwurm, »ich habe mich geirrt, ich dachte, du hättest richtige Ohren mit Löchern wie andere Tiere auch.«

»Macht ja nichts«, antwortete Washable freundlich, »jeder kann sich mal irren. Aber was suchst du denn in anderer Leute Ohren?«

»Ich setze mich dort fest«, erklärte der Ohrwurm, »ich richte mich dort häuslich ein, ich bohre mich immer tiefer, man wird mich nie wieder los. Das ist der Zweck meines Daseins. Willst du dich nicht auch irgendwo häuslich einrichten?«

»Schon«, meinte Washable, »aber nicht so.« Und er wackelte weiter.

Als er so allein durch die weite Wüste stapfte, hörte er plötzlich eine zischelnde Stimme hinter sich: »He, Dickerchen, wohin denn so eilig?«

Er drehte sich um und sah eine große Klapperschlange, die ihn mit glitzernden Augen fixierte. Er wollte schnell weitergehen, aber er konnte sich nicht mehr bewegen.

»Schön ruhig bleiben, mein Kleiner«, züngelte die Schlange, »sonst werd ich nervös.« Und langsam, ganz langsam kroch sie auf ihn zu.

»Na, mein Süßer?«, zischelte die Klapperschlange, als sie direkt vor ihm lag. »Du kommst mir gerade recht. Du gefällst mir.«

»D... d... danke«, stammelte Washable, »aber ich muss leider gleich weiter.«

»So? Wohin denn so eilig?«

»Ich muss herausfinden, wozu es mich gibt.«

Die Schlange lächelte auf ihre unerfreuliche Art. »Aber das ist doch kein Problem. Leute wie du sind dazu da, um von mir verdaut zu werden. Ich habe ausgesprochenen Appetit auf dich, Dickerchen. Du bist doch essbar, nicht wahr?«

»Ich hoffe nicht«, antwortete Washable. »Ich habe nur Sägemehl oder Schaumstoff in mir.«

»So?«, sagte die Schlange enttäuscht. »Na, dann muss ich mir wohl was anderes aussuchen.« Und sie glitt lautlos fort.

Washable atmete auf und lief davon, so schnell ihn seine kurzen Beinchen trugen. Er ließ die Wüste hinter sich und kam wieder auf eine Wiese. Als er Seitenstechen bekam, blieb er stehen und sah vor sich einen Strauch. An einem Zweig hing ein kleines Paket aus schimmernden Seidenfäden. Und während er noch hinguckte, platzte das Paketchen auf und heraus zwängte sich ein Schmetterling, der wundervolle farbenprächtige Flügel im Sonnenlicht ausbreitete.

»Du«, sagte Washable bewundernd, »das war wirklich toll! Wie hast du das gemacht?«

»Einfach so«, lispelte der Schmetterling. »Erst war ich ein Ei, dann wurde ich eine Raupe, dann habe ich mich verpuppt, und nun bin ich ein Schmetterling. Dazu ist man auf der Welt: um sich immer höher zu entwickeln. Kannst du dich denn nicht höher entwickeln?«

»Nö«, sagte der Teddybär.

»Wozu gibt es dich dann?«, fragte der Schmetterling und segelte davon.

»Eben«, murmelte Washable, »das möchte ich nun langsam auch gern wissen.«

In diesem Augenblick kam ein kleines Mädchen vorbei, das ging barfuß und hatte ein geflicktes Kleidchen an, weil seine Eltern zu arm waren, um ihm ein neues zu kaufen.

Es schaute den alten Teddybären mit großen Augen an und fragte: »Wie heißt du denn?«

»Washable«, sagte Washable.

»Ich habe noch nie einen Teddybären gehabt«, sagte das Mädchen. »Du bist wunderschön und ich hab dich lieb. Willst du mir gehören?«

»Gern«, sagte Washable, und ihm wurde ganz warm ums Herz, obwohl sein Inneres nur aus Sägemehl oder Schaumstoff war.

Und das kleine Mädchen nahm ihn in den Arm und gab ihm einen Kuss auf die Nase.

Von nun an hatte Washable wieder jemanden, dem er gehörte. Und beide waren glücklich.

Aber das ist noch nicht der Schluss der Geschichte. Nach ein paar Tagen kam nämlich die lästige Fliege in die Wohnung des kleinen Mädchens. Kaum hatte sie den alten Teddybären entdeckt, fing sie wieder an, um seinen Kopf herumzusummen: »Wozu bist du überhaupt da? Du bist dumm – dummdumm – ohne Sinn – sinnsinn ...«

Aber diesmal wusste Washable die richtige Antwort.

Ein Patsch! – und die Fliege war still.

DER LANGE WEG NACH SANTA CRUZ

»Beim Gongschlag ist es sieben Uhr fünfzehn«, sagte das Radio. »Hör auf, in deinen Flocken rumzumatschen, Hermann«, sagte der Vater.

»Und trink deine Milch aus, Hermann«, sagte die Mutter.

»Nun mach schon endlich«, sagte der Vater.

»Du musst dich beeilen«, sagte die Mutter.

»Und trödel unterwegs nicht herum, Hermann«, sagte der Vater.

»Sonst kommst du wieder zu spät zur Schule, Hermann«, sagte die Mutter.

»Mit deinen Noten kannst du dir so was weiß Gott nicht leisten«, sagte der Vater.

»Die kleine Carla macht uns im Moment schon genug Sorgen mit ihren Masern«, sagte die Mutter. »Sie hat die ganze Nacht geweint.«

»Und schmeiß beim Weggehen gefälligst nicht wieder die Tür so zu, Hermann«, sagte der Vater.

»Sonst weckst du das kranke Schwesterchen auf, Hermann«, sagte die Mutter.

»Wir bringen nun die Sendung *Heitere Klänge zum Wochenanfang*«, sagte das Radio.

Hermann (acht Jahre und drei Monate alt, 125 Zentimeter groß, 35 Kilo Lebendgewicht, rothaarig und sommersprossig), an den alle diese elterlichen Ermahnungen gerichtet waren, erhob sich leise vom Frühstückstisch, ging leise auf den Flur hinaus, zog sich leise seinen Regenmantel an, schnallte sich leise seinen Schulranzen auf den Rücken, wickelte sich leise seinen Schal um den Hals, setzte sich leise seine Mütze auf, öffnete leise die Wohnungstür, ging leise hinaus und schmiss die Tür mit solcher Wucht hinter sich zu, dass das ganze Mietshaus bis in seine Grundmauern erzitterte. Einen Augenblick blieb er stehen und lauschte, bis er hörte, dass das Schwesterchen zu brüllen anfing, dann nickte er befriedigt und rannte, immer drei Stufen auf einmal nehmend, die Treppe hinunter, wodurch alle Mitbewohner des Hauses ausnahmslos und unüberhörbar von der wichtigen Tatsache in Kenntnis gesetzt wurden, dass Superhermann sich mit Lichtgeschwindigkeit auf den Schulweg gemacht hatte.

Auf der Straße regnete es. Das war nichts Neues, es regnete schon seit Tagen. Es war kein lustiger Platschregen, sondern ein dünner, grämlicher Nieselregen, nur gerade stark genug, dass einem die Kälte und Nässe in die Ärmel und in den Halskragen kroch. Ein Regen, der sich auf einen längeren Aufenthalt eingerichtet hatte. Er erinnerte Hermann irgendwie an Tante Erna, die immer, wenn sie kam, sagte: »Ich will euch überhaupt nicht stören, ich bleibe nur ein, zwei Tage« – und die dann gewöhnlich einen ganzen Monat blieb und vorwurfsvoll auf dem Sofa saß.

Obendrein war es auch noch ein Montag. Es gibt vieles, was man gegen Montage haben kann, und um diese frühmorgendliche Stunde war die Stadt voll von Leuten, die alle etwas gegen Montage hatten.

Das konnte man an ihren Gesichtern sehen. Für Hermann war das Unerfreulichste an Montagen, dass sie ihn unerbittlich vor die Notwendigkeit stellten, wieder eine ganze Woche lang seine kostbare Jugendzeit mit dem Lernen von Rechtschreiben, Einmaleins und ähnlichem Quatsch zu verplempern. Und das zu einer Tageszeit, zu der es nirgends so schön war wie im warmen Bett.

Logisch, dachte Hermann und lächelte bitter, gerade deshalb bestanden die Lehrer ja darauf, so früh am Morgen anzufangen. Denen ging es ja nur um eines: möglichst vielen wehrlosen Kindern das Leben zu vermiesen. Ohne diese Möglichkeit machte ihnen wahrscheinlich der ganze Schulbetrieb keinen Spaß mehr.

Und die Eltern, die waren natürlich immer aufseiten der Lehrer. Mit denen war in diesem Punkt einfach nicht zu reden. In Wirklichkeit waren sie ja bloß froh, einen endlich los zu sein – vor allem, seit Carla die Masern hatte. Als ob das schon was Besonderes wäre! Masern hatte er schon lang gehabt, trotzdem durfte er nicht in das Zimmer hinein, wo das Schwesterchen lag. Obwohl er doch nie wieder Masern kriegen würde, das war wissenschaftlich erwiesen. Mit ihm hatten die Eltern allerdings nicht so viel Theater gemacht, obwohl er doch ihr einziges Kind war, damals jedenfalls.

Carla war jetzt zweieinhalb Jahre alt und zu nichts richtig zu gebrauchen, weder zum Spielen noch zum Reden, schon gar nicht zum Raufen. Immer musste man vorsichtig mit ihr sein – Carla hinten und Carla vorne –, als ob sie aus lauter Zuckerguss wäre.

Und Hermann war seither total abgeschrieben, war bloß noch der Niemand aus Nirgendhausen. Na gut, wie sie wollten. Es sollte ihnen noch leidtun … Hermann fühlte die Wut ganz dick in seinem Hals.

Er kam am Schaufenster eines Reisebüros vorüber und blieb stehen. Vor dem Hintergrund ferner Länder und Städte voller Palmen und Wolkenkratzer blickte ihn sein eigenes Spiegelbild aus der Glasscheibe an.

Er betrachtete sich prüfend und drehte langsam den Kopf nach links und rechts. Ohne Zweifel, seine Gesichtszüge waren leidzerfurcht, sozusagen weit über seine Jahre gereift. Das kam eben von all dem Unrecht, das er seit Langem schweigend erduldete.

Für einen wie ihn, einen, den niemand liebte, gab es eigentlich nur den Weg ins Verbrechen. Jawohl, er würde Gangster werden. Zum Beispiel in Chicago oder Shanghai. Die Zeitungen der ganzen Welt wären jeden Tag voll mit seinen neuesten Untaten, mit Bankeinbrüchen, Raubüberfällen auf Geldtransporte, wilden Schießereien mit feindlichen Banden. Er würde ganze Städte terrorisieren und die Polizei wäre machtlos. Na ja, irgendwann würde es natürlich doch ein schlimmes Ende mit ihm nehmen, die gerechte Strafe würde ihn ereilen. Man weiß ja aus dem Kino, dass sich das Verbrechen letzten Endes nicht lohnt, leider, aber während er verblutete, würde er dem Kommissar noch ins Ohr flüstern: »Grüßen Sie meine alten Eltern, die daran schuld sind, dass es so weit mit mir gekommen ist, und sagen Sie ihnen, dass ich ihnen vergebe …« Danach würden sich seine bleichen Lippen für immer schließen. Er würde niemanden auf der Welt mehr stören.

Hermann schluckte und holte tief Luft. Seine Unterlippe zitterte ein bisschen, aber er zwang sich, ein möglichst steinernes Gesicht zu machen, wie es sich für einen von der ganz harten Sorte gehörte.

Vielleicht würde er auch zur Fremdenlegion gehen und dort unter falschem Namen kämpfen und sterben, ordenbedeckt natürlich und unter allen Kameraden berühmt wie dieser Wie-hieß-er-doch-noch im Fernsehen neulich.

Nur die Eltern würden nie etwas davon erfahren, weil niemand wusste, wer er wirklich war. Allerdings war sich Hermann nicht ganz sicher, ob Achtjährige in die Fremdenlegion aufgenommen wurden. Eher wohl nicht. Aber jahrelang warten kam auch nicht infrage. Also doch besser Chicago oder Shanghai. Bloß – wie konnte er dorthin kommen? Am einfachsten wahrscheinlich durch eine Flugzeugentführung. Der Vater selbst hatte doch neulich gesagt, das sei überhaupt kein Kunststück, wenn man nur erst mal mit einer Pistole bewaffnet im Passagierraum und das Flugzeug in der Luft wäre. Dann hätten die Piloten nämlich gar keine andere Wahl, als jedem Befehl zu gehorchen.

Also gut, sagte sich Hermann, nehmen wir mal an, ich bin per Flugzeugentführung nach Chicago oder Shanghai gekommen – was ist dann?

Dann würde es auch dort mit ziemlicher Sicherheit überall Schulen geben, in die man gehen musste. Es war leider nirgendwo auf der Welt mehr so wie in früheren Zeiten, als es noch unerforschte und vor allem lehrerlose Länder gab. Da konnte er genauso gut bleiben, wo er war. Außerdem stand es ja sowieso fest, dass es in Chicago oder Shanghai genau in dem Augenblick, in dem er dort ankäme, zu regnen beginnen würde. Klar würde es regnen. Es wäre geradezu typisch für sein Schicksal, dass es dort regnete.

Die ganze Welt war eben gegen ihn. Und darum war er die ganze Welt leid. Er passte nicht in sie hinein, und sie legte keinen Wert auf ihn. Dummerweise gab es bloß keine andere.

Hermann schreckte aus seinen Gedanken auf, weil das Glockenspiel über dem Uhrengeschäft Mohn & Co an der Ecke zu bimmeln anfing und ihm zeigte, dass er schon wieder mal um zehn Minuten zu spät dran war. Jetzt musste er wirklich rennen, um die versäumte Zeit noch einzuholen, wenn er die übliche Standpauke von Frau Dr. Wässerle vermeiden wollte.

Allerdings, dachte Hermann, während er lostrabte, war ihm die Strafpredigt auf jeden Fall sicher, ob nun fürs Zuspätkommen oder für irgendetwas anderes. Über die meisten Dinge auf der Welt gab es ja unter den Leuten ganz verschiedene Meinungen, aber über einen Punkt waren sich offenbar alle einig, nämlich darüber, dass Hermann auf keinen Fall so bleiben durfte, wie er war. Pausenlos versuchte jemand, ihn umzukrempeln, ihn zu ändern, ihn zu verbessern. Manche mit Schimpfen und Strafen, andere mit gutem Zureden. Unter den Lehrern gab es sogar ein paar ganz große Schlauberger – Herrn Röhr zum Beispiel oder Fräulein Knietsch –, die ihm weismachen wollten, sie wären seine Freunde. Sie bildeten sich wahrscheinlich ein, dass er nicht merkte, wie sie ihn einzuwickeln versuchten. Aber Hermann merkte es und tat ihnen absichtlich nicht den Gefallen, ein netter, braver Junge zu sein. Er war, wie er war – und damit musste sich die übrige Menschheit abfinden. Wenn es niemanden auf der Welt gab, der seine besonderen Fähigkeiten zu schätzen verstand, dann konnte ihm die ganze Welt gestohlen bleiben.

Besondere Fähigkeiten? Welche zum Beispiel?

Zum Beispiel – fiel ihm jetzt gerade keine ein, aber er hatte jede Menge.

Hauptsächlich konnte er alles Mögliche, was andere Leute als »brotlose Künste« bezeichneten. Er konnte trommelfellzerreißend auf zwei Fingern pfeifen; er konnte Handstandüberschlag; er konnte

unglaubliche Grimassen schneiden; er konnte freihändig Rad fahren; er konnte einige Zauberkunststücke mit Korken und Münzen vorführen; er konnte ... na, jedenfalls eine ganze Menge, wovon selbst seine Klassenkameraden keine Ahnung hatten. Sie würden es auch niemals mehr erfahren. Dieser alberne Kindergarten interessierte ihn nicht mehr. Darüber war er längst hinausgewachsen. Von jetzt an würde er nur noch seine eigenen, geheimen Wege gehen, einsam und unerreichbar für alle.

Hermann setzte sich in Galopp – nicht allzu schnell, nur gerade so viel, dass er später ohne direkte Lüge behaupten konnte, er habe sich nach besten Kräften geeilt.

Da hörte er Sirenengeheul.

Sofort verlangsamte er seine Schritte wieder. Ein Feuerwehrauto raste vorüber, gleich danach noch eines und ein drittes. Hermann blieb stehen und schaute den Wagen hoffnungsvoll nach.

Vielleicht brannte die Schule. Sie waren zweifellos in die Richtung gefahren, in der die Schule lag. Es konnte doch sein, dass der Hausmeister, Herr Knöllinger, der im Keller des Schulhauses wohnte, mit einer brennenden Zigarre zwischen den Fingern eingeschlafen war. Die Zigarre war in die Sofaritze gefallen, das Sofa hatte zu brennen angefangen ... Oder vielleicht hatte eine Ratte ein elektrisches Kabel angenagt und dadurch einen Kurzschluss verursacht, wodurch die Ölheizung explodiert war ... Oder ein Benzinkanister war ausgelaufen, oder eine alte Gasleitung war kaputtgegangen, oder die Frau vom Hausmeister hatte das Bügeleisen abzustellen vergessen, ehe sie ausgegangen war ...

Solche Sachen passierten doch alle Tage irgendwo in der Stadt, warum eigentlich nicht auch mal in der Schule? Wenn man es sich richtig überlegte, dann gab es so unzählig viele Möglichkeiten für den Ausbruch eines Brandes, dass schon ein Wunder hätte geschehen müssen, wenn ausgerechnet die Schule davon ausgenommen gewesen wäre.

Aber wenn sie tatsächlich helllichterloh in Flammen stand, dann hatte es nicht mehr den geringsten Sinn, zu rennen wie verrückt. Falls es die Feuerwehr nicht schaffte, dann würde auch Hermann die Schule nicht mehr retten können, selbst wenn er es unter Einsatz seines Lebens versuchen würde.

Er sah die Situation deutlich vor sich. Wenn er hinkäme, dann würden die Feuerwehrleute ratlos mit ihren Schläuchen in der Hand um das brennende Gebäude herumstehen.

»Was ist los?«, würde Hermann fragen. »Warum wird hier nicht gelöscht?«

»Das möchten wir ja gerne«, würde der Feuerwehrhauptmann sagen, »aber wir können nicht. Wir kennen uns doch dort drin nicht aus. Wir brauchen jemanden, der uns führt. Aber dazu ist niemand bereit.«

»Warum nicht«, würde Hermann fragen und seinen Blick über die gaffende Volksmenge streichen lassen, »dort drüben sehe ich doch ein paar von den Lehrern. Reden Sie doch mit denen.«

»Das haben wir schon«, würde der Feuerwehrhauptmann antworten, »aber sie weigern sich. Sie haben ganz einfach Angst.«

»Wenn es so ist«, würde Hermann mit einem schiefen Lächeln sagen, »dann übernehme ich das. Folgen Sie mir bitte, meine Herren!« Und ohne auch nur einen Augenblick zu zaudern, würde er sich in die meterhohen, prasselnden Flammen stürzen, gefolgt von dem Trupp der Feuerwehrmänner, die aus allen Rohren spritzten.

Allerdings wäre es wegen der Ängstlichkeit der Lehrer inzwischen leider schon zu spät. Die Schule würde nicht mehr zu retten sein. Damit mussten sie sich abfinden, es war ja ihre eigene Schuld.

Hermann war sich noch nicht ganz im Klaren darüber, ob er sich als Held in den brausenden Flammen opfern würde oder ob er doch lieber am Leben bleiben sollte, um ein Fernsehinterview zu geben. Aber dann verzichtete er auf die Entscheidung, denn wie er die

Erwachsenen kannte, würden sie ihm sowieso nicht erlauben, die Löscharbeiten zu leiten. Bitte sehr, dann mussten sie eben zusehen, wie sie allein zurande kamen. Ihm war es schließlich egal, ob die Schule gerettet wurde. Damit war die Sache für ihn erledigt. Wozu sollte er überhaupt noch hingehen?

Ärgerlicherweise bestand da immer noch eine winzige, wenn auch höchst unwahrscheinliche Möglichkeit, dass die Schule eben doch nicht brannte und die Feuerwehr irgendwo anders zu tun hatte.

Hermann seufzte und setzte sich in Bewegung, ein bisschen weniger eilig als vorher, aber immerhin noch in der richtigen Richtung.

Als er die Straßenkreuzung erreichte, wo er nach rechts abbiegen und die Fahrbahn überqueren musste, lief er fast in einen Mann hinein, der auf dem Bauch und auf dem Rücken je eine Plakattafel trug. Darauf waren in bunten Farben ein Clown abgebildet und eine goldblonde junge Dame in glitzerndem Badeanzug, die von einer grünen Riesenschlange umwickelt war. Darüber stand in knallroten Lettern:

HEUTE GROẞE GALAVORSTELLUNG
IM ZIRKUS PANDALI

Hermann ging hinter dem Mann her, um das Plakat gründlich zu studieren.

Der Mann war unrasiert und drehte einen kalten Zigarrenstummel zwischen den Lippen hin und her. Der Regen tropfte ihm von der Hutkrempe. Als er den Jungen bemerkte, der ihm folgte, zwinkerte er ihm kurz mit einem Auge zu.

Hermann schaute sich um. Keiner der Passanten schien es gesehen zu haben. Das Zwinkern hatte ohne Zweifel nur ihm gegolten. Es hatte sogar irgendwie vertraulich gewirkt, so als gäbe es eine geheime Verabredung zwischen dem Mann und ihm.

Was denn für eine Verabredung? Hermann überlegte. Den Mann

kannte er nicht, so viel stand fest. Vielleicht hing es mit der Riesenschlange zusammen.

Riesenschlangen – das hatte er einmal gelesen – werden manchmal in großen Körben transportiert. Aber Körbe, vor allem wenn sie alt sind, können Löcher bekommen. Und aus einem solchen durchlöcherten Korb war die Riesenschlange wahrscheinlich entlaufen – oder musste man in diesem Fall sagen: entkrochen? Und nun suchte der Mann nach ihr.

Aber warum hatte er dann gerade ihm zugezwinkert? Ganz klar, er suchte überhaupt nicht nach der Schlange, er wusste längst, wo sie war. Wonach er suchte, das war einer, der die Schlange einfangen konnte. Das war das Problem.

Die Riesenschlange hieß Fatima und war wasserscheu, jedenfalls mochte sie keinen Regen. Deshalb war sie in ein Haus gekrochen, die Treppen hinauf, immer höher und höher, bis sie eine Wohnungstür fand, die zufällig offen stand. In der Wohnung gab es ein Baby, das ahnungslos in seinem Kinderbettchen schlief. Unmittelbar davor hatte sich Fatima aufgerichtet wie ein riesiges Fragezeichen. Die verzweifelten Eltern standen im Flur und bissen sich in die Fäuste. Sie wagten nicht, sich zu rühren, um die Schlange nur ja nicht zu reizen.

Hermann verstand völlig, warum der Mann ihm schweigend zugezwinkert hatte. Das bedeutete: Folge mir unauffällig! Die Bevölkerung darf auf keinen Fall von der schrecklichen Gefahr wissen, in der die ganze Stadt schwebt, sonst würde Panik ausbrechen und alles wäre verloren. Nur ein Spezialist wie du, der alles über Schlangen weiß, kann die Situation noch retten.

Selbstverständlich war Hermann bereit, das Leben des Babys zu retten, obwohl er sich aus Babys ganz allgemein nicht gerade viel machte. Trotzdem, auch sie waren so etwas wie menschliche Wesen und hatten Anspruch auf Rettung, selbst wenn man dafür ein paar Schulstunden opfern musste. Da lag dieser hilflose Säugling, vor ihm ringelte sich die Riesenschlange mit aufgerissenem Rachen – wer hätte da guten Gewissens sagen können: »Tut mir leid, aber ich muss leider dringend in die Schule«? Das hörte sich verdächtig nach einer feigen Ausrede an. So gemein würde Hermann sich niemals verhalten. Vor allem, da er doch der Einzige war, der die Situation retten konnte.

Mit entschlossenem Gesicht marschierte er hinter dem Mann mit den Plakaten her. Er war bereit.

Sobald sie in der Wohnung ankämen, würde er als Erstes alle anderen Personen fortschicken, nur aus Vorsorge, damit niemand zu Schaden käme.

Er wäre mit der gefährlichen Bestie allein. Auge in Auge würden sie sich gegenüberstehen. Riesenschlangen können ja, wie man weiß, ihre Opfer hypnotisieren. Aber Hermann konnte auch hypnotisieren. Er war sogar der größte Hypnotiseur der Welt. Genau deshalb hatte man ihn ja zu Hilfe gerufen.

Ein gewaltiger, schweigender Kampf würde zwischen ihm und

Fatima beginnen, ein Ringen innerer Kräfte, von dessen Furchtbarkeit normale Menschen nicht die blasseste Vorstellung haben. Er würde das Tier keine Sekunde aus dem Griff seiner unbeugsamen Willenskraft entlassen – bis es schließlich der Überlegenheit des menschlichen Geistes nachgeben und sich starr wie eine Bohnenstange auf dem Teppich ausstrecken müsste.

Bleich und erschöpft von der ungeheuren Anstrengung würde Hermann den überschwänglichen Dank der Eltern über sich ergehen lassen und danach mit einem geheimnisvollen Lächeln auf den Lippen in der Menschenmenge, die sich inzwischen angesammelt hatte, verschwinden – ein rätselhafter Fremder, über den niemand Genaueres wusste.

Der Mann mit den Plakattafeln blieb plötzlich stehen, drehte sich um und musterte seinen Verfolger mit fragendem Blick, sagte aber nichts.

»Entschuldigung«, stotterte Hermann verwirrt, »die Riesenschlange … ich meine, ich wollte nur … Wo ist sie denn?«

Der Mann kaute auf seinem kalten Zigarrenstummel und schien nicht recht zu verstehen. »Ha?«, machte er.

»Und das Baby?«, erkundigte sich Hermann. »Ich wollte nur wissen, ob Fatima … also die Riesenschlange da …«

»Nix Riesenschlang«, sagte der Mann in gebrochenem Deutsch, »haben wir überhaupt kein Riesenschlang mehr. Is bloß auf Plakat, weil is übrig geblieben von voriges Jahr. Da haben wir gehabt großes Schlangennummer. Aber sind wir arm, du versteh? Nix genug Geld, du versteh? Darum wir nix kenen drucken immer neies Plakat. So das hier is noch das alte, du versteh?«

»Ja«, meinte Hermann enttäuscht, »ich verstehe. Schade. Entschuldigung.« Und er drehte sich um und lief weg.

»Bittascheen«, antwortete der Mann und blickte ihm verwundert nach.

Es dauerte eine Weile, ehe Hermann herausfand, wo er eigentlich war. Im Eifer der Jagd nach der Riesenschlange hatte er nicht auf den Weg geachtet, den der Plakatmann ihn geführt hatte.

Als er schließlich zu der Straßenkreuzung zurückfand, zeigte die Ampel für Fußgänger Rot, und er wartete.

Warum hatte er den Mann vom Zirkus eigentlich nicht einfach gefragt, ob sie in ihrer Truppe vielleicht gerade einen kleinen Jungen brauchten? Zum Beispiel als dummen August. Nein, lieber als Akrobat. Das Orchester würde einen Trommelwirbel spielen, und während das tausendköpfige Publikum den Atem anhielt, würde Hermann – genannt Ermanio – von einem Sprungbrett emporgeschleudert mit einem dreifachen Salto mortale als oberster auf einem Turm von sechs Männern landen. Der Applaus wäre ohrenbetäubend. Den Reportern, die aus der ganzen Welt herbeiströmten, würde er sagen: »Meine Herren, das alles hat sehr einfach angefangen – mit einem Handstandüberschlag, den ich als kleiner Junge dem Zirkusdirektor vormachte und der daraus sofort meine einzigartige akrobatische Begabung erkannte …

Die Ampel zeigte immer noch Rot.

Oder als Zauberkünstler, ja, das war noch besser. Der geheimnisumwitterte Mister X in Frack und Zylinder und mit schwarzem Umhang. Die Tricks mit den Korken und Münzen würden dazu natürlich nicht mehr ganz ausreichen, aber sie waren ein guter Anfang.

Zum Beispiel würde er richtig hellsehen können. Und Gedankenübertragung war für ihn eine Kleinigkeit. Er würde die unwahrscheinlichsten Dinge nur durch seine Gedankenkraft erscheinen oder verschwinden lassen – Autos, Elefanten, sogar sich selbst.

Die Ampel stand nach wie vor auf Rot.

Jetzt kam es Hermann so vor, als ob sie auch vorher schon die ganze Zeit auf Rot gestanden hätte. Vielleicht funktionierte sie nicht mehr. So was kam vor. Manchmal zeigten Verkehrsampeln stundenlang die gleiche Farbe, es gab Autostaus und ein Riesendurcheinander, bis endlich ein Spezialtechniker vom Verkehrsampelzentralwerk herbeigerufen wurde, um die Sache in Ordnung zu bringen. Aber wer weiß, ob dieser Mann gerade heute nicht irgendwo anders beschäftigt war und erst gesucht werden musste – mit dem Hubschrauber zum Beispiel, weil er gerade im Gebirge zu tun hatte. Und inzwischen waren in der ganzen Stadt oder sogar im ganzen Land die Verkehrsampeln stehen geblieben, durch einen Sabotageakt feindlicher Agenten. Die hatten nämlich besondere Strahlengeräte, mit denen sie alles lahmlegen konnten. Und solange man ihre Geheimzentrale nicht entdeckt hatte, würde nichts weitergehen.

Niemand konnte von Hermann verlangen, dass er hier im Regen stehen blieb und auf das Ende der Geschichte wartete. Und einfach bei Rot über die Straße gehen – also nein, das kam überhaupt nicht infrage. Sogar die Lehrer mussten einsehen, dass sie so etwas von niemandem fordern durften. Schließlich hatten sie es den Schülern ja selbst immer und immer wieder eingeschärft, dass man bei Rot auf keinen Fall über die Straße gehen darf. Daran mussten sie sich nun auch gefälligst halten. Bloß weil es diesmal um ihre eigenen Schulstunden ging, konnten sie schließlich nicht auf einmal ganz anders daherreden. Mal so und mal so, wie es ihnen gerade passte. Aber nicht mit Hermann! Nein, mit ihm konnten sie das nicht machen! Er würde umkehren und nach Hause gehen – oder irgendwo anders hin, jedenfalls nicht bei Rot über die Straße.

Aber als der große Zauberer, der er im Augenblick noch war, beschloss Hermann, einen letzten Versuch zu machen. Er wollte seine unglaubliche Gedankenkraft einsetzen, um die Pläne der feindlichen Agenten zu vereiteln.

Er fixierte die Ampel scharf mit seinem magischen Blick, und siehe da, im selben Augenblick funktionierte sie wieder und sprang auf Grün.

Der geheimnisumwitterte Mister X ging über die Straße und war sich ganz und gar nicht sicher, ob er seine unglaubliche Gedankenkraft nicht besser auf etwas anderes angewendet hätte.

Vor ihm humpelte gebückt eine arme alte Frau. In einer Hand hielt sie ihren aufgespannten Regenschirm, in der anderen schleppte sie eine große schwere Einkaufstasche.

Hermann ging hinter ihr her und beobachtete sie besorgt. Wie leicht konnte die arme Frau etwas aus ihrer Einkaufstasche verlieren, etwas, das sie sehr nötig brauchte, zum Beispiel einen Tausendmarkschein. Sie würde es gar nicht merken und auch sonst niemand, und die Banknote würde vom Regenwasser in den nächsten Gully gespült werden und für immer weg sein. Das einzige Hab und Gut der armen alten Dame! Das musste man selbstverständlich verhindern. Man musste den Geldschein sofort auffischen und der Eigentümerin zurückgeben.

Vielleicht würde sich dann herausstellen, dass sie sich nur als arme alte Frau verkleidet hatte. In Wirklichkeit war sie eine Gräfin mit einem Schloss voller Schätze und Pferdekutschen und Diener. Das erklärte natürlich auch den Tausendmarkschein, denn der war Hermann gleich ein bisschen komisch vorgekommen bei einer armen alten Frau.

Jedenfalls würden sie durch die Rückgabe des Geldes ins Gespräch kommen, und sie würde ihn einladen zu Kakao und Kuchen, um ihn näher kennenzulernen. Später würde sie ihn dann wegen seiner Ehrlichkeit an Kindes statt annehmen – sie hatte nämlich keine eigenen Nachkommen oder Erben. Danach mussten sich die Lehrer in der Schule dann tief vor ihm verbeugen und ihn mit Durchlaucht oder so ähnlich anreden, und seinen Eltern würde es jetzt leidtun, dass sie ihn nicht besser behandelt hatten, aber er würde ihnen großmütig verzeihen. Vielleicht würde er ihnen sogar erlauben, im Schloss zu wohnen. Im Pförtnerhaus natürlich. Wenigstens in den Ferien. Oder ab und zu mal. Schließlich hatten sie ja Carla, die ihr Ein und Alles war. Sie hatten es selbst so gewollt und nun mussten sie sich eben damit abfinden. Das war nur gerecht.

Hermann ließ die große Tasche vor sich nicht eine Sekunde aus den Augen, aber nichts fiel heraus. Und schließlich verschwand die arme alte Frau in einem Hauseingang. Es war wohl doch keine verkleidete Gräfin gewesen.

Hermann seufzte und blieb stehen. Im Augenblick wusste er nicht mehr, wo er eigentlich hingelaufen war – jedenfalls war er ziemlich weit von seinem Schulweg abgekommen.

Irgendwo in der Umgebung schlug eine Turmuhr achtmal, und Hermann fühlte einen leichten Stich in der Magengrube. Jetzt war es eindeutig zu spät, die Schule fing in diesem Moment an, er würde auf jeden Fall zu spät kommen. Jetzt gab es nur noch zwei Möglichkeiten: Entweder er würde einen guten Entschuldigungsgrund finden – einen, gegen den niemand auf der Welt etwas einwenden konnte –, oder er würde besser überhaupt nicht mehr hingehen.

Die zweite Möglichkeit stellte er zunächst einmal zurück, auf sie konnte er immer noch zurückgreifen. Sie würde ihm zwar einen schulfreien Vormittag einbringen, aber auch eine Menge Scherereien. Er mochte lieber gar nicht daran denken. Also fasste er die erste der beiden Möglichkeiten ins Auge, die mit dem guten Entschuldigungsgrund.

In dem Haus, vor dem er gerade stand, befand sich ein kleiner Laden für Tabakwaren und Zeitungen. Hermanns Blick schweifte über die verschiedenen Titelseiten. Auf allen stand oben drüber »Montag« und das Datum.

Hermann begann scharf zu überlegen. Woher wollten eigentlich alle Leute so genau wissen, dass heute Montag war? Gab es vielleicht irgendetwas Besonderes an einem Montag, etwas, das anders aussah als ein Donnerstag oder ein Mittwoch? Bei Kartoffeln zum Beispiel konnte man ganz eindeutig sagen, dass es Kartoffeln waren und keine Bananen, und Bananen sahen wieder ganz anders aus als Salat – aber ein Montag? Stand es vielleicht irgendwo an ihm dran, dass er ein Montag war?

Natürlich, alle *glaubten* ganz einfach, dass heute Montag wäre, aber das war streng genommen überhaupt kein wissenschaftlicher Beweis. Früher hatten ja auch alle Leute geglaubt, dass die Erde flach sei wie ein Teller und nicht rund wie ein Ball. Wenn alle etwas Falsches glauben, wird es dadurch noch lange nicht richtig.

Angenommen, sagte sich Hermann, irgendwann im Lauf der Jahrhunderte oder sogar Jahrtausende – also zum Beispiel vor achthun- dertsiebenundzwanzig Jahren – hat man sich einfach verzählt, nur so aus Versehen. Man hat einen Freitag übersprungen, aus purer Zerstreutheit. Bei der unvorstellbar großen Zahl von Tagen, die es seit der Erschaffung der Welt gegeben hat, wäre es doch wahrhaftig kein Wunder, wenn irgendwann mal ein solcher Irrtum vorgekommen wäre. Aber dann war ja heute überhaupt kein Montag, sondern ein Tag früher, also Sonntag! Und an einem Sonntag durfte man auf keinen Fall in die Schule gehen, selbst wenn man es noch so gern wollte.

Dieser Gedanke hatte in der Tat viel für sich. In diesem Fall brauchte Hermann sich selbstverständlich nicht fürs Zuspätkommen entschuldigen, weil er mit vollem Recht überhaupt nicht kommen würde. Im Gegenteil, die anderen waren alle im Unrecht und mussten sich einen guten Entschuldigungsgrund ausdenken, warum sie trotzdem in die Schule gingen.

Ehrlicherweise musste Hermann allerdings zugeben, dass es auch noch die andere Möglichkeit gab, nämlich die, dass man in all den Jahrhunderten aus Versehen einen Tag zweimal gezählt hatte. Das war genauso gut möglich. In diesem Fall wäre dann heute Dienstag und, was die Schule betraf, kein Unterschied zu Montag.

Eines stand jedenfalls fest: Solange diese Frage nicht wissenschaftlich einwandfrei beantwortet war, mussten die Lehrer ohne Hermann auskommen. Es war ja geradezu verantwortungslos, wie leichtgläubig die Menschen in den Tag hineinlebten! Aber er, Hermann, gehörte nicht zu dieser gedankenlosen Masse. Er war Zeitforscher, und zwar der bedeutendste der Welt, vielleicht sogar der allererste. Er war der Pionier der Kalenderlogie und der Begründer einer nagelneuen Wissenschaft. Die verständnislosen Mitmenschen würden ihm natürlich allerhand Schwierigkeiten bereiten, das war ihm klar, aber das ging ja bekanntlich allen großen Forschern so, jedenfalls am Anfang. Später bekamen sie dann den Nobelpreis und standen in allen Lesebüchern.

Mit gerunzelter Stirn ging Hermann weiter, ohne auf den Weg zu achten.

Die Sache wissenschaftlich genau erforschen – das hörte sich gut an. Aber wie? Fragen konnte er ja natürlich niemanden, weil eben alle davon überzeugt waren, es sei Montag. Nachzählen ging auch nicht, denn wo sollte man mit dem Zählen anfangen? Von heute zurückzählen würde nichts bringen, weil man dann ja wieder davon ausgehen musste, dass Montag oder Dienstag oder Sonntag war, und gerade das musste ja erst mal bewiesen werden. Von der Erschaffung der Welt vorwärtszählen bis zum heutigen Tag ging auch nicht, weil niemand genau wusste, wann die eigentlich stattgefunden hatte.

Hermann seufzte. Seine Gedanken verwickelten sich immer mehr, und der Regen kroch ihm in die Ärmel und hinten in den Mantelkragen.

So schwierig hatte er sich das Problem eigentlich nicht vorgestellt. Da ihm absolut keine Lösung einfallen wollte, beschloss er nach einer Weile, lieber doch nicht der Begründer der wissenschaftlichen Kalenderforschung zu sein, sondern die Frage irgendwie anders zu lösen. Zum Beispiel durch ein Zeichen, ein Los, ein Orakel – ja, das war's! Das Schicksal sollte entscheiden.

Er schaute sich um und stellte fest, dass er auf einem Platz gelandet war, den er noch nie gesehen hatte. In der Mitte befand sich ein großer runder Brunnen, darum herum war der ganze Boden mit schwarzen und weißen Steinplatten gepflastert, die allerhand Muster bildeten. Es war genau das, was er jetzt für sein Schicksalsspiel brauchte.

Wenn es ihm gelang, die andere Seite des Platzes zu erreichen und dabei nur auf die weißen Steine zu treten, dann sollte das bedeuten, dass heute wirklich Montag war und er in die Schule gehen musste. Ganz gleich, ob er inzwischen schon viel zu spät dran war oder nicht. War es aber beim besten Willen nicht möglich, so über den Platz zu kommen, dann war heute Sonntag und schulfrei. Er gab sich selbst das Ehrenwort, es nach besten Kräften zu versuchen und nicht dabei zu mogeln.

Eine ganze Weile lang hüpfte er auf dem Platz herum, vorwärts, nach links, nach rechts oder auch wieder zurück, wenn es kein Durchkommen gab. Manchmal stand er auch längere Zeit balancierend auf einem Bein, weil er überlegen musste und für zwei Füße kein Platz war. Er stellte sich vor, dass die schwarzen Steinplatten tiefe, finstere Abgründe waren, in die er unfehlbar hinunterstürzen würde, wenn er sie auch nur berührte. In der Dunkelheit dort unten hausten Giftschlangen, Skorpione und riesige Vogelspinnen, die mit ihren langen Beinen nach ihm herauftasteten. Es wurde ihm richtig gruselig dabei. So gruselig sogar, dass er das ganze Spiel am liebsten aufgegeben hätte und einfach weggelaufen wäre. Aber das traute er sich nun auch nicht mehr. Er hatte das Schicksal herausgefordert, jetzt musste er durchhalten, was auch immer geschehen würde. Er versuchte, die Vorstellung von den Abgründen und den Riesenspinnen zu verscheuchen, stattdessen kam ihm aber ein Gedanke, der ihn noch viel mehr beunruhigte.

Die Muster, welche die schwarzen und weißen Steinplatten bildeten, waren nicht gleichmäßig, sondern überall ganz verschieden. Konnte es nicht sein, dass es sich dabei um irgendwelche Zeichen handelte, vielleicht sogar um geheimnisvolle Buchstaben aus einem unbekannten Alphabet? Und wer weiß, was er damit bewirkte, dass er einfach so auf ihnen herumhüpfte? Er kam sich vor wie jemand, der eine große, rätselhafte Maschine mit vielen Knöpfen und Tasten gefunden hat und nur mal so darauf herumdrückt, ohne zu wissen, was er tut. Da konnte ja alles Mögliche geschehen! Vielleicht schrieb er mit seiner Hüpferei ganz unabsichtlich eine Art Zauberformel, durch die ein riesiges Monster aus dem Erdinnern geweckt und herbeigerufen wurde. Oder er selbst würde plötzlich auf einen anderen Planeten versetzt werden oder in die vierte Dimension oder so was Ähnliches.

Er wagte auf einmal nicht mehr, sich zu bewegen.

Vielleicht war dieser ganze Platz aber auch extra dazu angelegt, um damit geheime Nachrichten zu übermitteln. Vielleicht gab es im

Weltall draußen einen Satelliten, der jede von Hermanns Bewegungen aufzeichnete und an eine Spionagezentrale weiterleitete. Dort hatte seine Botschaft bereits helllichte Aufregung verursacht.

»Alarm!«, schrien alle durcheinander. »Wer ist dieser Junge? Woher kennt er unser Geheimnis?«

»Eines steht jedenfalls fest«, sagte der Oberspionagechef mit finsterem Blick, »er ist eine tödliche Gefahr für uns. Er weiß zu viel. Bringt ihn mir her, tot oder lebendig!«

Ein ganzes Heer von Spionen würde ausrücken und ihn im Handumdrehen einkreisen. Flucht war zwecklos.

»Na, mein Junge«, würde einer der Männer sagen, »was machst du denn da Lustiges?«

»Och, nur so ein Spiel«, würde Hermann antworten, »um herauszukriegen, ob heute Montag ist und ich in die Schule gehen muss …«

»Interessant«, würde ein anderer mit schiefem Grinsen sagen, »und wem hast du mit deinem Spielchen die Formel für unsere Supergeheimwaffe übermittelt?«

»Keine Ahnung«, würde Hermann erwidern, »das war reiner Zufall, bestimmt!«

Die Spione würden vielsagende Blicke wechseln.

»Das ist einer von der harten Sorte«, würde der erste Mann murmeln. »Na, der Chef hat seine Mittel, um mit Burschen wie dir fertig zu werden. Verlass dich drauf, du wirst uns alles erzählen. Nehmt ihn mit!«

Und dann würden sie Hermann mit Chloroform betäuben, fesseln und knebeln und in den Kofferraum ihres Autos packen.

Niemand würde je wieder von ihm hören.

Da und dort gingen Leute über den Platz, die meisten mit Regenschirmen, und Hermann fragte sich, wie sie einfach so unbekümmert herumlaufen konnten, ohne an irgendeine Gefahr zu denken. Und dann wurde ihm plötzlich siedend heiß, trotz des Regens, der ihm in die Ärmel und hinten in den Mantelkragen kroch, denn er bemerkte drei finster aussehende Männer mit schwarzen Hüten und in schwarzen Regenmänteln, die langsam, aber geradewegs auf ihn zukamen und ihn nicht aus dem Auge ließen.

Sie kamen also tatsächlich!

Hermann rannte, so schnell er konnte, erst über den Platz, dann in eine Seitenstraße und noch mal um eine Ecke. Im Laufen schaute er zurück. Offenbar verfolgte ihn niemand, das konnte aber natürlich eine Täuschung sein. Falls die Spione ihn wirklich umzingelt und eingekreist hatten, würde er ihnen früher oder später in die Arme laufen, wenn er einfach so kopflos weiterrannte.

Er blieb stehen und überlegte. Jetzt war ihm plötzlich kalt, seine Füße waren nass, der Mantel war inzwischen feucht und schwer. Hermann begann zu bibbern.

Er musste ungesehen von hier wegkommen, das war klar.

Ohne lange zu überlegen, stieg er in einen Lieferwagen, dessen hintere Tür offen stand. Im Laderaum hingen Dutzende von Mänteln, Anzügen und Kleidern. Wahrscheinlich gehörte der Wagen zu einer chemischen Reinigung oder zu einem Bekleidungsgeschäft. Hermann verkroch sich hinter den Sachen. Kaum war er drin, wurde die Tür zugeschlagen, und es war stockfinster. Dann konnte Hermann spüren und hören, wie der Wagen startete und losfuhr.

Nach und nach, während er da hinter den Kleidungsstücken in einer Ecke im Dunkeln hockte und von der Fahrt durchgeschüttelt wurde, dämmerte ihm die Einsicht, dass ihm möglicherweise seine Fantasie einen schönen Streich gespielt hatte. Wieso war er überhaupt vor den drei Männern weggerannt? Wahrscheinlich wären die einfach an ihm vorbeigegangen, ohne ihn zu beachten. Höchstens, dass sie ihn vielleicht gefragt hätten, warum er hier im Regen herumstand, und sie hätten ihm geraten, nach Hause zu gehen. Möglicherweise waren es überhaupt ganz gewöhnliche Fußgänger gewesen und keine Spione.

Aber für all diese Überlegungen war es jetzt zu spät. Jetzt saß er im Lieferauto in der Finsternis, das mit ihm wer weiß wohin fuhr. Und das hatte er sich selbst eingebrockt. Jetzt fing die Sache an, wirklich und wahrhaftig abenteuerlich zu werden, und nicht nur in der Fantasie. Es konnte doch sein, dass dieser Wagen sehr weit weg fuhr, in eine ganz andere Stadt, vielleicht sogar in ein fremdes Land. Wann würde er hier wieder herauskommen? Wenn der Wagen nun in irgendein Lager fuhr und dort tagelang stehen blieb? Er würde verhungern und verdursten. Sollte er schreien und gegen die Wände hämmern, um sich bemerkbar zu machen? Aber wenn ihn niemand hörte? Und wenn doch, was würde man dann mit ihm machen?

Hermann begann ein bisschen zu weinen, nur ganz leise. Er wäre jetzt sehr froh gewesen, bei Papa und Mama zu sein, sogar Carlas Gesellschaft kam ihm beinahe tröstlich vor. Wenn er nur erst mal hier heraus war, würde er sofort nach Hause gehen. Oder er würde mit der Untergrundbahn fahren, je nachdem, wie weit es war. Ein bisschen Geld hatte er ja in seiner Tasche. Und dann würde er den Eltern alles gestehen, ganz ehrlich.

Plötzlich hielt der Wagen, dann wurde die hintere Tür geöffnet, und Kleider wurden herausgenommen. Ausgerechnet jetzt musste Hermann laut niesen.

Einen Augenblick blieb es still, dann schob ein langer Arm die Kleidungsstücke beiseite, und Hermann schaute in das erstaunte Gesicht eines älteren, dicken Mannes.

»Nanu«, sagte er, »wie kommst du denn da rein, Junge?«

Kurz entschlossen sprang Hermann aus dem Versteck, schubste den Mann beiseite und rannte, was er konnte. Im Laufen warf er einen Blick zurück und sah, dass dem Mann die ganzen Kleider, die er über dem Arm gehabt hatte, auf den Boden und in eine Pfütze gefallen waren. Er zeigte hinter Hermann her und schrie etwas, und sein Gesicht war ziemlich rot.

Tut mir leid, dachte Hermann, aber so ist nun mal das Gesetz des Wilden Westens. Er oder ich. Und ich war der Schnellere. Ich bin überhaupt der Schnellste und gefürchtet in allen Staaten von Alaska bis Mexiko.

Sein Laufen verwandelte sich in einen Galopp. Die Hufe seines schwarzen Hengstes Sturmwind donnerten über die Prärie. Er fühlte sich frei und froh und stieß ein gellendes »Jippijoho« aus. Wieder einmal war er seinen Häschern entkommen.

Nach kurzem, scharfem Ritt erreichte er den Fuß der Blauen Berge, und dort lag auch schon der Eingang zu der geheimen Schlucht, den nur er kannte. Keiner der Kopfgeldjäger würde ihn jetzt mehr finden, keiner würde sich die hunderttausend Dollar verdienen, diesen schändlichen Preis, der auf unzähligen Steckbriefen im ganzen Wilden Westen auf ihn, Hermann, genannt Hermy, der Rächer der Entrechteten, ausgesetzt war. Nichts und niemand konnte ihn abhalten, es den reichen und mächtigen Schurken heimzuzahlen, mochten sie nun Bürgermeister sein oder Sheriff oder Richter. Keiner würde seiner gerechten Strafe für das bittere Unrecht entgehen, das sie ihm zugefügt hatten.

Hermy, der Rächer der Entrechteten, zügelte sein Pferd, dass es sich bäumte, um zu überlegen, was für ein bitteres Unrecht das gewesen sein könnte. Während er die Landschaft um sich her mit seinem Adlerblick durchforschte, erlosch das verächtliche Lächeln auf seinen Lippen und machte einem eher ratlosen Gesichtsausdruck Platz.

Offensichtlich war er in einem oberen Stockwerk eines Abbruchhauses gelandet, und er hatte keine Ahnung, wie er überhaupt hierhergekommen war.

Er stand in einem Zimmer, dessen Fenster zerbrochen waren, an den Wänden hingen die Reste von Tapeten und ein paar elektrische Leitungen, in der Decke waren Löcher, und auf dem Fußboden lagen alle möglichen Brocken herum. Die Türen waren entfernt worden.

Hermann inspizierte die anderen Zimmer. In einem fehlte sogar die Seitenwand, man konnte in den Hof hinunterschauen, wo inmitten von Schutthaufen und Pfützen ein großer Bagger stand, der aber im Augenblick nicht in Betrieb war. Vielleicht machten die Arbeiter gerade Pause wegen des Regens, der jetzt immer stärker wurde.

Hermann ging nahe an den Rand und spähte hinunter. Das Zimmer lag im zweiten Stock. Als der Boden leise knackte und Schutt sich löste, zog er es vor, doch lieber vom Rand zurückzutreten.

Im Treppenhaus fehlte das Geländer, trotzdem stieg Hermann in die höheren Stockwerke hinauf. Aber er fand nichts Interessantes, alle Wohnungen waren leer. Erst als er schließlich sogar den Speicher durchsuchte, entdeckte er dort ein paar alte, halb verschimmelte Koffer. Der kalte Wind wehte durch die offenen Dachluken und Hermann begann leise mit den Zähnen zu klappern. Trotzdem wollte er nicht weggehen. Die geheimnisvollen Gepäckstücke übten eine unwiderstehliche Anziehungskraft auf ihn aus.

Eine innere Stimme sagte ihm, dass darin Schätze verborgen waren. Es konnte ja gar nicht anders sein. Sein Herz begann vor Aufregung wild zu klopfen.

Vor längerer Zeit hatte in diesem Haus einmal ein indischer Maharadscha gewohnt – unerkannt natürlich und unter einem ganz normalen Namen wie Lehmann oder Huber –, der seine ganzen Schätze hier oben auf dem Speicher versteckt hatte und später nicht mehr dazu gekommen war, sie abzuholen. Oder noch besser wäre ein Pirat. Ja, es handelte sich um das Gepäck eines weltberühmten Seeräubers. Er war schon vor hundert Jahren gefangen und gehenkt worden, aber seinen Schatz hatte man vergeblich gesucht, weil alle ihn in einem Versteck an einer wilden Felsenküste oder auf einer gottverlassenen Insel vermuteten – nur nicht hier, auf dem Speicher eines ganz gewöhnlichen Mietshauses. Dazu musste man eine so unfehlbare Spürnase haben, wie nur Hermann sie besaß.

Wenn er jetzt die Koffer öffnete, dann würde zuoberst auf einem glitzernden Haufen von Goldmünzen, Perlenketten und Edelsteinen ein uraltes, brüchiges Pergament liegen, auf dem ungefähr Folgendes stand:

Ich, Jonathan Jakob Black, Kapitän und Hauptmann des auf allen sieben Meeren gefürchteten Freibeuterschiffes Windsbraut, vermache diesen durch Raub und Mord erworbenen Schatz demjenigen, der ihn findet, wer auch immer es sein mag, unter der einzigen Bedingung, dass er ihn zum Wohle von Mensch und Tier verwendet, auf dass meine zur Hölle verdammte Seele dermaleinst Ruhe und Frieden finden möge. Tut er es aber nicht, so werde ich ihm als Gespenst auf Schritt und Tritt folgen und ihm zuletzt ein grässliches Ende bereiten.

Und darunter würde ein Totenkopf mit zwei gekreuzten Knochen gemalt sein.

Hermann musste mehrmals hintereinander heftig niesen. Er kramte sein Taschentuch aus der Hosentasche, aber es war schon voll und ganz nass. Er steckte es wieder ein und wischte sich die Nase am Ärmel seines Mantels ab. Dann bückte er sich, um den Koffer zu öffnen.

»Nichts drin«, sagte ein Haufen Zeitungspapier in der Speicherecke plötzlich laut und deutlich, »hab auch schon nachgeschaut.«

Hermann war so erschrocken, dass er buchstäblich kein Glied mehr rühren konnte. Er fühlte, wie seine Kopfhaut prickelte, als würde sie mit tausend Nadeln gepikt. Es war die Empfindung, die in manchen Gruselgeschichten gemeint ist, wenn es heißt, dass einem die Haare zu Berge stehen.

Der Haufen Zeitungspapier rührte sich, und zum Vorschein kam ein alter Mann, der einen zerrissenen Mantel anhatte, Ohrenschützer und eine fleckige Mütze trug und sich nun umständlich eine Brille aufsetzte. Seine Nase war rot und knollig, und sein Kinn zierte ein weißer Stoppelbart. Er musterte den Neuankömmling mit verschmitzten, etwas entzündeten Augen. »He, Kumpel«, sagte er heiser und winkte zum Gruß, »guten Morgen oder guten Abend, je nachdem.«

Hermanns Schreck ließ langsam nach, der alte Kerl sah nicht direkt gefährlich aus. Er hob also auch eine Hand und sagte fast tonlos: »He!«

»Wie geht's der Welt?«, wollte der Alte wissen. »Gibt es sie noch, oder ist sie schon untergegangen?«

Hermann wusste nicht, was er sagen sollte, und zuckte nur die Achseln.

»Ich hab nämlich ungefähr hundert Jahre geschlafen«, fuhr der Alte fort und stand auf. »Glaubst du nicht? Dann lass es, wirst es schon noch glauben. Zeit ist etwas Relatives. Für den einen vergeht sie schnell, für den anderen langsam. Das macht den Umgang mit Menschen so schwierig. Wie soll man da miteinander reden, wenn man sich bloß mal grade unterwegs überholt? Was war gestern für ein Tag, Kumpel?«

»Sonntag«, antwortete Hermann, »oder jedenfalls behaupten das alle.«

Der Alte warf ihm einen raschen Blick zu, dann nickte er. »Siehst du, was hab ich gesagt.« Er streckte sich und gähnte. »Komm, Kumpel, wollen mal nachsehen, ob wir was zum Frühstücken finden.«

Hermann folgte dem Mann zögernd in einen anderen Speicherraum. Irgendwie fühlte er sich geehrt durch die Anrede Kumpel, aber irgendwie schien sie ihm auch wieder etwas übertrieben. Er war ja zwar eine Art Vagabund, aber doch nicht gleich so!

In einer Ecke standen und lagen mehrere Flaschen herum, in einigen war noch ein bisschen Rotwein oder ein Rest Bier. Der Alte trank alles der Reihe nach aus. Hermann beobachtete ihn dabei.

»Wie heißt du eigentlich?«, fragte der Alte.

»Hermann.«

»Ich heiße Albert, aber das brauchst du dir nicht zu merken. Alle nennen mich Einstein. Brauchst nur nach Einstein zu fragen, sogar auf der Polizei. Kennen mich alle. Willst du auch 'n Schluck?«

Hermann schüttelte den Kopf.

Einstein musterte ihn eingehend durch seine Brille. »Meinst wohl, du bist noch zu jung für'n ordentlichen Schluck, wie? Soll ich dir mal was sagen, Hermann? Ich bin kaum älter als du, wetten wir? Wie alt bist du?«

»Neun«, antwortete Hermann nicht ganz wahrheitsgemäß.

»Na bitte, was hab ich dir gesagt«, fuhr Einstein fort und nickte tiefsinnig. »Ich bin in Wirklichkeit erst achtzehn, ein Jüngling von achtzehn Jahren bin ich. Das sieht man mir nur nicht an, weil – ich hab einfach schneller gelebt, verstehst du, Kumpel? Viel schneller. Zeit ist eben relativ.«

»Wirklich?«, fragte Hermann, den dieser Gedanke zunehmend faszinierte. »Wie ist denn so was möglich?«

Einstein hustete lang und ausführlich.

»Hast du mal ‚ne Zigarette für mich, Kumpel?«, krächzte er dann.

Hermann schüttelte den Kopf.

»Nichtraucher, wie?«, fragte Einstein. »Na ja, ich rauche auch nicht – jedenfalls wenn ich schlafe. Im Schlaf bin ich Nichtraucher. Ist eben alles relativ, was man ist. Hast du Geld?«

»Bloß mein Taschengeld.«

»Viel?«

»Sechs Mark«, murmelte Hermann.

»Das reicht«, stellte Einstein fest.

»Wofür?«, fragte Hermann.

Einstein überlegte einige Augenblicke, dann erklärte er: »Ich meine, du bist reich. Ich könnte auch reich sein. Wir könnten beide reich sein, wenn du willst, natürlich.«

»Mit sechs Mark?«, meinte Hermann zweifelnd. »Das nennen Sie reich?«

»Das ist auch relativ«, sagte Einstein. »Für sechs Mark kann man viel Geld kaufen, Hermann. Hunderte, Tausende vielleicht. Möchtest du tausend oder zweitausend Mark haben, Kumpel?«

Das wollte Hermann natürlich schon, aber er traute der Sache nicht.

»Man kann doch nicht für wenig Geld viel Geld kaufen«, sagte er, »da wäre es ja ganz einfach, Geld zu verdienen. Da müsste ja niemand mehr arbeiten.«

»Arbeite ich vielleicht?«, erwiderte Einstein. »Nein, Hermann, das tue ich schon lange nicht mehr. Kein vernünftiger Mensch tut das. Hast du schon mal was von Zinsen gehört, Kumpel?«

Hermann nickte unsicher. Gehört hatte er das Wort schon öfter, aber was es genau bedeutete, wusste er nicht.

Einstein fuhr fort: »Ich erklär dir's, Hermann. Zinsen, das bedeutet, wer erst mal Geld hat, der braucht nichts mehr zu tun. Das Geld vermehrt sich ganz von allein. Es wird immer mehr und immer mehr. Sozusagen aus nichts. Hört sich an wie ein Zaubertrick, nicht wahr? Ist ja auch einer, aber einer, der wirklich funktioniert. Ich würd's dir beweisen, Hermann, wenn ich nicht zufällig gestern mein ganzes Kapital ausgegeben hätte. Und ganz ohne geht es nicht am Anfang.«

»Wieso vermehrt es sich?«, fragte Hermann. »Wie soll denn das gehen?«

Einstein schob seine Brille auf die Stirn. »Das ist einem Laien sehr schwer zu erklären. Zufällig bin ich Fachmann auf diesem Gebiet. Ich werd's so einfach wie möglich machen, aber du musst genau aufpassen. Also, nehmen wir an, ich bin eine Bank und du bist du. Jetzt gibst du mir, sagen wir mal, hundert Mark. Die lässt du ein Jahr lang auf der Bank, also bei mir, liegen. Nach einem Jahr gebe ich dir die hundert Mark zurück und noch zehn Mark dazu. Jetzt gibst du mir die hundertzehn Mark. Nach einem Jahr bekommst du von mir, das heißt von der Bank, schon elf Mark dazu, weil du mir ja diesmal mehr Geld gegeben hast als beim ersten Mal. Nach zwei Jahren hast du also schon hunderteinundzwanzig Mark. Und so geht das eben immer weiter. Jedes Jahr wird es mehr Geld, ganz von selbst. Das nennt man Zins und Zinseszins. Tolle Sache, findest du nicht?«

»Schon«, meinte Hermann, »nur, es dauert ziemlich lang.«

Einstein nickte wieder auf seine tiefsinnige Art. »Da hast du allerdings recht, Kumpel. Das ist genau der Punkt. Und deswegen bin ich Zeitreisender geworden, wie ich dir ja schon sagte.«

»Was geworden?«, fragte Hermann verwundert.

»Zeitreisender«, erklärte Einstein. »Noch nie was davon gehört? Ein sehr moderner Beruf. Gibt's erst seit meinem Namensvetter, diesem Professor da. Manche Leute reisen von einem Ort zum anderen, hin und wieder zurück. Die reisen im Raum. Ein Zeitreisender reist in die Vergangenheit oder in die Zukunft, zum Beispiel ins vorige Jahr oder hundert Jahre zurück oder ins nächste Jahrtausend.«

Hermann starrte den Alten mit offenem Mund an. »Waren Sie wirklich schon mal in der Zukunft?«

»Klar«, sagte der Alte, »Dutzende Male.«

»Und wie ist es da?«, wollte Hermann wissen.

Einstein verzog den Mund. »Nichts Besonderes. Ziemlich langweilig sogar.«

»Könnten Sie …«, stotterte Hermann, »… könnten Sie mich da mal mitnehmen?«

Der Alte kratzte sich durch die Mütze hindurch am Kopf und machte ein sorgenvolles Gesicht. »Tja, also weißt du – ich fürchte, das wird nicht gehen. Du hast ja sicher davon gehört, wie lang die Astronauten trainieren müssen, bis sie eine Reise ins Weltall aushalten können. Bei uns Zeitreisenden ist das sogar noch schwieriger. Ich habe jahrelang trainiert, bis ich soweit war. Ich fürchte, du würdest glatt tot umfallen, wenn ich dich mitnehmen würde. Das will ich nicht verantworten. Täte mir leid um dich, weil du wirklich ein prima Kumpel bist, Hermann.«

»Ach so«, sagte Hermann enttäuscht, »Sie haben mich bloß auf den Arm genommen.«

Einstein schob die Brille wieder auf seine Nase und blickte den Jungen beleidigt an. »Glaubst du vielleicht, ich schwindle? Dann tut's mir leid, Hermann. Dann brauchen wir nicht länger miteinander zu quatschen.« Er stand auf und wollte weggehen.

»Beweisen Sie's doch!«, rief Hermann trotzig.

Einstein blieb stehen und drehte sich langsam um. »Ich hab dich doch gefragt, ob du vielleicht 'ne Menge Geld haben willst. Aber du willst ja nicht. Tut mir leid.«

»Wo ist da der Beweis?«, fragte Hermann.

»Das würdest du schon sehen«, sagte der Alte. »Wären zehntausend oder hunderttausend Mark vielleicht kein Beweis?«

»Hunderttausend?«, flüsterte Hermann. »Wirklich?«

»Kann auch mehr sein«, fuhr Einstein in beiläufigem Ton fort. »Soviel du willst. Wie wär's mit einer Million?«

Hermann verschlug es die Sprache.

»Aber natürlich«, setzte der Alte hinzu, »brauche ich erst mal ein Anfangskapital, denn aus nichts wird nichts. Deine sechs Mark würden genügen.«

»Wie würden Sie das denn machen?«

»Hast du das noch nicht kapiert, Kumpel? Ist doch ganz einfach. Ich reise hundert Jahre in die Vergangenheit und eröffne dort mit deinem Geld ein Bankkonto. Dann komme ich in die Gegenwart zurück und gehe in die gleiche Bank. In den hundert Jahren hat sich das Geld natürlich schon ganz schön vermehrt, verstehst du? Jetzt lass ich mir alles auszahlen und reise damit wieder hundert Jahre zurück. Dort zahle ich alles wieder ein, kehre in die Gegenwart zurück und hebe alles wieder ab. Und das mache ich so oft, bis ich die gewünschte Summe beisammen habe. Ist doch ein Kinderspiel. Also, wie viel willst du? Brauchst es nur zu sagen.«

»Und Sie würden mir wirklich eine Million mitbringen?«

»Kein Problem, Kumpel.«

»Und wie lange würde das dauern?«

Einstein schüttelte etwas ärgerlich den Kopf. »Du hast immer noch nichts begriffen, Hermann. Das würde überhaupt nicht dauern, weil ich doch zu jedem beliebigen Zeitpunkt hierher zurückreisen kann.« Er überlegte einen Augenblick und meinte dann: »Na ja, sagen wir mal, in einer halben Stunde bin ich wieder hier. Nur so als Sicherheitsspielraum für alle Fälle. Einverstanden?«

Hermann war verwirrt und schrecklich aufgeregt. Er kramte sein kleines Portemonnaie aus der Tasche und gab dem Alten die sechs Mark. »Aber kommen Sie auch bestimmt wieder, Herr Einstein?«

»Was denkst du denn von mir!«, sagte der. »Ich hab noch nie einen Kumpel sitzen lassen. Also, in einer halben Stunde. Und lauf nicht weg, hörst du!«

»Bestimmt nicht. Und vielen Dank.«

Einstein schien es plötzlich eilig zu haben. Ohne sich noch einmal umzudrehen, brummte er im Weggehen nur noch: »Keine Ursache, Kumpel!«, dann war er verschwunden.

Draußen rauschte der Regen, Hermann saß auf einem der alten schimmeligen Koffer und wartete auf die Rückkehr des Zeitreisenden.

Er versuchte sich vorzustellen, wie viel eine Million Mark eigentlich war, aber er konnte es nicht. Er wusste nur, dass es sehr, sehr viel Geld war. Vielleicht passte es gar nicht alles in seinen Schulranzen hinein. In diesem Fall würde er einfach einen dieser alten Koffer benützen. Irgendwie würde er es schon nach Hause bringen.

Dann malte er sich aus, was Vater und Mutter für Gesichter machen

123456789101112131415161718192021222324
123456789101112131415161718192021222324

würden, wenn sie die Million sähen. Davon, dass er heute Schule geschwänzt hatte, würde ganz bestimmt keine Rede mehr sein. Im Gegenteil, sie würden ihn sogar loben und ganz außerordentlich bewundern. Sie würden furchtbar stolz auf ihn sein und ihn dem Schwesterchen als leuchtendes Vorbild hinstellen – obwohl Carla natürlich noch zu dumm war, um das wirklich zu verstehen.

Dann überlegte er, was er für die Million alles kaufen könnte. Ein neues Auto für den Vater, Kleider und Pelzmäntel für die Mutter, für sich selbst die elektrische Eisenbahn mit der Spurbreite 00 und das Aquarium für Warmwasserfische, das er sich schon so lang wünschte, und vielleicht noch Eishockeyschlittschuhe und ein Luftdruckgewehr und, wenn dann noch Geld übrig war, ein Zwölfgang-Rennrad.

Ab und zu musste er niesen. Er fror immer stärker und fing an, sich wirklich elend zu fühlen. Warum kam Einstein nicht zurück? Die halbe Stunde war längst um.

Hermann versuchte sich vorzustellen, wie eine solche Zeitreise wohl vor sich ging und was man dabei fühlte, wenn die Tage, Wochen und Monate an einem vorbeirasten. Vielleicht war es mit Kopfweh oder Bauchschmerzen verbunden oder mit Schwindelgefühlen und sogar Bewusstlosigkeit. Einstein hatte doch gesagt, dass man erst lange trainieren musste, ehe man es aushielt. Vielleicht hing es mit diesen übermenschlichen Anstrengungen zusammen, dass er schon so alt aussah, obwohl er doch erst achtzehn Jahre alt war.

Wer weiß, was für Gefahren er jetzt gerade bestehen musste. Aber daran war er ja natürlich gewöhnt. Vielleicht versuchte er schon die ganze Zeit zurückzukehren und konnte es nicht, weil er sich den heutigen Tag nicht genau gemerkt hatte. In dieser Hinsicht schien er es ja nicht gerade besonders genau zu nehmen, weil er nicht mal gewusst hatte, dass gestern Sonntag war. Am Ende war er jetzt zu einem ganz falschen Tag zurückgekehrt, zum Beispiel zu Übermorgen oder Vorgestern. Und da saß er nun und wunderte sich, warum Hermann nicht da war.

Nachdem er ungefähr zwei Stunden gewartet hatte, schien es ihm sicher, dass irgendetwas Unvorhergesehenes die Rückkehr Einsteins verhindert hatte. Helfen konnte er ihm nicht, aber noch länger zu warten, hatte auch keinen Sinn mehr. Außerdem war ihm inzwischen so kalt und er fühlte sich so miserabel, dass er beschloss, doch lieber noch in die Schule zu gehen, wo es wenigstens warm und trocken war.

Er holte einen Buntstift aus seinem Ranzen und schrieb mit großen Buchstaben an die Wand:

LIBER HERR EINSTEIN
KONNTE NICH MER LENGER WARTEN
BITTE SCHIKEN SIE DIE MILJON
ZU MIR NACH HAUSE
IHR KUMPEL HERMANN

Dann verließ er den Speicher, stieg die brüchige Treppe hinunter und ging aus dem Haus. Es regnete noch immer.

Eine Weile irrte Hermann durch die Straßen, die ihm allesamt völlig unbekannt waren. Dann entdeckte er den Eingang zu einer U-Bahn-Station und stieg hinunter. Er wusste ja, welche Linie in die Nähe der Schule fuhr, nur wusste er nicht, ob es diese Linie hier überhaupt gab oder wo er in sie umsteigen konnte. Während er nach einem Hinweisschild oder einem Linienplan suchte, fiel ihm plötzlich ein, dass er bei seiner Botschaft an Einstein vergessen hatte, seine Adresse dazuzuschreiben. Und ohne die konnte der Zeitreisende ihn ja unmöglich finden. Er beschloss, noch mal in das Abbruchhaus zurückzugehen, denn schließlich ging es ja um eine Million. Doch dann blieb er plötzlich wie vom Donner gerührt stehen.

Da saß Einstein in einer schmutzigen Ecke auf dem Boden und schlief. Neben ihm stand eine leere Weinflasche.

Mit einem Schlag war Hermann alles klar. Der Mann hatte ihn ganz einfach reingelegt. Er hatte ihm das Geld abgeschwindelt, um sich zu betrinken. Das war also seine ganze Zeitreise gewesen.

Hermann überlegte, was er jetzt tun sollte. Ihn wecken? Aber wozu? Sein Geld würde er ganz bestimmt nicht zurückbekommen, das hatte der Alte ja längst verbraucht. Auf die Polizei gehen? Dort würden sie ihn bestimmt fragen, wie er hierherkäme und warum er nicht in der Schule wäre, dann würde alles herauskommen. Und was würden sie dann mit ihm machen? Wurde man für Schuleschwänzen eingesperrt? Hermann war sich nicht sicher.

Während er noch nachdachte, sah er zwei Beamte von der Funkstreife in schwarzen Lederjacken kommen. Er versteckte sich schnell hinter einer Säule und beobachtete, wie die Polizisten sich über Einstein beugten und ihn wachschüttelten. Der lallte bloß irgendetwas und schien keine Lust zu haben aufzustehen. Sie packten ihn unter den Armen, zogen ihn hoch und führten ihn zwischen sich weg. Als sie an Hermann vorbeikamen, schaute der Penner ihm ins Gesicht, aber er schien sich nicht an den Jungen zu erinnern.

»'tschuldigung, meine Herren«, hörte Hermann ihn zu den beiden Polizisten sagen, »in welchem Jahrhundert sind wir eigentlich gerade?«

Aber die gaben ihm keine Antwort.

Hermann starrte gedankenverloren hinter ihnen her, auch als sie schon lange außer Sicht waren.

Nein, so wollte er nicht werden wie dieser Einstein! Obwohl er auf dem besten Weg dazu war, das stand ihm jetzt klar vor Augen. Der Unterschied zwischen ihnen beiden bestand eigentlich nur darin, dass er selbst eben erst damit anfing, während Albert schon sein ganzes Leben geschwänzt hatte.

Hermann beschloss, auf der Stelle ein neuer Mensch zu werden. Von jetzt an wollte er ein braver Junge sein, ein Muster an Fleiß und guten Manieren, eine Freude für seine Eltern und Lehrer. Er würde jetzt sofort in die Schule gehen und ehrlich seine Schuld eingestehen, ganz gleich, welche Strafe ihn erwartete. Es wäre ja sowieso die letzte, weil dergleichen nie wieder vorkommen würde.

Dieser gute Vorsatz erwies sich allerdings schon im nächsten Augenblick als sehr schwer durchführbar. Er hatte ja kein Geld mehr, und ohne Geld konnte er keine Fahrkarte kaufen, und ohne Fahrkarte konnte er nicht mit der U-Bahn fahren, das heißt, er konnte schon, aber dann musste er schwarzfahren. Das bedeutete, dass er, um sein tugendhaftes Leben zu beginnen, erst mal eine neue Missetat begehen musste. Und wenn man ihn dabei erwischte, dann musste er fünfzig Mark Strafe zahlen, und die hatte er nicht, und deshalb würde er ins Gefängnis gesteckt werden, und dann würden seine Eltern davon benachrichtigt werden, und die würden sich von ihm lossagen und nichts mehr mit ihm zu tun haben wollen …

Hermann begann leise zu schluchzen, und der Rotz lief ihm aus der Nase.

Trotzdem, er musste es tun, es blieb ihm gar nichts anderes übrig. Er musste es wenigstens versuchen, auch wenn er fast schon sicher war, dass man ihn erwischen würde.

Schluchzend studierte er den Linienplan, der in einem erleuchteten Schaukasten hing, und stellte fest, dass er erst mit der Linie 8 bis zum Stadtzentrum fahren und dort in die Linie 5 umsteigen musste, die in die Gegend seiner Schule fuhr. Schluchzend ging er durch die Sperre, wo er eigentlich die Fahrkarte in den Automaten hätte stecken müssen. Schluchzend fuhr er auf der Rolltreppe ein Stockwerk hinunter. Schluchzend wartete er auf den Zug der Linie 8 und fuhr damit zum Stadtzentrum. Schluchzend stieg er dort um in die Linie 5. Und die ganze Fahrt über hatte er das Gefühl, dass alle Menschen ihn anstarrten. Er war der Gegenstand des allgemeinen Interesses, und doch hatte er sich noch nie so allein gefühlt.

Als er schließlich an der Station in der Nähe seiner Schule ausstieg und an die Erdoberfläche zurückkehrte, überkam ihn ein großes Gefühl der Erleichterung. Niemand hatte ihn angeredet, kein Kontrolleur hatte ihn nach der Fahrkarte gefragt, alles war noch einmal gut gegangen. Das Schicksal hatte Gnade walten lassen. Er hörte auf zu weinen. Er fühlte sich dem lieben Gott oder seinem Schutzengel gegenüber so von Herzen dankbar, dass er es kaum erwarten konnte, seinen guten Willen zu beweisen.

Er bog um die letzte Ecke und sah das Schulhaus vor sich. Das große Eingangstor stand offen, und gerade in diesem Augenblick ergoss sich lärmend und schreiend ein Strom von Kindern auf die Straße, auch seine Klassenkameraden waren darunter. Die Schule war aus, er war endgültig zu spät gekommen, und daran konnte auch all sein guter Wille nichts mehr ändern.

Hermann versteckte sich in einem Hauseingang, um von den anderen Kindern oder gar einem der Lehrer nicht gesehen zu werden. Als endlich alle fort waren, machte auch er sich schniefend und niesend auf den Weg nach Hause.

Er war erbittert. Seine guten Vorsätze interessierten im Grunde niemanden, nicht einmal den lieben Gott – sonst hätte der es ja ganz leicht ein bisschen anders einrichten können. Irgendeine Art von Anerkennung – eine ganz kleine wenigstens – hatte er schließlich verdient.

Und wenn er jetzt nach Hause kam, dann würde auch dort alles so weitergehen wie bisher mit »Hermann, tu dies!« und »Hermann, lass das sein!« und mit Carla und allem. Und er wäre wieder der Herr Niemand aus Nirgendhausen. Wie soll sich einer da bessern? Jetzt hatte er überhaupt keine Lust mehr dazu. Er konnte nur hoffen, dass er sich eine Lungenentzündung geholt hatte und bald daran sterben würde.

Als er die Tür der Wohnung leise hinter sich zumachte, rief die Mutter aus der Küche: »Hermann, bist du's?«

Da er nicht antwortete, kam sie in den Flur und erschrak sichtlich bei seinem Anblick. »Um Himmels willen, was ist denn los mit dir? Bist du ins Wasser gefallen, Hermann? Du bist ja patschnass. Und wieso bist du so dreckig?«

Hermann antwortete immer noch nicht. Er fühlte sich jetzt wirklich sehr elend. Er zitterte am ganzen Leib und die Zähne schlugen ihm leise aufeinander. Schweigend und mit gesenktem Kopf wartete er darauf, gründlich ausgeschimpft zu werden. Sollte sie doch, es war ihm ganz egal.

»Komm, zieh schnell das nasse Zeug aus!«, sagte die Mutter und half ihm dabei. »Ich glaube, du bist krank, Manni. Du hast dich ja schlimm erkältet.«

»Manni« hatte sie schon lange nicht mehr zu ihm gesagt.

Sie zog ihn ins Wohnzimmer und legte ihm die Hand auf die Stirn.

»Du hast ja Fieber, Kind«, sagte sie sehr besorgt.

Im Schlafzimmer begann das Schwesterchen zu schreien.

»Carla weint«, sagte Hermann.

»Ja, ja«, antwortete die Mutter, »aber jetzt müssen wir uns erst mal um dich kümmern, Manni. Komm, ich mach dir ein heißes Bad, und dann packen wir dich ins Bett und ich mach dir einen Umschlag.«

Während all dies geschah, fragte die Mutter ihn weder aus, was er angestellt hatte, noch sagte sie wie üblich: »Warte nur, bis der Papa nach Hause kommt, dann gibt's was!«, noch schien sie ihm sonst irgendwie böse zu sein. Sie war nur besorgt um ihn, ganz ehrlich besorgt, und zwar mindestens genauso, wie sie es in letzter Zeit um Carla gewesen war, vielleicht sogar eher noch ein klein bisschen mehr. Als er im Bett lag, bekam Hermann auf einem Tablett Kakao und Buttersemmeln, was er besonders gern mochte. Und einen Halswickel, den er weniger mochte.

»Mit der Schule«, meinte die Mutter, »wird es wohl für ein paar Tage nichts sein.«

»Na ja«, krächzte Hermann und nieste.

»Erst wenn du wieder gesund bist«, fuhr die Mutter fort. »Ich rufe morgen an und entschuldige dich.«

Hermann druckste ein bisschen herum und gestand dann heiser: »Heut war ich auch schon nicht in der Schule.«

Die Mutter nickte. »Das hab ich mir beinah gedacht.« Das war alles. Mehr sagte sie nicht. Sie strich ihm nur das Haar aus der Stirn und deckte ihn gut zu.

Am Abend, als der Vater heimkam, hörte Hermann, wie die Eltern im Wohnzimmer erst eine Weile gedämpft miteinander redeten. Dann kam der Vater an sein Bett und begrüßte ihn und wollte wissen, wie es ihm ging. Und auch er schimpfte überhaupt nicht.

Im Gegenteil, nach dem Abendessen tat er etwas, was er schon lange nicht mehr getan hatte. Er holte ein Buch und las Hermann eine spannende Geschichte vor.

Sie hieß *Der lange Weg nach Santa Cruz* und handelte von einem außerordentlich tapferen Mann, der eine sehr wichtige, geheime Botschaft in eine Stadt namens Santa Cruz bringen musste. Je näher er seinem Ziel kam, desto unüberwindlicher schienen die Schwierigkeiten, die sich vor ihm auftürmten. Am Ende schien es wirklich ganz aussichtslos, aber der tapfere Mann schaffte es doch. Und als er zuletzt mehr tot als lebendig nach Santa Cruz kam, da musste er feststellen, dass die ganze Stadt leer war. Diejenigen, denen er die Botschaft hatte bringen sollen, waren längst nicht mehr da. Alle seine Anstrengungen waren umsonst gewesen.

Als der Vater fertig gelesen hatte, schwiegen sie beide eine Weile, um ihre innere Bewegung zu meistern.

Schließlich sagte Hermann leise: »Genauso ist es mir heute auch gegangen, Papa.«

Der Vater nickte ernst. »Ich verstehe, mein Junge.«

»Wirklich?«, fragte Hermann erstaunt.

»Ja«, sagte der Vater. »Ich bin auch schon mal nach Santa Cruz geritten.«

Hermann richtete sich auf und der Vater drückte ihn sanft in die Kissen zurück. »Bleib liegen, Manni. Jeder reitet mal nach Santa Cruz.« Und nach kurzem Nachdenken fügte er hinzu: »Manche sogar mehr als einmal.«

Hermann schaute den Vater dankbar an. Er fand, dass er einen ganz fabelhaften Papa hatte. Und eine ebenso fabelhafte Mama. Und mit dem Schwesterchen würde er von jetzt an schon irgendwie klarkommen. Vielleicht würde sich ja noch herausstellen, dass es sogar ganz nett war, ein Schwesterchen zu haben – wenn man erst mal vernünftig mit ihm reden konnte.

»Nur eines wüsste ich noch gern«, sagte der Vater. »Hattest du eine geheime Botschaft zu überbringen?«

Hermann überlegte lange, ehe er flüsterte: »Ich weiß nicht … ich glaub schon … aber …«

»Pst!«, machte der Vater und legte den Finger an die Lippen. »Sag nichts! Schließlich ist sie doch geheim, nicht wahr?«

Gerade in diesem Augenblick kam die Mutter herein, die währenddessen Carla versorgt hatte. Sie blickte zwischen den beiden hin und her und sagte: »Na, ihr? Ihr seht ja fast aus, als ob ihr eine Verschwörung angezettelt hättet.«

Vater und Sohn wechselten einen Blick und beide mussten schmunzeln.

»Nehmt ihr mich auch auf?«, fragte die Mutter.

Der Vater zwinkerte Hermann zu. »Wollen wir?«

»Klar!«, sagte Hermann.

DER LINDWURM UND DER SCHMETTERLING ODER DER SELTSAME TAUSCH

1. Akt
Einst war ein finstrer Felsenturm
bewohnt von einem Drachenwurm,
der spuckte Feuer hint' und vorn,
war voller Stacheln und voll Zorn.

Doch eines Tags kam zu Besuch
Professor Hicks mit einem Buch.
Er forschte vorn und forschte hint',
furchtlos, wie solche Leute sind.
Er maß das Tier voll Wissensdrang:
Mit Schwanz war's dreißig Meter lang!

Das undankbare Scheusal fraß
den Forscher samt dem Metermaß.
Zur Reue sah es keinen Grund,
es war voll Bosheit, doch gesund.

Jedoch – das Buch war unverdaulich!
Dem Drachen wurde grimm und graulich,
drum spuckte er aus seinem Bauch
das Buch und den Gelehrten auch.
Der Forscher, ohne Abschiedswort,
nahm seine Brille und ging fort.
Doch schau! Das Buch ließ er zurücke,
sei's aus Zerstreutheit, sei's aus Tücke.

Der Drache fing zu lesen an.
Das hätt' er besser nicht getan!
Denn kaum hat er hineingeguckt,
da las er schwarz auf weiß gedruckt,
dass jeder Wurm, der Feuer spei,
ganz einwandfrei ein LINDWURM sei.

Der Drache schrie, vor Wut fast blind:
»Ich bin nicht lind! Ich – bin – nicht – LIND!!!«
Das Buch zerriss er kurz und klein,
er wollte halt kein LINDWURM sein.
Und zum Beweise seines Grimmes
tat er den ganzen Tag nur Schlimmes.

Was er auch tat, der Wurm blieb LIND.
Da weint' er schließlich wie ein Kind,
er ging von nun an nie mehr aus
und lag mit Kopfweh krank zu Haus.

Lind-
wurm
lindwurm

2. Akt
Auf einer Wiese voller Pflanzen
übt' sich ein Kohlweißling im Tanzen.
Er war von zärtlichem Gemüte
und sehr galant zu jeder Blüte.
Doch auch mit den Kohlweißlingsmädchen
dreht' er den Walzer wie auf Rädchen.

Er war empfindsam und bescheiden,
vor allem konnt' er Lärm nicht leiden.
Ihn machte das Verkehrsgetöse
der nahen Straße richtig böse.
Drum sucht' er in des Waldes Gründen
die Ruhe, die er liebt', zu finden.

Kaum war er dort, kam eine Hummel
des Wegs daher mit viel Gebrummel.
Der Kohlweißling rief: »Unerhört!
Auch hier wird man durch Lärm gestört!«
Die Hummel brummte: »Dummes Ding!
Du heißt ja sogar SCHMETTERLING!«
Der Kohlweiß ward vor Schreck kohlweiß:
»Wie furchtbar, dass ich SCHMETTER heiß'!«

Von nun an tanzte er nicht mehr,
ging nur auf Zehen noch umher –
doch der Erfolg war sehr gering:
Er war und blieb ein SCHMETTERLING.
Verzweifelt rang er seine Beine,
zog sich zurück und haust' alleine
als Eremit in einer Wüste,
wo er für sein Geschmetter büßte.

3. Akt
Doch eines Tags kam eine Schlange
vorbei im Zick-Zack-Schlendergange,
die sprach: »Es ist direkt zum Lachen!
Ich kenne nämlich einen Drachen,
der grämt sich, weil er LINDwurm heißt.
Tjaja, so ist das Leben meist.«
Drauf zwinkert' sie mit List im Blick
und zog davon im Zack und Zick.

Der Schmetterling bedachte lange
die klugen Worte jener Schlange.
Er grübelt' vierzehn Tage fleißig,
dann rief er plötzlich: »Ha, jetzt weiß ich!«

Er packte etwas Proviant
und reiste lange über Land,
bis er, wenngleich auch höchst beklommen,
zu jenem Drachenturm gekommen.
Am Boden lagen bleiche Knochen –
der Wandersmann wagt' kaum zu pochen.

Doch schließlich trat er in den Turm.
Im Bett lag krank der Drachenwurm
und fing sofort zu jammern an.
Der Schmetterling jedoch begann:
»Ich hab' gehört, was Ihnen fehlt.
Wie wär's, wenn wir, was jeden quält,
ganz einfach tauschten miteinand'?
Ich werde SCHMETTERLING genannt.«

Der Lindwurm, der verstand erst nicht,
doch bald verklärt' sich sein Gesicht,
und als er schließlich ganz verstand,
da schüttelt' er dem Gast die Hand
(ganz überaus behutsam freilich!).
Er holt' Papier und Tinte eilig,
der Tausch ward schriftlich festgelegt.
»Gemacht!«, rief jeder tief bewegt,
und Arm in Arm verließ den Turm
ein LINDLING und ein SCHMETTERWURM.

FILEMON FALTENREICH

Mitten im indischen Urwald lebte ein sehr alter und sehr weiser Elefant namens Filemon Faltenreich. Er stand auf vier gewaltigen Beinsäulen am Ufer des heiligen Stroms, streute sich hin und wieder ein wenig weißen Sand auf den Kopf oder nahm eine kühle Dusche, um sich zu erfrischen; denn die Natur hatte ihn in ihrer Freigebigkeit neben vielen anderen Gaben auch noch mit einer eigenen Badebrause beschenkt. Überhaupt erwies sich der Rüssel als ein nützlicher und vielseitig verwendbarer Körperteil. Filemon Faltenreich empfand es täglich aufs Neue voll Dankbarkeit und Freude.

Seit wie langer Zeit er hier schon lebte, konnte niemand in der Nachbarschaft mit Bestimmtheit sagen. Selbst die ältesten Schildkröten behaupteten, er habe schon immer an dieser Stelle gestanden, soweit sie sich auch zurückerinnerten. Mit einem Wort, niemand kannte Filemon Faltenreichs wirkliches Alter. Und er selbst hatte es vergessen; denn für solche Nebensächlichkeiten hatte er kein Gedächtnis.

Er dachte an ganz andere Dinge, er war ein Philosoph.

Obwohl Filemon Faltenreich geradezu erstaunliche Körpermaße besaß, war seine Haut doch noch weitaus reichlicher bemessen. Sie war so üppig, dass gut und gern zwei Elefanten seiner Größe darin Platz gehabt hätten.

Er aber wohnte ganz allein in dieser gewaltigen Hülle, und darum hing sie in ungezählten Falten an ihm herunter – was unleugbar einen sehr wohlhabenden Eindruck machte. Darauf war er durchaus nicht stolz, sondern nahm diese Fülle ebenfalls dankbar und zufrieden als ein unverdientes Geschenk der Natur hin. Außerdem gab er nicht viel auf Äußerlichkeiten; dazu hatte er zu lange und zu tief nachgedacht.

Nun müsst ihr natürlich nicht denken, dass er die ganze Zeit bewegungslos auf ein und demselben Fleck gestanden hätte. Ab und zu ging er schon einmal ein Stündchen durch den Urwald spazieren; einerseits, um sich etwas Bewegung zu machen, andererseits, um die frischen saftigen Triebe von den Bäumen zu pflücken und genießerisch zu verspeisen. Auch Philosophen müssen bisweilen etwas essen. Und gerade Filemon Faltenreich hatte einen gesegneten Appetit. Auch das erfüllte sein Herz mit Dankbarkeit und Freude.

Im Übrigen war er anspruchslos und bescheiden. So bescheiden, dass er trotz seiner geradezu erstaunlichen Körpermaße niemanden auch nur im Geringsten störte. Im Gegenteil, die meisten Tiere in der Nachbarschaft hatten sich daran gewöhnt, ihn sozusagen als Gartenhaus zu benutzen, wenn er auf seinem Platz am Ufer des heiligen Stromes stand. Sie stellten sich zwischen den Beinsäulen unter, wenn es regnete; oder sie ruhten sich in seinem Schatten aus, wenn die Sonne vom Himmel brannte.

Filemon Faltenreich hatte nichts gegen diese nützliche Verwendung seines Daseins einzuwenden, sofern man ihn dabei in Ruhe ließ und ihn nicht am Nachdenken hinderte.

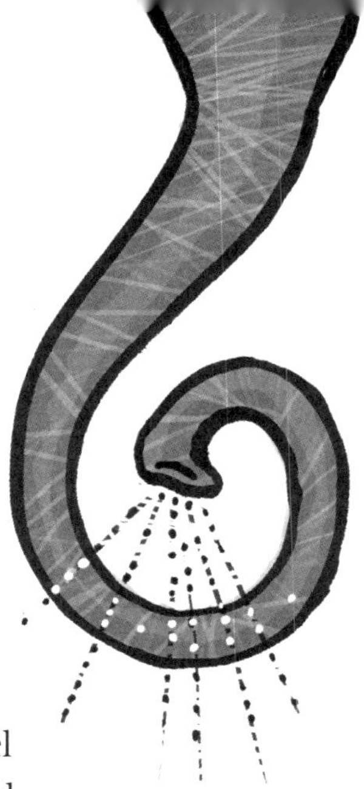

Nun werdet ihr sicher wissen wollen, worüber Filemon Faltenreich wohl so viel nachdachte. Nun, eigentlich liebte er jeden Gedanken, der groß und schön war. Hauptsächlich groß; denn so war er selbst – und nicht nur äußerlich, sondern auch in seiner Seele.

Wenn zum Beispiel der samtblaue Nachthimmel Indiens sich in dem Wasser zu seinen Füßen spiegelte, dann war Filemon Faltenreich ergriffen und dachte voll Ehrfurcht: Mond! Sonst dachte er nichts, nur einfach: Mond! Es war ein sehr großer Gedanke.

Filemon Faltenreich wiegte sein mächtiges Haupt hin und her, raschelte leise mit seinen reichlich bemessenen Ohren und fühlte sich klein und unbedeutend im Vergleich zu den Wundern des Nachthimmels, und es erfüllte sein Herz mit Andacht und Freude, sich so zu fühlen.

Natürlich hatte er auch noch andere Gedanken, über die er nachdachte.

Blume!, war zum Beispiel auch ein sehr großer und schöner Gedanke. Er war geradezu unergründlich, obwohl doch eine Blume äußerlich oft nur klein und unscheinbar aussieht. Aber die äußere Größe hat nichts zu bedeuten. Das wusste Filemon Faltenreich; darum war er so still und bescheiden.

Übrigens kam er oft viele Jahre lang mit einem einzigen Gedanken aus; denn es schien ihm, als würde der Gedanke immer größer und tiefer, je länger er über ihn nachdachte. Und ich kann nur hoffen, dass ihr das alle versteht und nicht etwa darüber lacht, wie es die Affen taten, die in den Baumkronen zu Filemon Faltenreichs

Mond

Häupten einen ständigen wissenschaftlichen Kongress abhielten und die behaupteten, mit so einfachen Gedanken würden sie im Handumdrehen fertig.

Filemon Faltenreich lächelte nur über dergleichen Behauptungen, streute sich etwas weißen Sand auf den Kopf und schwieg. Leute, die vier Hände gleichzeitig umdrehen können, werden eben mit allem im Handumdrehen fertig und sind sehr schwer davon zu überzeugen, dass es oft gar nicht darauf ankommt, rasch mit etwas fertig zu werden. Filemon Faltenreich jedenfalls verzichtete gerne darauf. Er war eben ein Weiser!

Ein wenig stromabwärts, dort, wo der heilige Strom nach rechts abbiegt, lag am Strand ein großer Haufen, der aus angeschwemmtem und verfaultem Tang und noch anderen, ziemlich unappetitlichen Sachen bestand.

Dieser Haufen verbreitete einen äußerst unangenehmen Geruch. Die Tiere in der Nachbarschaft hätten den stinkenden Haufen gerne entfernt, aber das war leider mit erheblichen Schwierigkeiten verbunden. Der Haufen war nämlich bewohnt, und zwar von einer sehr beträchtlichen Anzahl von Mietern. Es handelte sich um eine bedeutende Kolonie von Fliegen jeder Art und Größe. Wie viele Einwohner diese Kolonie tatsächlich umfasste, hatten die Fliegen bisher noch nicht einmal selbst feststellen können. (Weil sie sich einfach nicht ruhig halten konnten und beständig durcheinanderschwirrten.) Aber zweifellos waren es sehr viele. Und weil sie so viele waren, fühlten sie sich unerhört wichtig.

»Wir sind die wichtigsten Wesen auf der ganzen Welt«, pflegten sie zu sagen. »Wir sind so unzählig viele. Wenn wir zum Beispiel eines Tages beschließen würden, dass es in Zukunft immer dunkel auf der Erde sein soll, dann wäre es uns ein leichtes, die Sonne zu verfinstern. Dass wir es nicht tun, ist ein Beweis, dass eigentlich wir es sind, die die Sonne scheinen lassen. Und das ist eine große Gnade von uns, und die übrigen Tiere auf der Welt können uns dafür alle sechs Füße küssen!«

Dieser Ansicht waren sie wirklich und wahrhaftig! Und deshalb fanden sie, es sei ihr gutes Recht, den Mitbewohnern des Urwaldes so lästig zu fallen wie nur möglich. Sie gingen, ohne zu fragen, auf den anderen Tieren spazieren, piksten und kitzelten sie und machten sich überhaupt auf eine Weise breit, die kaum zu beschreiben ist.

Deshalb mochte sie niemand in der ganzen Gegend leiden, ausgenommen der Frosch Quintilius Quabbel, der unter einem bemoosten Stein am Ufer wohnte. Aber der hatte besondere Gründe für sein Wohlwollen; er betrachtete die Bewohner der Kolonie nämlich vom Standpunkt der Essbarkeit aus.

Eines Tages nun beschlossen die Fliegen, sie wollten allen anderen Tieren ein für allemal beweisen, wer die mächtigsten, geschicktesten, klügsten, unüberwindlichsten, kurz und gut, die bedeutendsten Wesen auf der ganzen Welt wären.

Aber wie? Von der Sache mit der Verfinsterung der Sonne sahen sie lieber ab, weil gerade ein Donnerstag war. Donnerstage, so meinten sie, seien für Sonnenverfinsterungen nicht besonders geeignet. Und überhaupt stände es ja außer allem Zweifel, dass sie es könnten, wenn sie nur wollten, und deshalb brauchten sie es eigentlich gar nicht erst zu tun. Von dieser Begründung waren alle Fliegen tief befriedigt.

»Ich habe einen viel besseren Plan«, rief ein dicker Brummer, der sich auf die Spitze des Tanghaufens gesetzt hatte.

Erwartungsvolles Summen war zu hören.

»Wir sind, wie ja allgemein bekannt ist«, begann der Brummer, »die bedeutendsten Wesen der Welt. Und deshalb sind wir natürlich auch die besten Fußballspieler der Welt. Erstens können wir unvergleichlich schnell laufen, wobei wir mühelos die erstaunlichsten Zickzack-Haken schlagen. Zweitens aber …«, er hob seine Stimme und alle

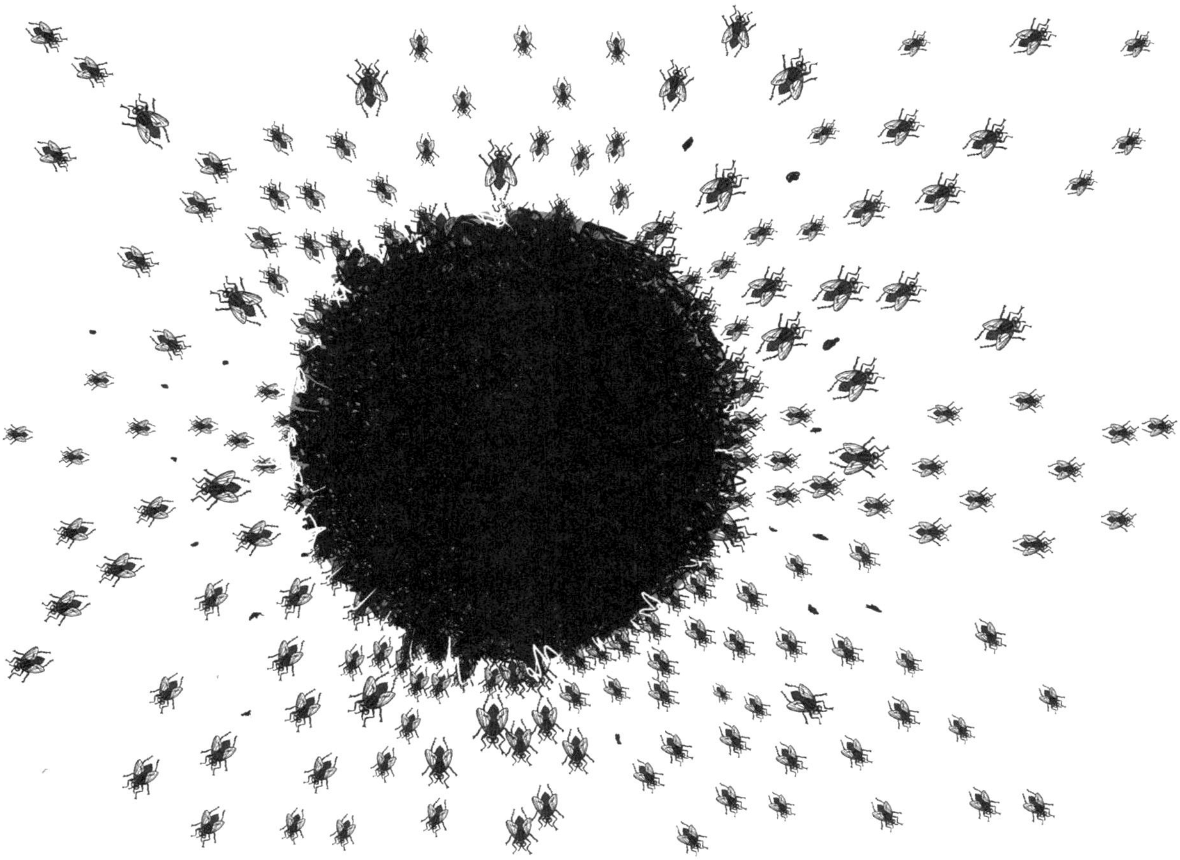

Fliegen verstummten erwartungsvoll, »zweitens aber«, fuhr der Redner fort, »hat jede von uns sechs Beine. Meine lieben Mitfliegen, Brummer und Fliegenlarven, es ist doch ganz klar, dass eine Fußballmannschaft, bei der jeder Spieler sechs Beine hat, vollkommen unschlagbar ist. Bedenkt nur, eine Mannschaft mit insgesamt sage und schreibe sechsundsechzig Beinen! Die Weltmeisterschaft ist uns sicher! Darum werden wir alle Tiere zu einem Fußballspiel herausfordern, dann wird sich ja zeigen, wer es mit uns aufnehmen kann.«

Ein schrilles Beifallssummen erhob sich und alle Fliegen zwirbelten vor Begeisterung ihre Vorderbeine.

»Aber wir müssen zuerst ein Komitee gründen«, surrte eine grünschillernde Fliege aufgeregt, »ein Komitee, das bestimmt, gegen wen wir zuerst gewinnen, gegen wen als nächsten und gegen wen im dritten, vierten und fünften Spiel.«

»Gut«, rief der dicke Brummer auf dem Gipfel des Haufens, »wir gründen ein Komitee. Wer will dazugehören?«

Alle schrien, dass sie zu dem Komitee gehören wollten, das so außerordentlich wichtige Dinge entscheiden sollte.

»Schön«, brummte die dicke Fliege, die den Vorsitz führte, »damit wäre also das Komitee gegründet. Ich ernenne mich selbst einstimmig zum Präsidenten. Die Beratung ist hiermit eröffnet. Frage eins: Wen wollen wir zuerst besiegen?«

Eine ungeheure Aufregung hatte sich der ganzen zahlreichen Gesellschaft bemächtigt. Alles surrte und summte wie toll durcheinander.

»Zuerst«, ließ sich eine ältere, schon ergraute Fliege vernehmen, die nur noch fünf Beine hatte, »zuerst sollten wir es vielleicht mit den Ameisen versuchen, dann mit den Heuschrecken und dann …«

Weiter kam sie nicht mehr, sie wurde empört niedergeschrien und ausgelacht.

»Meine Teuerste«, sagte ein junger Brummer ironisch, »warum schlagen Sie nicht gleich Schnecken und Regenwürmer vor?«

»Schluss!«, rief der dicke Präsident auf dem Gipfel des Haufens. »Schließlich sind wir denn doch wohl etwas zu bedeutend, um uns mit solchen Kleinigkeiten abzugeben. Wollten wir tatsächlich mit Ameisen anfangen, dann müssten wir ja hundert Jahre lang spielen, bis wir mit allen Tieren fertig sind. Wir wollen doch lieber gleich mit einem etwas würdigeren Gegner beginnen. Das ist nur fair.«

»Wie wäre es denn mit dem Frosch?«, wagte die ergraute Fliege mit fünf Beinen eingeschüchtert vorzuschlagen.

Einen Augenblick lang herrschte betretenes Schweigen.

»Ihr Vorschlag ist abgelehnt«, sagte der Vorsitzende streng. »Der

Frosch ist nicht fair. Unterlassen Sie gefälligst solche unpassenden Bemerkungen!«

»Ich schlage vor«, rief nun der junge Brummer, »wir besiegen zuerst einmal die Krokodile.«

»Nein, die Affen zuerst!«, rief ein anderer dazwischen.

Und nun schrien alle durcheinander. »Nein, die Wasserbüffel! – Nein, die Nashörner! – Nein, die Tiger!«

In diesem Augenblick kam gerade der Tiger Baron Hannibal von Tatzenhau an dem übel riechenden Tanghaufen vorüber. Er rümpfte gereizt die Nase und ging zum Flussufer, um ein wenig Wasser zu trinken.

»He, Sie!«, surrte der arrogante junge Brummer frech und flog dem Tiger auf die Nase. »Trauen Sie sich zu, gegen uns um die Fußballweltmeisterschaft zu spielen, he?«

Baron Hannibal von Tatzenhau fuhr sich ärgerlich mit der Pfote über die Nase, um die lästige Fliege zu verscheuchen. Aber die war hartnäckig und flog ihm ins Ohr.

»Sie, wenn Sie kneifen wollen«, surrte sie dort drin, »dann haben Sie aufgegeben und sind besiegt, dass Sie's nur wissen!«

Der Tiger schüttelte den Kopf und fuhr sich mit der Tatze über das gepeinigte Ohr. Tiger haben nämlich sehr empfindliche Ohren. »Scheußlich!«, knurrte er, während er sich eilig in den Urwald zurückzog. »Die Fliegen sind heute wieder ganz besonders lästig. Es wird wohl bald ein Gewitter geben.«

»Habt ihr gesehen?«, surrte der junge Brummer, als er zum Haufen zurückkehrte. »Er wagt nicht, gegen uns zu spielen! Er hat von vornherein aufgegeben! Der Tiger ist bereits besiegt!«

Der Tumult, der sich daraufhin erhob, ist kaum zu beschreiben. Als sich das zahlreiche Komitee wieder einigermaßen beruhigt hatte, erhob sich die grünschillernde Fliege.

»Sehr geehrter Herr Präsident, verehrte Anwesende«, begann sie.

»Dieser Sieg wird selbst die letzten Zweifler unter uns davon überzeugt haben, dass wir wohl kaum zu hoch greifen können, wenn wir uns unter den Tieren einen Gegner wählen, der uns wenigstens äußerlich annähernd ebenbürtig ist.«

»Sehr richtig, sehr richtig!«, riefen die Zuhörer.

»Was aber, so frage ich die verehrten Mitglieder des Komitees«, die grüne Fliege hob beschwörend drei ihrer sechs Beine, »was ist das äußere Kennzeichen unserer alles überragenden Wichtigkeit?«

Der Redner machte eine kunstvolle Pause. Stille lag über dem Tanghaufen. Unzählige Augen blickten erwartungsvoll auf die grüne Fliege, die nunmehr mit Nachdruck ihre drei Beine senkte und ausrief: »Es ist der Rüssel!« Und wie zum Beweis streckte sie ihren eigenen Rüssel so lang heraus, wie ihr möglich war. »Und also«, schloss sie, »kommt als einziger ebenbürtiger Gegner für uns der Elefant infrage, obwohl er nur vier Beine hat und nicht sechs.«

Der einstimmige, begeisterte Applaus besiegelte den Beschluss, dass Filemon Faltenreich mit den Fliegen um die Fußballweltmeisterschaft kämpfen sollte.

Eine Delegation wurde entsandt, um dem Elefanten diesen Beschluss mitzuteilen. Da dieser aber nicht nur eine sehr reichliche, sondern auch eine sehr dicke Haut besaß und außerdem gerade mit ganz anderen Gedanken beschäftigt war, merkte er überhaupt nichts von der so überaus wichtigen Delegation, die sich auf ihm niederließ und ihm die Botschaft an mehreren Körperstellen gleichzeitig mitteilte.

Er blinzelte mit seinen kleinen, freundlichen Augen, raschelte mit seinen Ohren und nickte mit dem Kopf, wie das so seine Art war. Die Delegation hielt das aber für ein Zeichen der Zustimmung und flog hochbefriedigt wieder zum Tanghaufen zurück.

Inzwischen hatten die übrigen Mitglieder des Komitees einen Mistkäfer mit der Herstellung eines besonders haltbaren Fußballes betraut.

Der Mistkäfer drehte eine schöne, feste Kugel aus Mist, wie er es immer und überall tat, rollte sie dem Komitee vor die Füße und ging seiner Wege. Das Kugeldrehen war sein Beruf, und auf eine mehr oder weniger kam es ihm dabei nicht an. Alles Übrige interessierte ihn überhaupt nicht.

Nun wählte das Komitee elf junge, stattliche Brummer aus, die besonders schnell und besonders gut im Zickzack laufen konnten. Das war die Nationalmannschaft FTH (Fauliger Tanghaufen).

Dann begab sich die ganze zahlreiche Gesellschaft zu Filemon Faltenreich hinüber, um vor dessen vorderen Beinsäulen im Ufersand das Spielfeld abzustecken und die Tore zu kennzeichnen. Es war ein ziemlich kleines Feld, für den Elefanten jedenfalls. Vielleicht hätte er darüber gelächelt, wenn er es bemerkt hätte. Aber er war mit ganz anderen Gedanken beschäftigt und merkte nichts.

Die Nationalmannschaft stellte sich auf, die Zuschauer nahmen Platz, teils auf dem Boden rundherum, teils auf Filemon Faltenreich, was eigentlich nicht ganz zulässig war, da er ja mitspielen sollte. Aber da niemand protestierte, blieben sie sitzen.

Das Spiel begann.

Ungeheure Spannung verbreitete sich unter den Zuschauern. Schließlich ging es ja um den Beweis ihrer Überlegenheit, und so ganz sicher schien es manchem unter ihnen wohl doch nicht, dass sie gewinnen würden.

Der Mittelstürmer rollte die Mistkugel vor sich her, gab sie dann ab an den Rechtsaußen, der schoss sie quer über das Feld dem Linksaußen zu, welcher sich nun in einem gekonnten Alleingang dem Tor des Elefanten, das sich mitten zwischen dessen vorderen Beinsäulen befand, näherte. Die Zuschauer hielten den Atem an. Der Linksaußen dribbelte sich geschickt in Position, Schuss und – Tor! Wenige Minuten später fiel das zweite Tor, dann das dritte und vierte. Die Zuschauer gerieten in einen förmlichen Siegestaumel und waren ganz und gar aus dem Häuschen.

Filemon Faltenreich aber bemerkte noch immer nicht, dass er gerade im Begriff war, den Kampf um die Fußballweltmeisterschaft zu verlieren. Er war noch immer mit ganz anderen Gedanken beschäftigt. Einmal nahm er nachdenklich ein wenig Sand mit dem Rüssel auf und streute ihn sich auf den Kopf. Daraufhin wurde er vom Präsidenten des Fliegenkomitees, der zugleich Schiedsrichter war, ernsthaft verwarnt; denn es war ein Stück des Fußballplatzes gewesen und es sei nicht fair, mit solchen Mitteln zu kämpfen. Aber auch von der Verwarnung bemerkte Filemon Faltenreich nicht das Geringste. Und so nahm das Spiel seinen Fortgang.

Es ist wohl nicht nötig, den Verlauf im Einzelnen zu schildern. Es genügt, wenn ich sage, dass das Ergebnis 108:0 für den FTH lautete. Ein wahrhaft sensationeller Sieg! Er übertraf selbst die kühnsten Erwartungen des Komitees. Dass sie jedem Gegner überlegen waren, hatten sie ja zwar von Anfang an gewusst, aber dass diese Überlegenheit so ungeheuer groß war, das überraschte sie nun doch selbst.

Im Triumphzug kehrten sie auf ihren Tanghaufen zurück. Die Spieler der Nationalmannschaft FTH waren die gefeierten Helden des Tages.

Gegen Abend erfuhr die Festlichkeit allerdings eine unliebsame Unterbrechung. Der Himmel bedeckte sich nämlich mit Wolken, und es begann zu regnen, so verschwenderisch zu regnen, wie das eben nur im indischen Urwald geschieht. Baron Hannibal von Tatzenhau hatte richtig vermutet.

Die Tiere der Nachbarschaft kamen herbei und stellten sich zwischen Filemon Faltenreichs Säulenbeinen unter. Die Fluten des heiligen Stromes aber schwollen an und schwemmten den fauligen Tanghaufen samt dem Komitee und der Nationalmannschaft mit sich fort. Wohin? Das hat niemand erforscht, und es ist wohl auch nicht sehr wichtig.

Dann hörte es wieder auf zu regnen und der samtblaue Nachthimmel Indiens spiegelte sich in dem ruhig dahinfließenden Wasser.

Filemon Faltenreich, der noch immer nicht bemerkt hatte, dass er so haushoch besiegt worden war, blinzelte mit seinen kleinen, freundlichen Augen, wiegte sein mächtiges Haupt und dachte ergriffen: Mond!

Sonst dachte er nichts, nur einfach: Mond!

Und das war ein sehr großer Gedanke.

EINE SCHLIMME NACHT

Ein Schnurps ist mitten in der Nacht
aus bösen Träumen aufgewacht
und ruft die Mama wach.
Doch keine Antwort kommt, kein Laut,
da steht er ängstlich auf und schaut
im Elternzimmer nach.

Leer sind die Betten, unberührt!
Dem Schnurps wird kalt, als ob er friert,
denn plötzlich fällt ihm ein:
Die Eltern gingen beide aus,
er ist im großen, dunklen Haus
ganz mutterseelallein!

Pah! Bangemachen –, denkt das Kind,
das gilt nicht. Und es geht geschwind
ins eigene Bettchen wieder.
Schlaftrunken tauscht's und aufgeregt
das Kopf- und Fußend', und es legt
verkehrt herum sich nieder.

So dunkel ist's und ungewiss,
der Schnurps lauscht in die Finsternis,
sein Herz klopft zum Zerspringen.
Da – horch! Was war das? Hörbar kaum
ein Wispern aus dem Nebenraum,
grad, um ans Ohr zu dringen.

Jetzt hält der Schnurps den Atem an,
so lang er ihn nur halten kann.
Sollt' ihn sein Ohr so täuschen?
O nein, nun hört ganz deutlich er:
Im Kleiderschrank dort atmet wer
mit knisternden Geräuschen.

Krabax! Der Dielenboden knackt.
Da schleicht doch heimlich wer im Takt
ganz leise auf und nieder!
Der Schnurps kriecht unter seine Deck',
doch ach, was hilft ihm dies Versteck!
Er hört es trotzdem wieder.

Er bebt, als ob er Fieber hätt',
da hört er unter seinem Bett
ganz deutlich was rumoren.
Nun hält er es nicht länger aus,
er springt aus seinem Bett hinaus –
verloren, o verloren!

Er tastet zitternd nach dem Licht,
doch findet er den Schalter nicht,
die Türe gibt es nimmer!
Er lag ja doch verkehrt herum
(was er nicht weiß), nun irrt er drum
verwirrt durchs dunkle Zimmer.

Da sieht er einen schwachen Schein
und denkt: Das muss das Fenster sein.
Doch ist es nicht das Fenster,
der Spiegel ist's. Im schwachen Licht
sieht er sich selbst (und weiß es nicht)
und meint, er sieht Gespenster.

Der Schnurps fängt laut zu weinen an.
Ach hätte er's doch nicht getan!
Das macht die Angst noch schlimmer.
Er rennt davon, da stößt ihn was:
Krach! fällt ein Stuhl – pschirr! bricht ein Glas –
die Vase geht in Trümmer.

Er rennt – wie sonst im bösen Traum –,
ist weiß-nicht-wie im andern Raum,
will weiß-nicht-wo sich retten.
Es seufzt und klirrt und poltert fort,
als stünd' ein schwarzer Riese dort
und rasselt' mit den Ketten.

Nun flieht der Schnurps ins Treppenhaus,
will nur ins Freie, nur hinaus –
verschlossen ist die Türe!
Der Schnurps macht sich vor Angst ganz klein,
drückt in ein Eckchen sich hinein
und bebt, als ob er friere.

Wie groß und dunkel geht die Zeit,
Minuten werden Ewigkeit.
Der Schnurps will wach sich halten,
doch schläft er endlich dennoch ein.
Sehr winzig hockt er und allein
im Treppenhaus, im kalten.

Da blendet ihn ein helles Licht:
Er sieht den Eltern ins Gesicht,
sie sind zurückgekommen!
Der Vater nimmt ihn auf den Arm,
trägt ihn ins Bett (es ist noch warm),
der Schnurps guckt ganz benommen.

Die Mutter gibt ihm einen Schmatz:
»Was war denn los, mein armer Schatz?«
Er schämt sich seiner Bange.
»Ach nichts«, sagt Schnurps, »ich dachte bloß …
Angst hab' ich nicht, ich bin doch groß.
Wo wart ihr denn so lange?«

»Bei Onkel Franz.« – Der Schnurps fragt leis':
»Gell, Mama, wenn ihr geht – ich weiß –,
ihr kommt doch immer wieder?«
Die Mutter lächelt: »Ganz bestimmt!«
Und Schnurps, indem er dies vernimmt,
schließt müd' und froh die Lider.

DAS TRAUMFRESSERCHEN

In Schlummerland ist das Wichtigste für alle Leute das Schlafen. Deshalb heißt das Land so. Dabei kommt es ihnen aber nicht so sehr darauf an, wie viel oder wie lange einer schlafen kann, sondern wie gut. Das ist ein Unterschied. Wer gut schlafen kann, so meinen die Schlummerländer, der hat ein freundliches Gemüt und einen klaren Kopf. Und deswegen machen sie denjenigen, der am besten schlafen kann, zu ihrem König.

Einmal gab es dort einen König und eine Königin, die hatten eine kleine Tochter mit Namen Schlafittchen. Das ist ein hübscher Name, und die kleine Prinzessin war auch ein hübsches Kind. Das musste jeder zugeben, der sie einmal gesehen hatte. Sie wohnte bei ihren Eltern im Traumschloss und schlief in einem riesigen, blütenweißen Himmelbett.

Trotzdem wollte die kleine Prinzessin Schlafittchen abends nie ins

Bett gehen und erfand immer neue Vorwände, um noch ein wenig aufzubleiben. Aber in Wirklichkeit fürchtete sie sich vor dem Einschlafen.

Und warum fürchtete sie sich so sehr davor? Weil sie dann oft sehr böse Träume hatte. Das ist schon für große Leute schlimm, für kleine ist es noch viel schlimmer, aber am allerschlimmsten ist es für eine kleine Prinzessin, die Schlafittchen heißt und in Schlummerland lebt.

»Es ist eine Schande!«, sagten die Leute und schüttelten bedenklich die Köpfe. König und Königin wurden immer betrübter, und deshalb schliefen sie auch nicht mehr so gut, wie es sich gehörte. Und die kleine Prinzessin wurde immer blasser und magerer.

»Was können wir bloß tun?«, seufzte die Königin. »Wir können nur hoffen, dass die bösen Träume nicht wiederkommen.«

Aber sie kamen doch, immer wieder und wieder. Da ließ der König alle Ärzte und Professoren des Landes kommen. Sie standen um das große Bett der kleinen Prinzessin und redeten lateinisch und verschrieben ihr eine Unmenge Medizin. Aber nichts half. Nun schickte der König Boten aus in alle anderen Länder, die sollten alle alten Schäfer und Kräuterweiber, Bauern und Matrosen fragen. Aber niemand wusste Rat.

Schließlich ließ der König überall Plakate ankleben und in alle Zeitungen drucken, dass er demjenigen, der seiner Tochter von ihren schlimmen Träumen helfen könnte, eine große Belohnung geben wollte. Aber niemand meldete sich.

»Dann werde ich mich eben selbst auf die Suche machen«, sagte der König eines Tages.

»Tu das!«, antwortete die Königin hoffnungsvoll. Sie bügelte ihm seinen Reiseanzug, den er schon lang nicht mehr getragen hatte, und packte ihm einen Rucksack voll Proviant. So ging der König in die Welt hinaus.

Er fragte jeden Menschen, der ihm begegnete: Eisenbahnschaffner und Feuerwehrleute, Schullehrer und Fabrikarbeiter, Taxifahrer und Gemüsefrauen, er fragte Kinder auf der ganzen Welt und sehr alte Menschen, die schon viel erlebt hatten, aber nicht einen Menschen fand er, der ein Mittel gegen böse Träume wusste.

Am Ende war der König ganz müde und mutlos geworden. Er wusste nicht mehr, wo er noch hingehen sollte. Und nach Hause zurückkehren mochte er auch nicht, so unverrichteter Dinge. Also ging er einfach immer weiter, ohne auf den Weg achtzugeben. Es wurde immer dunkler, denn die Nacht brach herein. Ein eisiger Wind wehte, und Schnee begann vom Himmel zu fallen. Der König hatte gar nicht gemerkt, dass es inzwischen Winter geworden war.

Und schließlich hatte er sich verirrt. Er war auf eine große, große Heide geraten. Die verschneiten Ginsterbüsche um ihn her sahen aus wie allerlei seltsame und unheimliche Gestalten. Aber der König war viel zu müde und betrübt, um sich zu fürchten.

Nach einer Weile sah er in der Ferne etwas zwischen den Ginsterbüschen glitzern und funkeln. Es glich einem Stückchen Mondlicht, das umherhüpfte, so geschwind, dass man ihm mit den Augen kaum folgen konnte.

Beim Näherkommen sah der König, dass dieses Stückchen silbernen Mondlichts Arme und Beine hatte und einen großen Kopf voller Stacheln wie eine Distel oder ein Igel. Das Kerlchen blickte den König mit glitzernden Sternenaugen an und bewegte das Gesicht in tausend lachenden Fältchen. Aber das Allerseltsamste an ihm war sein ungeheuer großer Mund, den es immerfort aufsperrte wie ein hungriger kleiner Vogel seinen Schnabel.

»Ach, wer lädt mich ein? Ach, wer lädt mich ein?«, rief das Männchen immerfort mit einer feinen, knisternden Stimme. »Ich hab so schrecklichen Hunger! Wenn mich nicht bald jemand zum Essen einlädt, dann muss ich mich selbst verschlucken!« Und es klappte seinen Mund so weit auf, dass nicht nur sein Kopf, sondern seine ganze spindelige kleine Gestalt hinter dem Loch verschwand.

»Ich habe mich verirrt«, sagte der König, »bitte sag mir, wie ich aus dieser Heide wieder hinausfinde.«

»Hier findet niemand hinaus«, antwortete das Männchen, »außer mit mir gemeinsam. Und ich kann nur fort, wenn mich jemand zum Essen einlädt.«

Der König suchte in seinem Rucksack, aber der war leer. »Leider habe ich nichts mehr«, sagte der König freundlich, »sonst würde ich dir gerne ein Butterbrot geben.«

»Pfui, Schmatzschwatz!«, rief das Männchen grob. »Auf so was pfeif ich sowieso! Du kennst mich wohl gar nicht, he? Weißt nicht, was mir schmeckt? Was suchst du dann hier überhaupt?«

»Ich suche jemanden«, erwiderte der König, »der meine kleine Tochter Schlafittchen von ihren bösen Träumen befreien kann.«

Das mondlichtige Männchen machte einen Luftsprung und war nun plötzlich sehr höflich.

»Zibbeldibix!«, wisperte es. »Da werde ich also heute doch noch was Vernünftiges zu schlucken kriegen! Man lädt mich ein! Man lädt mich ein! Rasch, gib mir deinen Mantel! Und deine Stiefel brauche ich auch! So, und jetzt noch deinen Stock, damit ich zu der Einladung gehen kann.«

Der König war so verdutzt, dass er ihm alles gab, ohne sich zu wehren.

»Du denkst wohl, ich will dir die Sachen einfach wegnehmen, he?«, kicherte das Kerlchen. »Das will ich auch. Bin aber doch kein Räuber. Wirst gleich sehen, dass du gut dran getan hast, dich nicht zu weigern. Jetzt kann uns allen dreien geholfen werden, dir, deinem Kind, aber vor allem mir, dem Traumfresserchen!«

Dann pfiff es und schnalzte mit der Zunge, und ehe der König noch »Wieso?« fragen konnte, hatte das Männchen die Sachen verwandelt:

Der Mantel wurde ein großer Bogen schönes weißes Papier, der Stock wurde ein gewaltiger Federhalter und die Stiefel ein riesiges Tintenfass. Das Kerlchen tunkte die Feder in die Tinte und malte in Windeseile folgenden Spruch auf das Papier:

Traumfresserchen, Traumfresserchen!
Komm mit dem Hornmesserchen!
Komm mit dem Glasgäbelchen!
Sperr auf dein Schnapp-Schnäbelchen!
Träume, die schrecken das Kind,
die lass dir schmecken geschwind!
Aber die schönen, die guten sind mein,
drum lass sie sein!
Traumfresserchen, Traumfresserchen,
dich lad ich ein!

Dann rollte es das Papier zusammen und gab es dem König. »Und nun«, rief es, »lauf schnell zu Schlafittchen und sag ihr, sie soll den Spruch aufsagen. Ich hoffe, dass ich bald einen richtigen saftigen bösen Traum in meinen Magen bekomme. Mir läuft schon das Wasser im Mund zusammen. Steh doch nicht so dumm herum! Los, lauf doch schon!«

»Ja, weißt du«, sagte der König verwirrt, »ich war sehr lange unterwegs, bis ich hierherkam. Mein Schloss ist am anderen Ende der Welt. Es wird wohl eine ganze Weile dauern, bis ich wieder bei Schlafittchen bin.«

»Klapperadux!«, knurrte das Männchen. »Was seid ihr Menschen doch für langweilige Wesen. Und ich kann hier nicht weg, wenn ich nicht mit dem Spruch gerufen werde.«

»Was machen wir nur?«, fragte der König ganz unglücklich.

»Weißt du was?«, kicherte das Kerlchen. »Du könntest mich ja stellvertretend für dein Töchterchen rufen.«

»Glaubst du, das wird gehen?«

»Wir müssen es eben einfach ausprobieren«, meinte das Männchen, »los, sag den Spruch auf!« Es zog aus seiner rechten Tasche ein hörnernes Messerchen und aus seiner linken ein gläsernes Gäbelchen, und dann stellte es sich in Startposition auf wie ein Schnellläufer.

Der König rollte das große Papier auseinander und wollte zu lesen anfangen, doch da fiel ihm noch etwas ein, und er ließ das Blatt wieder sinken. »Hör mal, Traumfresserchen«, sagte er besorgt, »wenn du weg bist – was wird denn dann eigentlich aus mir? Allein finde ich doch aus dieser Wildnis nie wieder nach Hause. Und Mantel und Schuhe habe ich auch nicht mehr. Soll ich hier erfrieren?«

»Schlabberadatsch!«, brummte das Kerlchen. »Was seid ihr Menschen doch für Umstandskrämer! Also los, setz dich auf meine Schultern, dann werde ich dich tragen.«

Der König war ein ziemlich gewichtiger Mann, und es schien ihm mehr als zweifelhaft, dass das winzige Kerlchen ihn würde tragen können. Aber es blieb ihm nichts anderes übrig, als den Versuch zu machen. Er hockte sich also vorsichtig auf die stacheligen Schultern des Männchens, rollte von Neuem das Papier auseinander und las den Spruch vor.

Und kaum hatte er die letzte Zeile aufgesagt, da sauste das Traumfresserchen los, dass die Welt nur so vorbeiflog.

»Es geht!«, schrie es schrill. »Siehst du, es geht!«

»S-s-sag mir nur«, stotterte der König erschrocken und hielt sich die Krone fest, »du frisst – oh, entschuldige, ich wollte sagen, du isst – gern böse Träume?«

Huschschsch! Da kamen sie gerade am Nordpol vorüber.

»Mit Stumpf und Stiel!«, rief das Männchen. »Je böser, desto lieber und je mehr, desto besser!«

Wischschsch! Da flog Amerika vorbei.

»Und die guten und schönen Träume«, fragte der König und schnappte nach Luft, »die magst du nicht? Das finde ich seltsam.«

»Gar nicht seltsam!«, keuchte das Männchen, schon ein wenig außer Atem. »Weißt du nicht, dass Igel am liebsten Schlangen und Schnecken essen? Und ich bin eben sozusagen ein Traumigel, deshalb schmecken mir böse Träume. So bin ich gemacht und dazu bin ich da, punktum!«

Wuschschsch! Da waren sie schon über Afrika hinweggeflogen.

»Aber warum«, stammelte der König, dem fast Hören und Sehen verging, »warum kommst du nicht einfach von allein?«

»Hab ich doch schon gesagt«, hechelte das Männchen, »ich kann nur kommen, wenn man mich einlädt! Und ich nehme nur, was man mir schenkt.«

Plumps! Da stand mit einem Schlag die Welt wieder still. Und als der König sich umschaute, da saß er mitten im Zimmer seiner kleinen Tochter auf dem Boden. Die Königin saß bei Schlafittchen am Bett, und beide machten große Augen.

»Ich hab's!«, rief der König und zeigte ihnen den Spruch auf dem Papier. Und dann fielen sich alle drei vor Freude in die Arme.

Von nun an sagte die Prinzessin Schlafittchen jedes Mal, wenn sie Angst vor bösen Träumen hatte, den Spruch auf und lud das Traumfresserchen ein. Gesehen hat sie es zwar nie, aber manchmal, während sie einschlief, hörte sie noch ein feines, knisterndes Stimmchen sagen: »Schlaf gut, mein Kind, keine Sorge! Ich pass schon auf. Und schönen Dank auch für die Einladung!«

Und das Traumfresserchen muss wohl wirklich da gewesen sein, denn die kleine Prinzessin hatte keinen einzigen bösen Traum mehr. Ihre Backen wurden wieder rot und rund, und alle Bewohner von Schlummerland waren stolz auf sie, denn so gut wie sie konnte keiner schlafen.

Und damit auch alle anderen Kinder das Traumfresserchen rufen können, wenn sie es brauchen, ließ der König die ganze Geschichte samt dem Spruch aufschreiben und in ein Buch drucken. Das ist hiermit geschehen.

OPHELIAS SCHATTENTHEATER

In einer kleinen alten Stadt lebte ein kleines altes Fräulein mit Namen Ophelia. Als sie zur Welt gekommen war – und das war nun freilich schon lange her –, hatten ihre Eltern gesagt: Unser Kind soll einmal eine große, gefeierte Schauspielerin werden. Deshalb hatten sie ihr den Namen einer berühmten Gestalt aus einem Schauspiel gegeben.

Das kleine Fräulein Ophelia hatte zwar die Bewunderung ihrer Eltern für die große Sprache der Dichter geerbt, aber sonst nichts. Und eine berühmte Schauspielerin konnte sie auch nicht werden. Dazu war ihre Stimme zu leise. Aber irgendwie wollte sie doch der Kunst dienen, wenn auch auf ganz bescheidene Weise.

In der kleinen alten Stadt gab es ein hübsches Theater. Ganz vorn am Bühnenrand befand sich ein Kasten, der nach dem Zuschauerraum hin verdeckt war. Dort drin saß Fräulein Ophelia allabendlich und flüsterte den Schauspielern die Worte ihrer Rollen zu, damit sie nicht stecken blieben. Dazu war die leise Stimme von Fräulein Ophelia natürlich gerade richtig, denn das Publikum sollte sie ja nicht hören.

Ihr ganzes Leben lang hatte Fräulein Ophelia diesen Beruf ausgeübt und war glücklich dabei. Nach und nach lernte sie alle großen Komödien und Tragödien der Welt auswendig und sie brauchte kein Buch mehr, um nachzusehen.

So war Fräulein Ophelia alt geworden, und die Zeiten hatten sich geändert. Immer weniger Menschen kamen, um sich im Stadttheater die Stücke anzusehen, denn es gab jetzt Kino und Fernsehen und andere Zerstreuungen. Die meisten Leute hatten Autos, und wenn sie schon einmal ins Theater gehen wollten, dann fuhren sie lieber rasch in die nächste Großstadt hinüber, wo viel berühmtere Schauspieler zu sehen waren und wo es viel mehr hermachte, sich selbst sehen zu lassen. So kam es, dass das Theater der kleinen alten Stadt geschlossen wurde, die Schauspieler gingen fort, und auch dem kleinen alten Fräulein Ophelia wurde gekündigt.

Als die letzte Vorstellung vorüber und der letzte Vorhang gefallen war, blieb sie ganz allein noch für ein Weilchen im Theater. Sie saß in ihrem Kasten und dachte an ihr Leben zurück. Plötzlich sah sie einen Schatten, der über die Kulissen hin und her huschte, manchmal größer und dann wieder kleiner wurde. Aber da war niemand, der ihn hätte werfen können.

»Hallo!«, sagte Fräulein Ophelia mit ihrer leisen Stimme. »Wer ist denn da?«

Der Schatten erschrak sichtlich und schrumpfte zusammen, er hatte sowieso keine bestimmte Form, aber dann fasste er sich und wurde wieder größer. »Verzeihung«, sagte er, »ich wusste nicht, dass da noch jemand ist. Ich wollte Sie nicht erschrecken. Ich bin hier nur untergeschlüpft, weil ich nicht weiß, wo ich bleiben soll. Bitte, jagen Sie mich nicht weg.«

»Bist du ein Schatten?«, fragte Ophelia. Der Schatten nickte.

»Aber ein Schatten gehört doch zu jemandem«, fuhr sie fort.

»Nein«, sagte der Schatten, »nicht alle. Es gibt ein paar überzählige Schatten auf der Welt, die zu niemandem gehören und die niemand haben will. Ich bin so einer. Ich heiße Schattenschelm.«

»So«, sagte Fräulein Ophelia, »und ist das nicht traurig, so ohne jemand zu sein, zu dem man gehört?«

»Sehr traurig«, versicherte der Schatten und seufzte leise, »aber was soll man machen?«

»Willst du zu mir kommen?«, fragte das alte Fräulein. »Ich habe auch niemanden, zu dem ich gehöre.«

»Gern«, antwortete der Schatten, »das wäre wunderbar. Aber ich muss dann an Ihnen festwachsen, und Sie haben doch schon einen eigenen Schatten.«

»Ihr werdet euch schon vertragen«, sagte Fräulein Ophelia.

Ihr eigener Schatten nickte.

Von da an hatte Fräulein Ophelia zwei Schatten. Es waren nur wenige Leute, die es bemerkten, aber die wunderten sich und fanden es etwas seltsam. Fräulein Ophelia wollte nicht ins

Gerede kommen, deshalb bat sie jeweils einen der beiden Schatten, sich tagsüber ganz klein zu machen und in ihr Handtäschchen zu schlüpfen. Schatten haben ja überall Platz.

Eines Tages saß Fräulein Ophelia in der Kirche und redete ein wenig mit dem lieben Gott in der Hoffnung, dass er ihr trotz ihrer leisen Stimme zuhörte (ganz sicher wusste sie es nicht), da sah sie plötzlich an der weißen Wand einen Schatten, der einen sehr abgemagerten Eindruck machte und, obgleich er nach nichts Bestimmtem aussah, bittend eine Hand ausstreckte. »Bist du auch ein Schatten, der zu niemandem gehört?«, fragte sie.

»Ja«, sagte der Schatten, »aber es hat sich bei uns herumgesprochen, dass es jemanden gibt, der uns aufnimmt. Bist du das?«

»Ich habe schon zwei«, antwortete Fräulein Ophelia.

»Dann kommt es doch auf einen mehr auch nicht an«, meinte der Schatten flehend. »Könntest du mich nicht auch annehmen? Es ist so traurig und einsam, wenn man niemanden hat.«

»Wie heißt du denn?«, fragte das alte Fräulein freundlich.

»Mein Name ist Dunkelangst«, flüsterte der Schatten.

»Na, komm nur«, sagte das Fräulein Ophelia.

Da hatte sie nun also schon drei Schatten.

Von nun an kamen fast täglich neue herrenlose Schatten zu ihr, denn es gibt viele davon auf der Welt.

Der vierte hieß Hein Allein.

Der fünfte hieß Siechnacht.

Der sechste hieß Nimmermehr.

Der siebente hieß Leereschwere.

Und so ging es immer weiter. Das alte Fräulein Ophelia war arm, aber zum Glück brauchten die vielen Schatten ja nichts zu essen und keine Kleider, um sich warm zu halten.

Nur ihre kleine Stube war manchmal sehr dunkel und überfüllt von den vielen Schatten, die bei ihr blieben, weil niemand sonst sie wollte. Fräulein Ophelia hatte nicht das Herz, sie wegzuschicken. Und es kamen immer noch mehr.

Am schlimmsten war es, wenn die Schatten zu streiten anfingen. Sie zankten sich um den besten Platz und rangen oft miteinander, und manchmal gab es ein richtiges Schattenboxen. In solchen Nächten konnte das kleine alte Fräulein Ophelia nicht schlafen. Dann lag sie mit offenen Augen im Bett und versuchte mit ihrer leisen Stimme, die Schatten zu beschwichtigen. Aber es half nicht viel.

Fräulein Ophelia mochte keinen Streit, außer er wurde in der großen Sprache der Dichter und auf dem Theater ausgetragen. Das war etwas anderes.

Und so kam sie eines Tages auf eine gute Idee.

»Hört mal zu«, sagte sie zu den Schatten, »wenn ihr bei mir bleiben wollt, dann müsst ihr etwas lernen.«

Die Schatten hörten auf zu streiten und schauten sie erwartungsvoll aus allen Winkeln der kleinen Stube an.

Da sprach sie ihnen nun die großen Worte der Dichter vor, die sie ja alle auswendig wusste. Sie wiederholte manche Stellen ganz langsam und forderte dann die Schatten auf, die Sätze nachzusprechen. Die Schatten gaben sich große Mühe und waren auch sehr gelehrig.

So lernten sie nach und nach vom alten kleinen Fräulein Ophelia alle großen Komödien und Tragödien der Welt.

Das war nun natürlich ein ganz anderes Leben als bisher, denn Schatten können ja alles darstellen, was man will, sie können aussehen wie ein Zwerg oder ein Riese, wie ein Mensch oder ein Vogel oder auch wie ein Baum oder ein Tisch.

Und oft spielten sie ganze Nächte lang vor Fräulein Ophelia die wunderbarsten Schauspiele. Und sie flüsterte ihnen die Worte zu, damit sie nicht stecken blieben.

Tagsüber aber wohnten sie alle – außer ihrem eigenen natürlich –

in Fräulein Ophelias Handtäschchen. Ja, Schatten können sich, wenn sie wollen, unglaublich klein machen.

Die Leute bekamen die vielen Schatten Fräulein Ophelias also nie zu sehen, aber sie merkten doch, dass da etwas Ungewöhnliches vorging. Und Ungewöhnliches mögen die Leute nicht gern.

»Das alte Fräulein ist wunderlich«, sagten die einen hinter ihrem Rücken. »Man sollte sie besser in ein Heim bringen lassen, wo für sie gesorgt wird.«

Und die anderen sagten: »Vielleicht ist sie verrückt. Wer weiß, was sie eines Tages noch anstellen wird.«

Und alle gingen ihr aus dem Weg.

Schließlich kam der Besitzer des Hauses, in dem Fräulein Ophelia ihr Kämmerchen hatte, und sagte: »Es tut mir leid, aber ab jetzt müssen Sie doppelt so viel Miete bezahlen wie bisher.«

Das konnte Fräulein Ophelia nicht.

»Dann«, sagte der Hausbesitzer, »ist es wohl besser, wenn Sie ausziehen, so leid es mir tut.«

Da packte Fräulein Ophelia alles, was sie besaß, in einen Koffer, es war ja nicht viel, und ging fort. Sie kaufte sich eine Fahrkarte, setzte sich in einen Zug und fuhr in die Welt hinaus, sie wusste selbst nicht, wohin.

Als sie weit genug gefahren war, stieg sie aus und ging zu Fuß. Ihren Koffer trug sie in der einen Hand und in der anderen ihr Handtäschchen mit den vielen Schatten darin.

Es war eine lange, lange Straße.

Zuletzt kam Ophelia ans Meer, da konnte sie nicht mehr weitergehen. Darum setzte sie sich hin, um ein wenig auszuruhen, und sie schlief ein.

Die vielen Schatten kamen aus dem Handtäschchen und standen um sie her und berieten sich untereinander, was nun geschehen sollte.

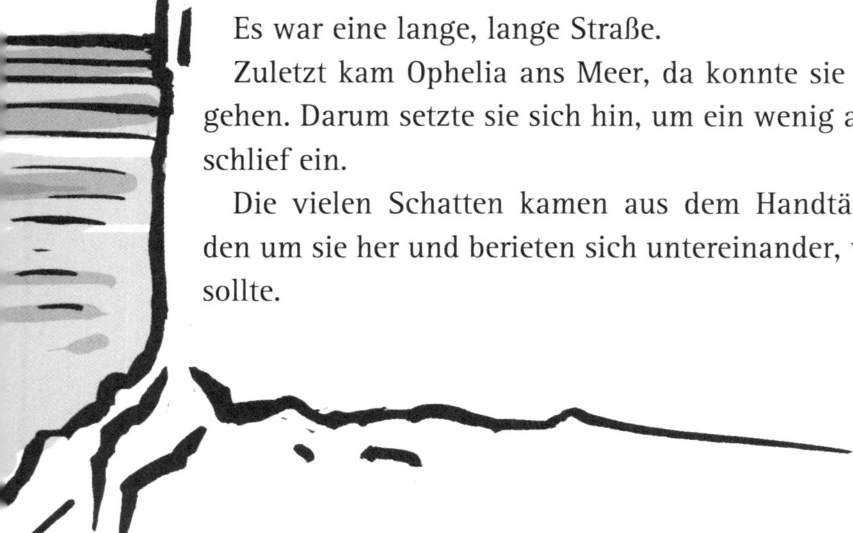

»Eigentlich«, sagten sie, »ist es ja unseretwegen, dass Fräulein Ophelia nun in dieser schlimmen Lage ist. Sie hat uns geholfen, und jetzt sollten wir versuchen, ihr zu helfen. Wir haben doch alle etwas von ihr gelernt, vielleicht gelingt es uns, damit für sie zu sorgen.«

Und als Fräulein Ophelia aufwachte, erzählten sie ihr von dem Plan, den sie gefasst hatten.

»Ach«, sagte Fräulein Ophelia, »das ist aber wirklich nett von euch.«

Als sie in ein kleines Dorf kam, nahm sie aus ihrem Koffer ein weißes Bettlaken und hängte es über eine Teppichstange. Sofort begannen die Schatten auf dem Tuch die Schauspiele aufzuführen, die sie von Fräulein Ophelia gelernt hatten. Und sie selbst saß dahinter und flüsterte ihnen die großen Worte der Dichter zu, damit sie nicht stecken blieben.

Erst kamen nur ein paar Kinder und schauten staunend zu, aber gegen Abend kamen auch einige Erwachsene, und jeder bezahlte zum Schluss eine Kleinigkeit für die interessante Vorstellung.

So zog Fräulein Ophelia nun von Dorf zu Dorf und von Ort zu Ort, und ihre Schatten verwandelten sich in Könige und Narren, in edle Jungfrauen und feurige Hengste, in Zauberer und Blumen, je nachdem.

Die Leute kamen herbei und schauten zu und mussten lachen und weinen. Bald war Fräulein Ophelia berühmt, und wenn sie irgendwo hinkam, dann wurde sie schon erwartet, denn so etwas hatte man nie zuvor gesehen. Das Publikum klatschte Applaus und jeder bezahlte etwas, der eine mehr, der andere weniger.

Nach einiger Zeit hatte Fräulein Ophelia genug Geld gespart, um sich ein kleines altes Auto kaufen zu können. Sie ließ es von einem Künstler schön bunt verzieren, und auf beiden Seiten stand in großen Buchstaben:

OPHELIAS SCHATTENTHEATER

Damit fuhr sie nun durch die ganze weite Welt, und ihre Schatten fuhren mit.

Hier könnte die Geschichte eigentlich zu Ende sein, aber sie ist es noch nicht. Eines Tages nämlich, als Fräulein Ophelia mit ihrem Auto in einen Schneesturm geriet und stecken blieb, stand plötzlich vor ihr ein riesengroßer Schatten, der noch viel dunkler war als all die anderen.

»Bist du auch einer von denen«, fragte sie, »die niemand will?«

»Ja«, sagte der Schatten langsam, »ich glaube, so kann man schon sagen.«

»Willst du auch zu mir?«, fragte Fräulein Ophelia.

»Würdest du auch mich noch annehmen?«, erkundigte sich der große Schatten und kam näher.

»Ich habe zwar schon mehr als genug«, meinte das alte Fräulein, »aber irgendwo musst du ja wohl bleiben.«

»Willst du nicht zuerst meinen Namen wissen?«, fragte er.

»Wie heißt du denn?«

»Man nennt mich den Tod.«

Danach war es längere Zeit still.

»Willst du mich trotzdem annehmen?«, fragte er schließlich sanft.

»Ja«, sagte Fräulein Ophelia, »komm nur.«

Da umhüllte sie der große kalte Schatten und die Welt wurde dunkel um sie her. Aber dann war ihr plötzlich, als gingen ihr ganz neue Augen auf, Augen, die jung waren und klar und nicht mehr alt und kurzsichtig. Und sie brauchte nun keine Brille mehr, um zu sehen, wo sie war: Sie stand vor dem Himmelstor, und um sie herum standen viele wunderschöne Gestalten in farbenprächtigen Kleidern und lachten ihr zu.

»Wer seid ihr denn?«, fragte Fräulein Ophelia.

»Kennst du uns nicht mehr?«, sagten sie. »Wir sind doch die über-

zähligen Schatten, die du bei dir aufgenommen hast. Nun sind wir erlöst und müssen nicht mehr herumirren.«

Das Himmelstor ging auf, und die lichten Gestalten gingen hinein und führten in ihrer Mitte das kleine alte Fräulein Ophelia. Sie geleiteten sie zu einem wunderbaren Palast, der war aber das schönste und prächtigste Theater, das sich denken lässt.

Über dem Eingang stand in großen goldenen Lettern:

OPHELIAS LICHTBÜHNE

Und dort spielen sie nun seither vor den Engeln die Geschicke der Menschen in der großen Sprache der Dichter, die auch die Engel verstehen und die daraus lernen, wie elend und wie großartig, wie traurig und wie komisch es ist, Mensch zu sein und auf Erden zu wohnen.

Und Fräulein Ophelia flüstert ihren Darstellern die Worte zu, damit sie nicht stecken bleiben. Übrigens heißt es, dass auch der liebe Gott manchmal kommt, um zuzuhören. Aber ganz sicher weiß das niemand.